Nicola Förg
Das stille Gift

PIPER

Zu diesem Buch

Ein Teil einer künstlichen Hüfte, das zwei Touristen aus einem Güllefass wie ein Katapult um die Ohren fliegt, ist der Auslöser für die Suche nach einem lange verschwundenen Mann. Irmi Mangold und Kathi Reindl finden heraus, zu wem die Hüfte gehörte. Die Geschichte des Bauern ist ein Albtraum. Erst kommt sein behinderter Sohn ums Leben, dann verenden all seine Kühe an einer rätselhaften, schleichenden Krankheit, und schließlich gibt es kein Lebenszeichen mehr von ihm selbst. Alles deutet auf einen Giftskandal hin, der mehr Lügen und Verdächtige hervorbringt als das Garmischer Land Kuhfladen.

Nicola Förg, Bestsellerautorin und Journalistin, hat mittlerweile 17 Kriminalromane verfasst, an zahlreichen Krimi-Anthologien mitgewirkt und 2015 einen Islandroman vorgelegt. Die Oberallgäuerin, die Germanistik und Geografie studiert hat, lebt heute mit Familie, Ponys und Katzen auf einem Anwesen in Prem am Lech. Sie bekam für ihre Bücher mehrere Preise für ihr Engagement rund um Tier- und Umweltschutz.

Nicola Förg

Das stille Gift

Ein Alpen-Krimi

PIPER
München Berlin Zürich

Mehr über unsere Autoren und Bücher:
www.piper.de
Aktuelle Neuigkeiten finden Sie auch auf Facebook, Twitter und YouTube.

Von Nicola Förg liegen im Piper Verlag vor:
Tod auf der Piste
Mord im Bergwald
Hüttengaudi
Mordsviecher
Platzhirsch
Scheunenfest
Glück ist nichts für Feiglinge
Das stille Gift
Scharfe Hunde

MIX
Papier aus verantwortungsvollen Quellen
FSC® C083411

Ungekürzte Taschenbuchausgabe
April 2017
© Piper Verlag GmbH, München/Berlin 2016,
erschienen im Verlagsprogramm Pendo
Umschlaggestaltung: Mediabureau Patrizia Di Stefano, Berlin
Umschlagabbildung: Patrizia Di Stefano, Eric Isselee/123RF.com,
GlobalP/iStockphoto
Satz: Satz für Satz, Wangen im Allgäu
Gesetzt aus der Caslon
Druck und Bindung: CPI books GmbH, Leck
Printed in Germany   ISBN 978-3-492-31105-2

*Für Oliver und all jene,
die nicht müde werden mitzufühlen*

Wenn die Biene von der Erde verschwindet,
dann hat der Mensch nur noch vier Jahre zu leben;
keine Bienen mehr, keine Bestäubung mehr,
keine Pflanzen mehr, keine Tiere mehr,
keine Menschen mehr.

Albert Einstein (1879–1955)

PROLOG

Langsam und doch stetig kam das Licht. Wo eben noch ein schwerer Flanellmantel aus tiefem Schwarz gewesen war, entstanden Grautöne, die immer heller wurden. Allmählich definierten sich Felszacken, die für einen kurzen Moment wie von einem Heiligenschein erleuchtet wurden. Dann kletterte die Sonne immer weiter, und der Heiligenschein verschwand so eilig, wie er gekommen war.

Es würde ein weiterer paradiesischer Tag werden – hoch über der Hölle da unten. Vor Jahren hatte er irgendwo den Spruch gelesen: In den Bergen ist es nicht leicht, einen weiten Horizont zu haben. Aber man kann hinaufsteigen – dorthin, wo er sich weitet.

Das konnte man in der Tat und dabei weiter sehen als alle anderen. Häufig stand er auf einem der Fleischbanktürme und blickte auf ein Meer aus Blau oder auf die Wolken, aus denen die Gipfel aufstiegen. Doch nach all der Zeit wollte es ihm nicht mehr gelingen, die Last abzuwerfen. Er war ein Eremit, die Wanderer hörte er schon von weither. Oft hockte er nur wenige Meter von ihnen entfernt hinter einem Felsen versteckt. Sie sprachen, sie brüllten regelrecht gegen die Stille an, sie zückten kleine bunte Kameras oder flache Tablets, weil sie alles, was sie gesehen hatten, unten in der Hölle vorzeigen wollten. Mit ihren Herzen stimmte etwas nicht, denn die schienen nicht in der Lage zu sein, das Gesehene zu bewahren. Dann aßen sie ihre Brote, Schokolade und Müsliriegel. Die meisten nahmen ihre Abfälle wieder mit, aber nicht alle. Er sammelte die Verpackungen ein und betrachtete die bunten Bildchen und Aufschriften wie kryptische Botschaften aus einer anderen Welt.

Auch wegen der Schafe und Kühe unten auf den Almen sammelte er sie ein. Die Menschen stolperten achtlos durch den Herrschaftsbereich anderer, die sie durch ihre Nachlässigkeit gefährdeten. An liegen gelassenen Flaschen oder Dosen verletzten sich die wilden Tiere und das Almvieh. Wenn sie neugierig waren, fraßen sie Verpackungsfolien – und schon so manches Tier war kläglich verendet. Aber bis dahin waren die Wanderer längst wieder weg.

Der Senn auf einer der Almen war Holländer und respektierte sein Eremitendasein. Der große rothaarige Mann war ihm dankbar gewesen, dass er zweimal schon Jungvieh vor dem Absturz bewahrt und ein Ziegenbaby gerettet hatte, das die Mutter nicht annehmen wollte. Der Holländer hatte in seinem lustigen Dialekt gesagt: »Du bist mein Phantom der Alm. Danke.« Der Senn würde im Tal nichts von ihm erzählen, er war kein Redner, er kiffte nur ein bisschen zu viel. Der Fremde von den weit entfernten Meeresgestaden arbeitete aber gut, er passte in diese große Stille.

Oft kam sie nicht zu ihm, das wäre auch gar nicht gegangen. Aber wenn sie kam, brachte sie immer Schokolade mit und Zeitungen. Letztens hatte er eine Meldung über eine Touristin gelesen, die mit ihrem Hund über eine Almwiese gelaufen war. Die Kühe hatten sie attackiert, und die Frau war gestorben. Nun schrieben die Journalisten von »Mörderkühen«. Dabei waren Kühe nie Mörder – Tiere mordeten niemals, Tiere jagten Beute, oder sie verteidigten sich. Wie weit war es gekommen mit den Menschen, wie weit hatten sie sich von der Natur entfernt! Kühe waren doch klassische Fluchttiere, keine Angriffstiere. Nur wenn sie sich extrem in die Enge getrieben fühlten, mussten sie reagieren. Auf einer Alm durften sie außerdem ein bisschen mehr Wildtier sein. Dort hatten sie kaum mehr Kontakt zu Menschen, sondern ihren Herdenverband mit ihren besonderen Rangordnungen. Viele Wanderer waren übergriffig. Wie oft hatte er aus einem seiner Verstecke beobachtet, wie Leute aus nächster Nähe fotografierten oder versuchten, die empfindlichen Nasen der Kühe zu streicheln – und sobald ein Hund im Spiel war, fühlten sie sich bedroht wie von einem wilden Raubtier. Kein Wunder, wenn die Hunde bellend über die Weiden sausten, Stadthunde, die ja sonst so gar keinen Spaß hatten, wenn Herrchen und Frauchen tagsüber neun Stunden bei der Arbeit waren und abends gerade noch eine Runde um den Block schafften. Die wenigsten leinten ihren Hund kurz an und umgingen die Kühe zügig und ohne Kontaktaufnahme. Dabei waren die Berge doch kein grenzenloser Freizeitraum, sie waren Lebensraum, der Rücksicht erforderte.

Ein paar so jungen Rotzlöffeln hätte er am liebsten den Hintern versohlt, als sie im Trinkwasserbrunnen für das Vieh ihre Bikes wuschen. Ein einziger Tropfen Öl verunreinigte etwa tausend Liter Trinkwasser! Aber hätte das die jungen Männer überhaupt interessiert? Die Tiere verloren immer, wo der Mensch sich ausbreitete.

Er liebte Kühe und wusste, welche Fehler man bei der

Haltung machen konnte. Das hatte er immer gewusst, egal, was die anderen gesagt hatten. Aber es hatte niemand interessiert, dass er sie so sehr geliebt, gehegt und gepflegt hatte. Es ging auf keine Kuhhaut. Ein alter Spruch, eine Redensart, die auf der mittelalterlichen Vorstellung basierte, dass der Teufel die Verfehlungen der Menschen aufschrieb, um nach deren Tod über Beweismaterial zu verfügen, wenn es zum Kampf um die Seelen kam. Damals schrieb man auf Pergament, und das wurde aus Tierhäuten gemacht. Und auf einer Kuhhaut war ganz schön viel Platz für Sünden!

Er hatte oft darüber nachgedacht, seinem Leben ein Ende zu bereiten. Ein Schritt nach vorn auf einem der Fleischbanktürme hätte genügt. Dort war alles brüchig, alles bröselte und bröckelte. Sich wild zu überkugeln und weit unten im Geröll und Schutt zu enden – das wäre ein angemessener Tod gewesen. Freiheit hätte das bedeutet, wenigstens eine kurze Freiheit, ehe die Felsen ihn zermalmt hätten. Aber er hatte den Schritt nie getan, er musste leben und nun zurückkehren in die Hölle, um es zu Ende zu bringen.

1

Seit sechsundzwanzig Jahren kamen die Millers aus Ratingen nach Garmisch-Partenkirchen. Zum fünfjährigen Jubiläum hatten sie vom Tourismusverband ein Piccolöchen bekommen, zum Zehnjährigen einen Blumenstrauß. Zum Fünfzehnjährigen gab es ein Käsebrettchen mit Messer, dessen Griff ein geschnitzter Gamskopf zierte. Oder ein Steinbock. Oder ein Hirsch. Das war nicht so klar ersichtlich – »schnitzkünstlerische Freiheit«, wie Heinrich zu sagen pflegte. Wobei Annemone sicher war, dass es sich um eine Gams handelte.

Zum Zwanzigjährigen hatten sie noch ein Brettchen bekommen, allerdings üppig belegt mit Käse und Kaminwurzen und schön in Zellophan eingeschlagen. Zum Fünfundzwanzigjährigen hatte es einen Essensgutschein gegeben, den sie im Gasthaus Mohren eingelöst hatten, nur die Getränke hatten sie selber zahlen müssen.

Den Dreißigsten wollten sie auf jeden Fall noch voll machen. Sie hatten nach sechzehn Jahren das Quartier wechseln müssen, weil die alte Zilli mit der Vermietung aufgehört hatte. Das Bad am Gang und die Toilette eine Etage tiefer waren auch nicht ganz auf dem Stand der Zeit gewesen. Außerdem hatte die alte Zilli nicht mehr so gut gesehen, was etwas zulasten der Reinlichkeit gegangen war.

Nun wohnten die Millers seit zehn Jahren bei der Franziska und dem Franzl, die ihre Landwirtschaft aufgegeben, die Tenne an einen Autobastler vermietet und im Haus Ferienwohnungen eingerichtet hatten. Zu diesem rein persönlichen Zehnjährigen hatte es einen Obstkorb und Wein gegeben und ein Glas Honig vom Franzl. Die Bienenstöcke waren sein Heiligtum. Wenn sie abreisten, kaufte Annemone auch immer ein Glas Honig, denn sie zahlte dann nur drei Euro statt der üblichen sechs.

Doch – man konnte sagen, sie waren angekommen im Werdenfels. Sie hatten sich hochgearbeitet zu Stammgästen und konnten mit Fug und Recht behaupten, diese Region zu kennen. Annemone war zwar nicht mehr so gut zu Fuß, Senkbreitplattspreizfüße, der Hallux und circa zwanzig Kilo Übergewicht standen ihr einfach im Weg. Daher wanderten sie seit einigen Jahren eher im Flachen dahin. Besonders liebten sie die Loisachauen.

Auch heute, an einem leicht bewölkten Herbsttag, hatten sie sich zum Spaziergang aufgemacht. »Es riecht nach Regen«, hatte der Franzl gesagt. Das Ehepaar aus Ratingen hatte einige Jahre gebraucht, um den tiefgründigen Witz zu verstehen. Die Bauern odelten immer dann, wenn sie vermuteten, dass es am Abend oder am nächsten Tag regnen und die Gülle so richtig ins Erdreich gespült würde.

»Es riecht heute aber ganz schön nach Regen«, kicherte Annemone, die unpassend zur Körperfülle ein Mickymausstimmchen hatte.

»Saubären«, maulte Heinrich und zupfte an seinem Janker, den er letztes Jahr teuer beim Grasegger in Garmisch-Partenkirchen erstanden hatte.

»Den hängen wir dann zum Lüften auf den Balkon«, beruhigte ihn die Ehegattin.

Sie gingen am Feldrain entlang. Draußen auf dem Feld dröhnte ein gewaltiger Bulldog, der ein noch gewaltigeres Fass schleppte, aus dem es stinkend hinauskotzte.

»Was die für Maschinen haben! Früher gab's das nicht«, maulte Heinrich weiter. »Die Viecher sind nur noch im Stall. Laufställe für Millionen bauen sie, und wir Feriengäste kriegen keine Kühe mehr auf der Wiese zu sehen. Ich fahr doch nicht fast siebenhundert Kilometer, damit es hier genauso aussieht wie bei mir zu Hause.«

Dabei tat es das wirklich nicht, denn weit hinten war die Seilbahn zur Zugspitze zu sehen, die das Licht reflektierte. Die Berge warfen lange Schatten – wie in Ratingen sah es hier definitiv nicht aus.

»Ja, ja, früher war alles besser. Da haben wir auch bei Zilli auf dem eiskalten Klo geschissen«, konterte Annemone, die sich den Tag nicht verderben lassen wollte. »Und die Landwirtschaft ändert sich nun mal.«

»Ach komm, Mönchen, das kannst du nicht vergleichen. Wozu braucht ein Bauer hier solche Geräte? Die haben doch gar nicht die Flächen dafür! Angabe ist das, Overkill!«

Mönchen schwieg und zupfte ein paar Ahornblätter ab, die sich schon herbstlich umfärbten. Sie walzte etwas tiefer hinein in die Baumgruppe, um Eicheln aufzulesen. Heinrich hasste den Dekowahn seiner Frau, aber über all die Jahre hatte er resigniert. So war sie halt, sein Mönchen. Hier ein Engelchen, da ein Tierchen, dort ein paar Hummelfiguren, viele gestickte Deckchen, Blümchen und Gestecke – immer passend zur Jahreszeit.

Lieber stand er sich die Füße in den Bauch, als unter

diese Bäume zu robben. Das Traktorengeräusch kam näher. Immer näher. Er würde keinen Zentimeter weichen. Schließlich stand er auf dem Wanderweg. Diese Saubauern machten sowieso allerorts Wege einfach zu Teilen ihrer Wiesen. Er hatte noch die alten Wanderkarten, da waren Wege eingezeichnet, die es heute gar nicht mehr gab.

Der Bulldog hatte ihn im Vorbeifahren fast touchiert, das Fass ließ die Erde beben, und dann kam der Strahl. Treffer, nein, Volltreffer musste man sagen. Heinrich war kurzzeitig wie erstarrt, dann rannte er dem röhrenden Gefährt hinterher. Erneut wurde er eingeodelt, aber das war ja nun egal.

»Anhalten! Halten Sie sofort an! Sie ausgemachter Trottel! Saubauer! Anhalten!«

Es gab ein gurgelndes Geräusch. Der Traktor blieb stehen, und überraschend schnell öffnete sich die Tür. Aus schier schwindelnder Höhe sprang ein Mann herab.

»Ja, du Depp, du! Was wuist du auf meim Feld? Ja, schleich di!«

»Sie sagen Depp zu mir? Sie haben mich tätlich angegriffen.«

»Wos hob i?«

»Mich über den Haufen gefahren und befleckt.«

Der Mann begann schallend zu lachen. »Befleckt, ja du bist mir ja ein ganz ein gscheiter Depp.«

Heinrichs Gesicht wurde rot unter der Odelschicht. »Ich zeig Sie an!«

»Ja, wärst halt an Schritt zur Seite getretn!«

»Sie haben den Weg verodelt. Den Weg!«

»Woaßt was, i hob mei Zeit ned g'stohln. Habe die Ehre.«

Der Landwirt stieg wieder auf, das Gefährt erdröhnte und setzte sich in Bewegung. Heinrich rannte noch ein paar Schritte hinterher, dann zischte noch etwas durch die Luft. Eine Art Geschoss. Heinrich stolperte und wäre fast gestürzt. Auf dem Boden lag ein Metallteil. Das hätte ins Auge gehen können, im wahrsten Sinne des Wortes. Na, hoffentlich war dem Saubauern etwas an seinem Höllengespann gebrochen, und er würde liegen bleiben oder in die Luft fliegen. Doch das tat er nicht. Er drehte weiter seine Kreise.

Heinrich hob das Teil auf und wickelte es in ein Taschentuch, um es einzustecken.

»Den zeig ich an!«, brüllte er nochmals und wandte sich um. Annemone starrte ihn entgeistert an. Vor Zorn bebend baute er sich vor seiner Frau auf. »Schmeiß deine Scheißblätter weg. Wir gehen zur Polizei.«

Nervös zwinkerte Annemone mit ihren Schweinsäuglein. Das tat sie immer, wenn sie sich richtig unwohl fühlte und gegen die Ohnmacht ankämpfte, die ihr Mann ihr ständig vermittelte. Als sie seinerzeit – viel zu jung – geheiratet hatte, war sie chancenlos gewesen gegen seine Übermacht, aber sie hatte gelernt, sich zu wehren, auch wenn es sie jedes Mal so viel Kraft kostete und sie anschließend immer ein paar Pralinen brauchte.

»Was willst du bei der Polizei?«

»Den Idioten anzeigen! Das war ein tätlicher Angriff! Ich hätte tot sein können.«

»Ja, an dem Gestank, den du ausdünstest, kann man tatsächlich sterben.«

Nicht nur Heinrich war sprachlos, sondern auch Annemone, denn so schlagfertig war sie nur selten. Er drehte sich wortlos um und stapfte davon.

Irmi gab es nur ungern zu, aber von Zeit zu Zeit schaute sie sich *Bauer sucht Frau* an. So wie gestern. Ein paar Kumpels ihres Bruders hatten mal vorgeschlagen, Bernhard für die Sendung anzumelden, so »schiach« sei der doch gar nicht. Und Irmi habe dann auch gleich die Chance, die neue Schwägerin auf Herz und Nieren zu prüfen. Aber Bernhard brauchte keine Frau, er war nicht interessiert. Irmi hatte für einen Moment darüber nachgedacht, was es wohl bedeuten würde, wenn ihr Bruder doch noch … Würde sie mit einer fremden Frau unter einem Dach leben wollen? Würde sie dann ausziehen? Wie schnell ihr gut eingerichtetes Leben auf einmal aus den Fugen geraten könnte … theoretisch zumindest.

Wie hätten sie Bernhard wohl bei RTL angekündigt? Als den behäbigen Bernhard? Den malerischen Milchbauern? Den Schweiger aus Schwaigen? Dieser Alliterationswahn war doch eine Seuche: In der Bauernvermittlungsshow gab es den romantischen Rinderwirt, den schmusigen Schafbauern und den zickigen Ziegenzüchter. Ganz zu schweigen vom feinsinnigen Forstwirt. Hühnerhöfe im heimeligen Harz gab es ebenso wie schneidige Schweineställe im schnuckeligen Schwaben. Der sanfte Sven, der kräftige Karl und der magische Martin. Natürlich auch der lustige Ludwig und der humorvolle Hubert. Puh!

Längst prägte *Bauer sucht Frau* das Bild der deutschen

Landwirtschaft, allerdings nicht immer auf die vorteilhafteste Weise. Entweder waren die Höfe komplett verranzt, dann hatte das Drehteam als Ausgleich alles an Requisiten verteilt, was Romantik versprach. Für Menschen wie Irmi war es jedoch nichts als ein totaler Verhau! Kein Bauer warf Strohballen neben die Eingangstür, warum auch? Keiner stellte drei rostige Bulldogs in den Obstgarten. Und angesichts der Kätzchen mit ihren verklebten Schnupfenaugen und der Ponys, die stundenlang irgendwo angebunden standen, war es erstaunlich, dass der Tierschutz nicht längst Sturm lief.

Oder die Bauern bekamen von RTL brandneue Traktoren mit lackschwarzen Reifen hingestellt. Die Fahrzeuge glänzten so, dass sie aussahen, als kämen sie direkt vom Tieflader. Ob die Kandidaten diese Schlepper wohl behalten durften? Dann sollte man sich das Ganze doch noch mal überlegen. So ein neuer Fendt wäre schon was!

Irmi musste in sich hineingrinsen, nahm einen Schluck Kaffee und sah auf die Uhr. Es war elf. Kathi würde erst mittags kommen, sie musste mit dem Soferl zum Zahnarzt. So cool die Tochter der Kollegin sonst war – wenn es um Zahnarztbesuche ging, mutierte sie zum Panikbündel.

Es war ruhig am heutigen Dienstag, es war generell ruhig zurzeit. Im Herbst waren die meisten Touristen weg, ein paar ältere Herrschaften nutzten die Preisvorteile der Nachsaison – die nützliche Nachsaison für pfiffige Pensionäre im großartigen Garmisch … oder so ähnlich.

Irmi nippte erneut am Kaffee. Da wurde es im Gang plötzlich lauter. Sie hörte Sailers durchaus kräftige Stimme, die dann von ziemlichem Gebrüll übertönt wurde. Irmi seufzte, hatte sie nicht gerade daran gedacht, wie ruhig es derzeit war? Als sie die Tür öffnete, schlugen ihr nicht nur böse Worte entgegen, sondern auch eine Woge übelsten Geruchs. Der Gestank ging von einem Mann in den Sechzigern aus, der aussah, als hätte er statt Fango eine Odelpackung bekommen. Gerade zog er seinen Janker aus und wedelte ihn vor Sailer herum, was den Geruch nun auch noch verteilte.

»Jetzt halten S' amoi die Babbn!«, brüllte Sailer. »Oder in Ihrem Jargon: Einfach mal die Fresse halten.«

Tatsächlich erstarb der nächste Redeschwall in einem »Pfft«. Irmi beobachtete die dazugehörige Frau, die ganz leicht lächelte.

Der Geruch blieb mehr als streng. Hieß es nicht, dass sich der menschliche Geruchssinn relativ schnell adaptierte? Davon war zumindest für Irmi nicht viel zu spüren. Sie versuchte, flach zu atmen und sagte: »Was ist hier los? Können wir alle mal auf normale Lautstärke umstellen?«

Der Mann fuchtelte mit dem Arm, was die Geruchsbelastung sofort wieder erhöhte. »Ich will Anzeige erstatten, aber Ihr Kollege lässt mich nicht zu Wort kommen.«

»Der brüllt als wie ein Murenabgang im Gebirg«, maulte Sailer. »Bisher hob i nix verstanden.«

»Dann gehen wir doch alle mal nach vorne, und Sie, Herr … wie war der Name? Sie erzählen uns jedenfalls, worum es eigentlich geht. Aber bitte in Zimmerlautstärke!« Irmi lief vorneweg. Dort, wo Anzeigen aller Art aufgenommen wurden, riss sie Türen und Fenster auf und sah den Mann an. »Name?«

»Miller. Heinrich Miller. Und das ist meine Frau Annemone. Aus Ratingen. Seit sechsundzwanzig Jahren machen wir hier Urlaub. Sechsundzwanzig. Ein halbes Leben. Und dann werde ich tätlich angegriffen! So was ist mir noch nie passiert! Ich hätte tot sein können!« Sein Organ steigerte sich schon wieder zum Orkan.

Es dauerte eine Weile, bis man Herrn Miller so weit beruhigt hatte, dass er seine Geschichte erzählen konnte. Von einem Trecker in der Größe eines Hochhauses und einem Fass mit dem Fassungsvermögen der Weltmeere. Von einem lebensgefährlichen Bauern, der ihn aufs Gröbste beleidigt und anschließend fast niedergefahren hatte, und das auf einem Wanderweg, namentlich dem Ahornwegerl, wo sie auch schon seit Jahren spazieren gingen. Er verlangte Schadenersatz für seinen Janker, er forderte Schmerzensgeld und die Höchststrafe für den Landwirt, weil es ja schließlich ein Mordanschlag gewesen sei.

Sailer nahm alles auf, Irmi ließ sich mehrfach erklären, wo genau der Vorfall sich zugetragen habe, wurde dabei aber stets unterbrochen, weil Herr Miller das Wort »Vorfall« durch »Mordanschlag« ersetzte. Dann erfragte sie die Adresse seiner Ferienbehausung und gelobte, sich zu melden.

»Und geschossen hat er auch noch!«

»Wie? Geschossen?«

»Mir ist ein Geschoss um die Ohren geflogen!« Er hielt Irmi das seltsame Teil entgegen.

»Und wo kam das genau her?«

»Aus der … der … na ja, der Sprühdüse hinten …«

Sailer gluckste, verschluckte sich und ging hustend nach draußen.

Irmi unterdrückte das Lachen. »Sie meinen aus dem …«

»Ja, wo die Scheiße eben rausfliegt.« Miller stampfte wie ein Rumpelstilzchen mit dem Fuß auf. Seine Frau schwieg beharrlich und sah zu Boden. »Das Teil gehört sicher zu dem Trecker. Damit können Sie ihn überführen, falls er leugnet.« Seine Augen funkelten, wahrscheinlich sah er im Fernsehen zu viele Sokos, Tatorte und andere Formate, die jeden Laien zum Superermittler machten.

Endlich waren sie draußen, auch der Geruch verflog allmählich. Sailer war nebenan am Telefon, um zu eruieren, wer denn nun den Anschlag verübt hatte. Irmi betrachtete das merkwürdige Ding. Das Material kam ihr komisch vor, von einem Bulldog schien das nicht zu stammen.

Eigentlich fiel die Odelattacke nicht ganz in Irmis Zuständigkeitsbereich, aber da sie gerade ziemlich unterbesetzt waren, beschloss sie abzuwarten, was Sailer herausfand. Sie packte das merkwürdige Ding in eine Plastiktüte und stopfte es in die Tasche ihrer Fleecejacke, die über dem Stuhl hing. Wie jeden Herbst war sie ständig falsch angezogen. In der Früh, wenn es knapp über null Grad war, fror sie. Kam dann die Sonne heraus, entfaltete sie noch immer eine sommerliche Kraft, und die Brühe rann einem den Körper hinab. Abends wurde es schlagartig kalt. Am besten zog man Kleidung nach dem Zwiebelprinzip an. Nur Sailer trug Uniform oder eine kurze Lederne, unabhängig von allen Temperaturschwankungen.

»Des Feld g'hört dem Urban. Denn kennen S' doch, oder?«

Irmi überlegte kurz. Urban?

»Der Urban. Der Rupert«, fuhr Sailer fort.

»Ach der!« Irmi erinnerte sich. Rupert Urban war ein

unsympathischer, großspuriger Typ, den Bernhard gar nicht schätzte. Der Wald von Rupert Urban grenzte an den der Mangolds. Daher hatte Urban ein Durchfahrtsrecht, von dem er immer dann Gebrauch machte, wenn es besonders nass war. »Der macht mir Loasen nei wie Bachbetten«, pflegte Bernhard zu schimpfen. Zudem nahm es Urban mit den Grenzbäumen nicht immer so ganz genau.

Urban überging alle Gesprächsangebote, und ein schärferer Ton prallte ebenso an ihm ab. Über die Jahre hatte Bernhard immer versucht, ihm aus dem Weg zu gehen. Irmi hatte kaum Berührungspunkte mit ihm gehabt, sie wusste nur, dass Urban ein echter Millionenbauer war. Ihm gehörten vier Mietshäuser in Partenkirchen, er besaß den Hof, und hatte außerdem eine sehr begüterte Frau aus dem Fuchstal geheiratet. Auch dort gab es einen großen Hof und Bauplätze für das immer weiter ausufernde München. Käffer wie Seestall oder Denklingen bei Landsberg waren längst Schlafdörfer für Münchenpendler geworden – Gewinner waren solche wie Urban.

»Fahren Sie hin?«, fragte Sailer. »Hier ist ja sonst gar keiner mehr. Die Kathi beim Zahnarzt, die Andrea krank, der Sepp hot frei, a Streife is unterwegs …«

»Klar, Sailer, ich fahr hin. War ja immerhin ein Mordanschlag.« Irmi verzog das Gesicht, griff sich die Jacke und trat nach draußen. Es war wirklich ungewöhnlich warm, Shorts und Flipflops hätten auch gereicht. Langsam ließ sie sich durch den Tunnel treiben und bog schließlich zum Hof der Urbans ab.

Es war Mittagszeit. Im Hofraum standen der Bulldog und das Fass. Hochhausgröße hatte der Traktor natürlich nicht, und es handelte sich auch nicht um ein klassisches Odelfass. Irmi brauchte nicht zu läuten, Urban stand schon in der Tür.

»Hoher Besuch! Die Irmi Mangold. Schickt dei Bruder di? Ich hab mir nichts zuschulden kommen lassen in den königlichen Wäldern des Mangold Forest!« Er lachte polternd.

»Mich schickt keiner, generell bin ich nicht verschickbar«, konterte Irmi scharf. »Es liegt eine Anzeige vor.«

Für einen Moment schien er zu überlegen. Offenbar hatte er den Vorfall als so nichtig eingeordnet, dass er, der große Urban, ihn sofort wieder vergessen hatte.

»Du hast einen Herrn Miller bedrängt, fast angefahren und eingeodelt!«

»Ah, der Preiß? Kimm! Der Depp der! Hätt ja bloß an Schritt zur Seite machen müssen. Ich müsst den anzeigen, der hat mich beleidigt.«

»Ach ja, Majestätsbeleidigung«, knurrte Irmi. »Können wir das abkürzen? Du warst es ja fraglos, zahl halt dem Mann die Reinigung seines Jankers, und wir raten ihm davon ab, weitere Schritte zu probieren. Unsere Anwälte und Gerichte haben echt Wichtigeres zu tun.«

Er überlegte kurz. Dann griff er in die Brustasche seines Hemdes, entrollte ein Geldbündel und reichte Irmi zwei Hunderter. »Genügt das?«

»Urban, ganz so einfach ist das nicht. Es gibt ein paar Dienstwege einzuhalten.«

»So? Mit dem Rest hättest dir einen schönen Tag machen können«, meinte er grinsend.

Irmi schluckte alles hinunter, was sie ihm am liebsten ins

Gesicht geschrien hätte, dem Großkotz! Sie sah ihn scharf an. »Ich habe da noch ein Fundstück. Soll von deinen Maschinen stammen.«

Er nahm das Teil, betrachtete es interessiert und gab es Irmi mit einem Achselzucken zurück. »Keine Ahnung, das sagt mir nichts. Danke für die Bemühungen, Frau Oberhauptkriminalerin.«

»Du kommst heute Nachmittag auf die Wache und machst eine Aussage. Verstehen wir uns?«

»Jawoll, Frau Irmi.« Er war Fleisch gewordene Provokation, was keineswegs hieß, dass er fett war. Aber er hatte gewaltige Oberarme, maß bestimmt eins neunzig und war eindeutig ein Alphatier. »Und außerdem soll sich der Touri mal nicht so haben! Was ich da ausgebracht habe, war der Gärrest von der Biogasanlage. Das Zeug stinkt lange nicht so wie Odel aus der Grube. Lange nicht!«

Auch dazu schwieg Irmi, wandte sich im Gehen nur noch mal um. »Du kommst!«

Er hob die Hand zu einem lässigen Gruß.

Typen wie er waren Irmi ein Graus. Einer wie Urban war unverwundbar. Glaubte er zumindest, und meist lehrte das Leben eben auch, dass solche tatsächlich verschont blieben. Das Leben war nicht fair. Das Schicksal trat immer den Netten frontal ins Gesicht, Blödmänner wie Urban blieben unversehrt. Wenn es einen Gott gab, dann hatte der einen schrägen Humor. Irmis Oma hatte immer davon gesprochen, dass Gott einem Prüfungen auferlege, die man freudig durchstehen müsse. Für die Oma waren das zwei Weltkriege gewesen, zwei gefallene Söhne und ein erbärmliches Verenden an Darmkrebs. In anderen Familien waren die Söhne heimgekommen, alle waren uralt geworden – und nach einem langen Leben voller Bösartigkeiten sanft entschlafen. Irmi glaubte nicht an die viel besungene ausgleichende Gerechtigkeit. Das war alles nur Selbstbetrug, das waren Durchhalteparolen gegen das Leben, das solche wie Urban einfach bevorzugte.

Als Irmi wieder im Büro war, traf sie den Kollegen Hase auf dem Gang.

»Grüß Gott, sagen Sie, können Sie für mich herausfinden, was das ist?« Irmi reichte dem Hasen das Teil.

»Hmm«, sagte er genervt und verzog sich in sein Büro.

Irmi unterrichtete Sailer von ihrem Besuch bei Urban und bat darum, mit der Sache nicht weiter behelligt zu werden, wenn er denn käme. »Sonst spring ich dem mit dem nackten Arsch ins Gesicht«, grummelte sie.

»Tät dem bestimmt gefallen.« Sailer zwinkerte ihr zu und ging davon.

Wenig später kam der Hase wieder. Er wartete.

»Und?«

»Falls Sie darauf abheben, um was es sich bei dem Objekt handelt, dann wüsste ich das.«

O Herr, warum hast du mir solche Mimosen gesandt?, fragte sich Irmi und lächelte gezwungen. »Darauf hebe ich glasklar ab. Worum handelt es sich denn?«

»Das ist ein Teil einer künstlichen Hüfte.« Er legte den rätselhaften Gegenstand auf Irmis Schreibtisch. Sein Blick war emotionslos.

»Bitte?«

»Habe ich mich undeutlich ausgedrückt, Frau Mangold? Das ist ein Teil einer künstlichen Hüfte.«

Inzwischen war Sailer hinzugekommen, nahm das Teil in die Hand, drehte es hin und her. »Da hätten S' mi aa glei fragen können. I hob aa die neue Hüfte. Pfenningguat. I spring wie a Junger. Hätt ich viel früher machen lassen sollen.«

Der Hase blickte genervt nach oben. »Jede Hüfte hat eine Prüfnummer, die wir hier finden.« Mit spitzem Finger wies er auf eine fein eingestanzte Nummer.

Irmi zog hörbar Luft ein. »Und dazu gibt es mit Sicherheit eine Datenbank?«

»Natürlich.«

»Die Sie überprüfen können?«

»Natürlich.«

»Dann wäre ich Ihnen ungeheuer verbunden, wenn Sie das übernehmen würden.« Irmis Stimme bebte.

Der Hase ging davon, und Sailer ließ sich auf einen Stuhl plumpsen. »Mi leckst am Oasch. Wie kimmt so was auf des Feld vom Rupert?«

»Offenbar wurde es aus seinem Fass katapultiert. Ich halte den Miller schon für glaubwürdig, wenn er sagt, das wäre aus der Sprühdüse geflogen.« Sie lachte kurz und wurde gleich wieder ernst. »Wir werden dem Urban einige Fragen stellen müssen, sobald wir wissen, wem die Hüfte gehört.«

»Gehört hat, oder?«, fragte Sailer.

Denn es musste einen dazugehörigen Menschen geben – oder besser gesagt: gegeben haben.

Die Herbstruhe war vorbei.

Schlagartig.

2

DIE MILCH MACHT'S?

Weltweit wurden im vergangenen Jahr rund 636 Millionen Tonnen Milch erzeugt. Innerhalb der Europäischen Union ist Deutschland mit jährlich 30 Millionen Tonnen das größte Milcherzeugerland. Doch wo sind die Kühe, die diese ganze Milch produzieren? Im Sommer sieht man hier und dort noch welche auf der Weide, aber dieser Anblick gehört wohl bald in die Bilderbücher der Agrarromantiker. Eine Kuh auf der Weide kostet nämlich Geld. Sie zertritt beim Fressen und Wiederkäuen viel Gras und macht es durch ihre Exkremente unbrauchbar für die weitere Verwendung. Das Laufen über die Weide kostet das Tier viel Energie – und dafür will der Bauer das Futter und seine Arbeitskraft nicht einsetzen. Die Kuh soll ihre Energie gefälligst nur auf die Milchproduktion verwenden.

Durch Zucht und veränderte Fütterung wurde die Milchleistung der Kühe in den vergangenen Jahren deutlich angehoben. Zu Gras und Silage kommt Kraftfutter aus Getreide, Resten der Zucker- und Stärkeherstellung sowie Raps- und Sojaschrot. Dass für den Anbau solcher Pflanzen irgendwo am anderen Ende der Welt Regenwald abgeholzt wird – sei's drum. Dass dieses Futter genmanipuliert ist – wen juckt's. Dass der Mais vor der eigenen Haustür unter massivem Einsatz von Pestiziden erzeugt wurde – wer sieht das schon. Der See nebenan schaut doch aus wie immer. Und dass die Kinder Pusteln bekommen ist Zufall oder eine allergische Reaktion auf Sonnenmilch. Der Gehalt an gesunden ungesättigten Fettsäuren in der Milch ist bei der Verwendung von Grünfutter nachweislich erhöht, aber Konsumentengesundheit kann ja nicht das Ziel sein. Nein, nur die Masse zählt! Nicht die Milch macht's, nein, die Masse macht's!

<u>Quelle:</u> Du und das Tier

Etwa eine Stunde später war der Hase wieder da. Er hatte wohl gerade einen akuten Anfall von Logorrhö, denn er sprach ungefragt in vollständigen Sätzen.

»Die Datenbank besagt, dass diese Hüfte zu Kilian Schwaiger gehört. Operiert und eingesetzt bei uns im Klinikum.« Das klang wie bei Loriot: Abgezapft und original verkorkt von Pallhuber & Söhne.

Kilian Schwaiger? Warum sagte der Name ihr etwas? Ohne Andrea fühlte sie sich schlagartig unwohl, denn die konnte dem Computer in Windeseile Informationen entlocken. Sie selbst war da mehr »old school« und neigte dazu, sich alte, staubige Akten kommen zu lassen. Schwaiger, da klingelte irgendwas bei ihr. Also konsultierte sie schließlich doch den Rechner. Und siehe da: Etwas so Schlichtes wie die Onlineversion des örtlichen Telefonbuchs brachte einige Schwaigers hervor.

Bei Anna Schwaiger und Karl und Edeltraut Schwaiger stutzte sie. Alle waren offenbar unter derselben Adresse gemeldet. Sie eilte auf den Gang und rief nach ihrem Kollegen.

»Sag mal, Sailer, was war denn da vor einigen Jahren mit der Familie Schwaiger? Sagt dir der Name Kilian Schwaiger irgendwas?«

Sailer war einer der Menschen, denen man ansah, wenn sie nachdachten. Man spürte geradezu, wie ihn der Denkprozess forderte. Irmi blickte auf die Tischplatte, um Sailer nicht durch allzu fordernde Blicke zu stören. Es brauchte eben Zeit, bis sich der Gedanke durch die Hirnwindungen zum Mund vorgearbeitet hatte.

»Do war doch was mit am toten Bua, und später is

der Mo verschwunden ... San ned aa die Rinder alle verreckt?«

Für den Bruchteil einer Sekunde fühlte Irmi eine starke irrationale Ablehnung, fast eine Art Fluchtreflex. Fast wünschte sie sich, Sailer gar nicht gefragt zu haben. Dann hob sie langsam den Blick. »Kilian Schwaiger steht in unserer Vermisstenkartei, oder? Hatte Kilian Schwaiger nicht gegen seine Gemeinde geklagt? Ich bekomm die ganze Geschichte nicht mehr zusammen. Sailer, haben wir eine Akte?«

»Sicher, besorg i Eahna.« Er zögerte. »Des war ganz a unguade G'schicht ... Und wenn jetzt dem sei Hüfte ... also i moan a Teil davon ...«

»Sailer, ich brauch alles, was wir haben! Und wenn der Urban heute Nachmittag kommt, dann bin ich doch zuständig.«

Die Akte kam. Sie enthielt einige kopierte Zeitungsartikel und das mehrseitige Schriftstück, das Andrea immer anfertigte. Sie nannte es Dossier, aber weil Kathi sich ständig darüber lustig gemacht hatte (»Ja, bist du jetzt unter die Profiler gegangen?«) und Andrea eben so leicht zu verunsichern war, stand jetzt nur noch »Fall« darauf. Der Fall Kilian Schwaiger ...

»Sailer, ich möchte in der nächsten Zeit nicht gestört werden – es sei denn, Urban kommt. Ansonsten: Todesstrafe für jede Störung.«

»Jawoll.« Der Kollege blickte ernst.

Der Fluchtreflex kam zurück. Irmi stand auf, holte sich einen Kaffee und sah sich in ihrem Büro um. Sie fand Ablenkung, indem sie die schüttere Palme goss. Dann setzte sie sich wieder. Der Fall Kilian Schwaiger. Irmi begann zu lesen, immer schneller. Immer beunruhigter. Sie machte sich Notizen, hieb in ihre Computertastatur, kritzelte in dem Dossier herum.

Es war eine gute Stunde vergangen, als sie endlich Ordnung in die vielen Einzelereignisse gebracht hatte. Kilian Schwaiger wurde 1973 als einziger Sohn von Karl und Edeltraut Schwaiger geboren. Die Schwaigers waren unauffällige gottesfürchtige Milchbauern, wie es sie zu Hunderten gegeben hatte im Werdenfels der Sechziger- und Siebzigerjahre. Fünfzehn Kühe, einige Kälber, Hennen, ein paar Hektar Wald. Edeltraut hatte einmal im Jahr einen Ausflug mit den Landfrauen gemacht, Karl war mit der Musik zweimal bis nach Mainz gekommen und einmal nach Italien, zu einer befreundeten Kapelle im Trentino. Ein wenig ungewöhnlich war nur, dass Edeltraut als Sängerin aufgetreten war. Es stand fest, dass der Kili den Hof übernehmen sollte. Ein Studium in Weihenstephan war eigentlich nicht vorgesehen gewesen, aber Kili kam wieder, baute einen größeren Stall und heiratete Anna, die zwar nicht die Traumschwiegertochter war, denn sie kam aus einer Fabrikarbeiterfamilie und hatte nach dem Abitur Bürokauffrau gelernt. Aber dann kam 1997 Bettina zur Welt, ein blondes Engerl, und alles war gut. Auch die 2001 geborene Stefanie war ganz herzig, nur eben kein Bub.

So war es halt am Land: Keiner wollte ewig der Bixnmacher bleiben. Ein Junge musste her, aber der Bub ließ auf sich warten. Auch ansonsten hatte man Pech: Immer wieder kamen Kälber um, und die von den Mädchen so heiß geliebten Katzen starben. Es waren beschwerliche

Zeiten, aber Landwirtschaft ist nie berechenbar. Das wusste Irmi nur zu gut: Jeder Bauer verlor mal ein Kalb. Die Tiere waren nach der Geburt einfach noch nicht so widerstandsfähig. Bis heute traf es sie ins Mark, wenn ein totes Kalb unter einer Plastikplane im Hof lag, bis die Tierkörperverwertung kam und den Kadaver mit einer Winde hinaufzog. Es war unwürdig. Irmi sagte sich zwar, dass die Seele längst das Tier verlassen hatte und hinaufgeflogen war zu einer himmlischen Alm, auf der die besten Kräuter wuchsen. Manchmal half das, aber nicht immer ...

Bei den Schwaigers kam 2005 dann doch der heiß ersehnte Bub – und war geistig behindert. Der Stammhalter würde nie einen Hof führen, würde nie in Opas Fußstapfen treten, schon gar nicht in die Stapfen des Vaters, die weit größer waren als die des Opas. Sechzig Kühe hatte man inzwischen beim Schwaiger, Tendenz steigend ...

An einem schönen Februartag hatte Kilian den vierjährigen Bub auf dem Bulldog in den Wald mitgenommen. Tags zuvor hatte er einige Käferbäume umgeschnitten und entastet. Nun wollte er die Stämme herausziehen. Das war im Prinzip Routinearbeit mit Rückeschild und Winde. Es war auch nicht ungewöhnlich, dass die Bäume etwas schwierig lagen, so war das eben in einem dichten Fichtenforst auf bergigem Gelände. Besonders ein Baum war ein kritischer Kandidat, der sich zwischen zwei anderen festzuklemmen drohte. Daher hatte Schwaiger eine gewaltige Umlenkrolle installiert. Dem Jungen hatte er natürlich eingeschärft, wo er stehen durfte, das hatte der kleine Benedikt auch verstanden.

Irmi lief es eiskalt den Rücken hinunter. Vom Borkenkäfer befallene Bäume stellten immer eine Unsicherheit dar. Sie hielt immer wieder den Atem an, als sie das Protokoll weiterlas. Schwaiger war an der Winde, als die Zurrkette riss und wegschnalzte wie die Peitsche eines Riesen. Dorthin, wo der Junge stand. Schwaiger stürzte in die Richtung, wo der Bub nun lag. Tot, ein blonder kleiner Engel im Schnee. Im nächsten Moment ging der Baum, der sich in der Krone eines anderen verkeilt und unter gewaltiger Spannung gestanden hatte, auf Schwaiger nieder – wie ein jüngstes Gericht, hatte er später mal gesagt und Gott verflucht, dass er ihn nicht auch mit dem Tod belohnt hatte. Eingeklemmt hatte Kilian Schwaiger unter dem Baum gelegen und konnte sein Handy nicht erreichen. Es war kalt, einige Grad unter null. Die große Tochter war irgendwann in den Wald geschickt worden, weil der Vater so lange ausblieb. Schließlich hatte sie ihn und den toten Bruder gefunden.

Die Staatsanwaltschaft hatte damals ermittelt wegen fahrlässiger Tötung, am Ende war das Verfahren gegen den Vater eingestellt worden, aber durch diese Ermittlungen gab es eben umfangreiches Material über Schwaiger.

Irmi schluckte schwer. Das arme Mädchen! Bettina Schwaiger musste lebenslang traumatisiert sein: Der Vater zerschmettert, der Bruder tot. Schwaiger hatte monatelang im Krankenhaus gelegen. Wegen des Unfalls hatte er auch eine neue Hüfte bekommen. Erst im Sommer 2009 war er aus der Reha zurückgekehrt. Und als wäre das alles nicht genug, als hätten die Schwaigers nicht eine Atempause verdient, starben bei Kilian weiterhin die Kühe. Im

Herbst und im Winter starben sie nun schnell und massenweise.

Irmi war aufgestanden, kippte noch mehr Wasser in die Palme, eine Übersprunghandlung. Was sie hier las, wollte sie am liebsten gar nicht so genau wissen und erst recht nicht an sich heranlassen. Tote Tiere setzten ihr zu, manchmal mehr als tote Menschen. Auch weil mit dem Tod von Tieren so viel Leid von Menschen verbunden war. Weil sie über all die Jahre als Kommissarin die ganz großen Tragödien immer dann erlebt hatte, wenn Tiere im Spiel gewesen waren. Weil Tierschutz immer auch Menschenschutz war. Weil Tiere wie Kinder an ganz andere Emotionen rührten. Weil es um Machtlosigkeit ging.

Sie war Kuhbäuerin, zumindest in Teilzeit, und jede tote Kuh im Stall ihres Bruders hatte sie immer auch als persönliches Versagen gesehen. Hätte man nicht früher …? Hätte es eine andere Möglichkeit gegeben? Hätte, wäre, könnte … Ein Leben im Konjunktiv war kein Leben!

Zu Beginn hatte niemand gewusst, was der Auslöser für das Massensterben war. Der Tierarzt der Schwaigers war ratlos gewesen und hatte die Amtsveterinäre verständigt. Es wurden Kot- und Blutproben genommen, und das Ergebnis war eindeutig: In allen Fällen wurde Botulinumtoxin nachgewiesen.

Ob das etwas mit Botox zu tun hatte, dem kurzen und eleganten Weg zur Faltenfreiheit? Bilder spukten durch Irmis Kopf, Bilder von Schauspielerinnen, die aussahen wie bleiche Masken ohne Mimik. Was hatte das alles mit Kühen zu tun?

Das Internet mit seinen ungeliebten Mächten Google

und Wikipedia musste erneut herangezogen werden, und Irmi erfuhr, dass Botulismus eine der gefährlichsten Krankheiten überhaupt war und Botulinumtoxin der tödlichste Stoff auf der Welt, der auch als militärischer Kampfstoff vorrätig ist. Bereits ein Zehnmillionstel Gramm reichte aus, um einen erwachsenen Menschen umzubringen – mit nur sechzig Gramm ließe sich rein rechnerisch die gesamte Menschheit auslöschen. Produziert wurde dieses Nervengift von einem unscheinbaren Fäulnisbakterium: Clostridium botulinum.

Irmi fühlte sich schon beim Lesen unwohl. Der Keim vermehrte sich besonders gern in Wurst, aber auch in Konserven, also überall dort, wo eiweißreiche Lebensmittel unter Luftabschluss verfaulen konnten. Dabei erzeugte das Bakterium sein tödliches Toxin. Die meisten Vergiftungen beim Menschen gingen auf den Verzehr verdorbener Lebensmittel zurück, las Irmi. Symptome waren zunächst Kopfschmerzen, Übelkeit und Erbrechen. Bei einem schwereren Verlauf folgten Lähmungen, die sich oft zuerst am Auge bemerkbar machten. Patienten sahen Bilder doppelt und konnten ihre Lider nicht mehr bewegen, ihre Pupillen waren erweitert und passten sich nicht mehr an die Helligkeit an. Probleme beim Sprechen, eine Schlucklähmung und Atemnot folgten. Wurde ein Patient nicht schnell genug behandelt, konnte er das Bewusstsein verlieren und an einer Lähmung der Atemmuskulatur sterben.

Doch in dem Internetartikel ging es gar nicht in erster Linie um Lebensmittel, stellte Irmi fest. Sie las weiter und erfuhr, dass sich seit etwa fünfzehn Jahren die Berichte von Landwirten häuften, die einen unerklärlichen körperlichen Verfall ihrer Rinderherden beobachteten und auch selbst an einer Schwächung des Immun- und Nervensystems litten. Diese Landwirte äußerten nun den Verdacht einer schleichenden, dauerhaften Vergiftung durch das hochgefährliche Botulinumtoxin. Manche Betriebe hatten durch die rätselhafte Krankheit, die auch als »chronischer Botulismus« bezeichnet wurde, über tausend Tiere verloren. Tausend Tiere, einfach so? Das war eine Dimension, die Irmi kaum begreifen konnte. Worum ging es hier eigentlich?

Primär ging es um Schwaiger. Sie las sich weiter ein in den Fall. Der Mann war nie mehr auf die Füße gekommen, und auch seine Frau war völlig gebrochen. Die Geschichte hatte einige Zeit die Lokalpresse beherrscht, auch der BR war da gewesen. Irmi erinnerte sich, wie sie damals mit ihrem Bruder Diskussionen darüber geführt hatte, wie zerbrechlich Systeme waren, wie anfällig, wenn einmal der Wurm drin war. Oder der Erreger. Bernhard hatte ziemlich schnell abgewiegelt und von Panikmache gesprochen – und davon, dass jeder halt ordentlich wirtschaften müsse und selber sehen, wo er bleibe. Schwaiger sei ein Rachegott, hatte Bernhard gesagt. Irmi war das Wort im Ohr geblieben, denn das war eigentlich nicht Bernhards Ausdrucksweise. Er hatte gewettert, dass der Mann doch nur sein ureigenes Versagen auf die anderen schiebe. Immer diese anderen, die Gesellschaft, die schlechte Kindheit, die Welt.

An so einer Stelle war es immer schwierig, mit Bernhard weiterzudiskutieren. Bernhards Meinungen waren so fest wie sein Fahrsilo, für das er auch mehr Beton und Eisen als nötig verwendet hatte. Bernhard verdammte alle »Sozi-Ideen« und würde am liebsten alle Hartz-IV-Empfänger zur Arbeit an Straßen und in Parkanlagen schicken. Dabei war er keineswegs ein Stammtischparolenbrüller, in seiner Welt gab es nur eben kein Schicksal oder Pech – jeder war seines Glückes Schmied. Man musste eben fest arbeiten.

In manchen seiner Thesen konnte Irmi ihrem Bruder zustimmen, aber gerade sie wusste, dass es genug Menschen gab, die alles richtig machten, mehr als hart arbeiteten, und zwar nicht auf Kosten anderer – und denen das Leben dennoch frontal in die Fresse trat. Irmi schluckte und vertiefte sich weiter ins Leben von Kilian Schwaiger.

Dieser hatte auf eigene Kosten Bodenproben nehmen lassen, und siehe da: Die Erreger stammten von einer Wiese, die der Gemeinde gehört hatte und die die Schwaigers seit 2002 in Pacht hatten. Bei Starkregen und Überflutungen wurde die Wiese immer durch den Regenüberlauf eines Abwasserkanals überschwemmt. Schwaiger hatte die Schwelle zum finanziellen Ruin längst überschritten, aber er gab selbst Gutachten in Auftrag, er legte Laboruntersuchungen vor, die wohl ganz klar bestätigten, dass die Erreger in seinen toten Tieren identisch waren mit denen von der Wiese – dennoch weigerte sich die Gemeinde, Verantwortung zu übernehmen. Es gab aus dieser Zeit einige Medienberichte – und irgendwann hatte die Gemeinde offenbar den Humus abtragen lassen, ohne jedoch irgendeine Schuld einzuräumen.

Wieder musste Irmi die Stirn runzeln. Warum ließ man Humus abtragen, wenn alles in Ordnung war? Schwaigers

Name tauchte in diversen Zeitungsartikeln immer wieder auf, und zwar in Zusammenhang mit der Initiative AGBG – Aktiv gegen Biogas. Die Polizei war nur insofern involviert gewesen, als auch in Garmisch eine Demonstration stattgefunden hatte. Erst 2011 hatte man sich wieder mit Kilian Schwaiger befasst, als seine Frau ihn vermisst gemeldet hatte. Die Polizei hatte ihn in den umliegenden Wäldern mit relativ großem Aufwand gesucht, zumal er als suizidgefährdet galt. Doch Schwaiger blieb verschwunden – bis zum heutigen Tag, als ein Teil seiner Hüfte aufgetaucht war. Vier Jahre nach seinem Verschwinden!

Der Fall Schwaiger – Irmi fröstelte. Sie griff zum Telefon. »Sailer, ist der Urban schon aufgetaucht?«

»Naa.«

»Rufen Sie ihn an, machen Sie ihm Beine. Ich will den hier haben!«

»Der werd scho kommen.«

»Jetzt! Sofort!«

»Ja, i schau amoi, dass der zeitnah kimmt.«

Zeitnah, schönes Wort. Sailer verblüffte sie immer wieder.

Währenddessen versuchte Irmi ihre Kollegin Kathi zu erreichen. Doch ihr schallte nur von der Mailbox entgegen: »Des is die Kathi. Wennst was wuist, dann red was drauf. I ruf di z'ruck. Heit oder bald amoi.« Kathi gehörte zu denen, die sogar ihre SMS in Dialekt verfassten, und zwar teilweise so krude, dass man die Botschaft nicht verstand.

Irmis nächster Anruf galt ihrem Bruder, der, was fast an ein Wunder grenzte, tatsächlich an sein Handy ging.

»Wo steckst du?«

»Schwesterherz, seit wann frogst du, wo i bin? Sehnsucht?«, brummte Bernhard.

»Einfach mal eine Antwort? Wo?«

»In Garmisch, ganz in der Nähe. I war beim Steuerberater. So a Scheiß. Bin am Heimweg.«

»Kannst du kurz vorbeischauen?«

»Kurz scho, um fünfe muass i in den Stall, was dir bekannt sein sollt.«

»Bis gleich.«

Schon fünf Minuten später stand Bernhard in der Tür.

Irmi stellte seit einigen Jahren fest, dass die Familienähnlichkeit zwischen ihr und ihrem Bruder nicht zu verleugnen war. Sie waren beide große Kinder, fleischig, raumfüllend, nicht fett, aber einfach unübersehbar.

Bernhard, der immer schon ein Meister des Minimalismus gewesen war, sparte sich die Begrüßung. »Oiso?«

»Setz di. Schwaiger, Kilian Schwaiger, klingelt es da bei dir?«

Bernhard überlegte kurz. »Der Querulant, der dann verschwunden is? Der jetzt gwiss auf einer Südsee-Insel hockt und sich dodlacht, dass ihr den g'sucht habt?«

»Ja, der. Wie war das damals mit seinen Rindern? Erinnerst du dich noch?«

»Ja, sicher! Der hot für g'nug Aufwind g'sorgt. Hot beim Bauernverband und beim Maschinenring Wallung g'macht. Dass des uns allen widerfahren kann. Der hot getan, als stünd der Weltuntergang knapp bevor.« Bernhard schnaubte.

»Aber es ist doch erwiesen, dass seine Tiere an Botulismus verstorben sind, oder?«

»Ja, des bezweifelt ja koaner.«

»Und das heißt?«

»Schwesterherz, schaug. Die Rinder vom Schwaiger san ja wohl echt vergiftet worn, aber ob des von dera G'meindewies kimmt, des woaß doch koaner. Der hot halt unsauber gewirtschaftet. Der hot halt a paar Kitz mit einig'maht, und des Gift war dann im Silo. Des passiert schon amoi, was glaubst, warum i stundenlang durch die Wiesen schlapp …«

»Ich auch!«, warf Irmi ein. In der Tat versuchten sie zusammen mit ein paar Jägern jedes Jahr in der Erntezeit, die Rehkitze zu finden und vor dem grausamen Mähtod zu bewahren. Irmi tat es wegen der Kitze, denn es lag ihr tagelang im Magen, wenn sie dann doch ein Kitz zermäht hatte. Das Blut, diese winzigen Hufe … Und sie tat es wegen der Ricken, die dann verzweifelt nach ihrem toten Kind schrien. Bernhard hatte weit pragmatischere Gründe für diese Einsätze, das war ihr schon klar.

»Schaug, Irmi, du glaubst doch ned, dass neuerdings dieser ganze Aufwand getrieben wird, mit einem Octocopter die Wiesen abzumfliegen, und dass Wärmebilder von den Rehkitzen gemacht werden, die in der Wiesen flacken, bloß wegen so a paar dode Bambis? Kimm, jeder woaß doch, wie gefährlich des Leichengift is.«

»Du willst mir also sagen, dass jeder weiß, was Botulismus ist?«

»Mei, jeder? Was woaß i? Aber erinnerst di an den Sepp?«

Der Sepp? Ach ja, das war ein Kumpel von Bernhard, eine ziemlich schräge Existenz, der auf seinem Hof bei

Murnau von – ja wovon eigentlich? – lebte. Er hielt Esel und Maultiere, machte Heu, besaß ein bisschen Wald – eine klassische Landwirtschaft aber hatte er längst aufgegeben. Irmi erinnerte sich, dass dieser Sepp einen Esel gehabt hatte, der an dubiosen Symptomen fast verstorben wäre, aber eben nur fast.

»Aber da hast du es doch! Der konnte auch nichts beweisen.«

»Wen kratzt des? Es kimmt, wie es kimmt. I les Topagrar und das Bauernblatt, und nirgendwo steht, dass es diesen chronischen Botulismus, oder wie sie den nennen, überhaupt gibt. Es gibt eine Studie aus Hannover, und es gibt das sogenannte Bundesinstitut für Risikobewertung. Des is alles im Topagrar g'standen. Und von dene sieht da koaner Zusammenhänge. Des san doch schlaue Leit, mir san bloß Bauern, mir miassen des doch glauben, mir san doch in koaner Bananenrepublik.«

Irmi schwieg. Ihr Bruder war zweifelsohne ein besonnener Mann, aber auch sehr konservativ, und er vertraute seinen Agrarzeitschriften. Sie als Polizistin hatte da weit mehr Zweifel. Gerade in Bayern mit seiner Spezlwirtschaft wusste sie nur zu gut, was Korruption war und wie verschlungen die Wege manchmal sein konnten.

»Schwester, i muass. Der Schwaiger duat mir aa leid, aber des war a bedauerlicher Einzelfall. Der Schwaiger war a Querulant. Warum wuist des wissen? Is er wieder do?«

»Nicht direkt«, sagte Irmi. Das stimmte ja auch. »Pfiat di.« Das Gespräch war beendet.

Bernhard erhob sich bedächtig, schüttelte ganz leicht und missbilligend den Kopf und ging grußlos.

Irmis Innerstes war in Alarmbereitschaft. Das ging ihr immer so, wenn sie das Gefühl hatte, zwar Zugang zu einer Fülle von Informationen zu haben, aber nicht zu wissen, wo sie beginnen sollte. Wie bei einem Wollknäuel, wo der Fadenanfang verschüttgegangen war. Dick und fett lag das Knäuel da und ließ sich nicht entwirren.

Sie versuchte, sich die Details der Geschichte von Sepps Esel in Erinnerung zu rufen. Es war ein ganz großer mit Ohren wie Schultüten gewesen, der auf einmal nicht mehr aufstehen konnte. Mit ein paar anderen Männern hatte Sepp ihn aufgehievt. Stand er dann, wirkte er ganz normal, er fraß und trank wie immer. Und irgendwann legte er sich wieder hin, und dann war das Grautier wie abgeschaltet, als hätte jemand einen Schalter umgelegt. Eine Nervenlähmung lag nahe, es gab Infusionen vom Tierarzt, aber ein liegender Esel ist sehr bald ein toter Esel.

Sepp wäre nicht Sepp gewesen, wenn er nicht die Boxenwand eingerissen und eine Gurtkonstruktion geschaffen hätte. So konnte er mithilfe seines Frontladers den Esel immer wieder aufstellen. Im Dorf war klar: Jetzt spinnt er komplett. Wegen einem Esel so ein Aufwand … Seine Mutter, so ein zaaches altes Weiberl einer Bauerngeneration, die Esel als Arme-Leute-Tiere sah und sich im Dorf wegen des Geplärrs der Viecher schämte, hätte das Grautier lieber heut als morgen tot gesehen. Sepp aber stellte seinen Esel jeden Morgen auf, sechsunddreißig Tage lang. Am siebenunddreißigsten Tag trank er noch schnell einen Kaffee. Als er hinauskam, stand der Esel von selber!

Sepp hatte immer Botulismus in Verdacht gehabt, weil auf seinem riesigen Heuboden Fuchsfähen ihre Jungen aufzogen und tote Beutetiere beziehungsweise deren Reste liegen ließen. So ganz wollte aber keiner an Sepps Theorie glauben, ein Sepp war schließlich kein Chemiker. Irmi waren diese ganzen Begrifflichkeiten auch nicht klar. Was am Ende egal war: Der Esel wurde wieder gesund, und die Mutter musste sein lautes Geplärre weiter ertragen.

Um nicht wieder die Palme zu malträtieren, machte sich Irmi einen weiteren Kaffee, was sehr zu Ungunsten ihrer Magenschleimhaut ging. Sie ließ sich zum Bürgermeister von Schwaigers Heimatgemeinde durchstellen. Der Mann war einfach ein Bilderbuchbürgermeister. So boarisch, so heimatnah und leider ziemlich clever. Nicht bloß bauernschlau, sondern auch noch Lehrer in Teilzeit – eine brandgefährliche Kombination, wie Irmi fand. In der Zeitung posierte er am liebsten mit dem Landrat, war sogar mit dem Landesvater und mit einigen Ministern per Du. Er hatte es zu etwas gebracht. Irmi kannte ihn, den Severin Jörg, doch befreundet waren sie nicht gerade. Eher im Gegenteil.

»Die Irmi, das freut mich aber«, sagte er mit der typischen Politikerinbrunst, mit der er auch hätte sagen können: Ich sitz grad am Klo.

Du mich auch, dachte Irmi. »Severin, griaß di. Kilian Schwaiger. Stichwort: Pachtwiese. Was war da los?«

»Immer gleich auf den Punkt, die gute Irmi!«

»Wie geht's der Gattin? Sind die Buam wohlauf? Hast du das Preisplatteln in deiner Altersklasse gewonnen? Bist Schützenkönig? Hängt die Schützenscheibe schon? Hast den Wurstkranz schon aufgefressen? Reicht das als Small-Talk? Kilian Schwaiger?«

Er lachte kurz auf. »Irmi, Irmi! Gut, was willst du wissen?«

»Wie war das damals mit der Wiese?«

Er seufzte theatralisch. Irmi war froh, dass sie kein Bildtelefon hatte. Seinen Gesichtsausdruck hatte sie schon in der Schule gehasst. Er war einige Klassen unter ihr gewesen, aber bereits damals als Großmaul verschrien. Er konnte dem Gegenüber mit einem Blick vermitteln, wie unterbelichtet es doch war. Und er legte immer einen Schuss Mitleid in sein G'schau, bevor eine verbale Gewehrsalve losging.

»Da du ja keine Zeit zu haben scheinst: Wir hatten Schwaiger eine sechs Hektar große Wiese verpachtet, alles wasserdicht, Verträge, Pachtzins. Wir hatten mehrmals Hochwasser, weshalb ein Abwasserkanal gebaut wurde, genehmigt und abgenommen von den Landesbehörden. Schwaiger hat behauptet, seine Tiere kämen wegen einem Toxin in der Silage, die er auf dem Feld gemacht hat, zu Tode.«

»Wenn ich dich unterbrechen darf: Das wurde aber auch bewiesen.«

»Irmgard Mangold, ich habe selbst mehrere Gutachten erstellen lassen. Der Nachweis von diesem Clostridium botulinum ist das eine, wo sich der Schwaiger das hergezogen hat, das ist das andere.« Er schlug einen verschwörerischen Ton an. »Unter uns, Irmi, das war kein sauberer Hof da draußen. Ein Grattlerhof war das. Ja, was glaubst du, wie oft der Tierarzt wegen Milchfieber da war, wegen festliegender Kühe? Beim Alten war das schon so und beim Jungen auch. Ihr habt doch auch eine Landwirtschaft?

Dann weißt du, wie wichtig richtiges Futtermanagement ist. Ich will da nichts gesagt haben, aber du selber weißt am besten, wie fatal Hygienemängel sich auswirken können.« Erneute Kunstpause. »Liabe Leit san's scho, die Schwaigers, keine Frage, aber ziemlich geschlagen mit so einem Sohn. Die arme Anna, aber was heiratet sie auch so einen. Da hätte es andere gegeben. Ja, wo die Liebe hinfällt.« Er lachte polternd. »Aber man kann für das eigene Versagen doch nicht immer andere verantwortlich machen, wie der Kilian das getan hat.«

Irmi blieb kurz die Spucke weg. Sie zählte innerlich bis drei. »Aber ihr habt den Abwasserkanal geschlossen«, wandte sie ein.

»Das hab ich veranlasst, um die Bürger zu beruhigen. Schwaiger hat sich da mit dubiosen Umweltschützerkreisen eingelassen. Ich wollte meinen Bürgern zeigen: Seht her, wir nehmen eure Ängste ernst.«

Du Sack!, dachte Irmi. Deine Bürger, ha! Kommunalwahlen waren gewesen, und du wolltest das gute Geld eines Dorfoberhaupts nicht dem Kontrahenten überlassen.

»Severin, ganz so einfach war es ja nicht, oder? Schwaiger hatte sich einen Anwalt genommen. Ihr habt sogar einem Vergleich zugestimmt. Ihr habt zehntausend Euro Entschädigung bezahlt und den Überlauf stillgelegt.«

»Ja, was wuist dann no?«

»Das Viehsterben bei Schwaiger ging weiter, weil bei Starkregen da auf der Wiese – mit oder ohne Regenüberlauf – dieser Kanal in jedem Fall übergelaufen ist. Schwaiger hat Strafanzeige gegen die Gemeinde erstattet, und dich haben sie wegen umweltgefährdender Abfallbeseitigung angezeigt, doch das Verfahren wurde gegen Zahlung von fünftausend Euro eingestellt. So war es doch?«

»Hör mal, Irmgard Mangold, wenn du das alles weißt, was willst du dann noch? Wir haben gelernt, wir haben reagiert, wir haben den Kanal geschlossen, sogar den Humus abgetragen.«

»Aber es gab ein Gutachten, das besagt, dass die infizierten Tiere die Keime wieder ausscheiden und dass diese äußerst resistenten Erreger auch in der Gülle überleben. Mit der Düngung ist ein Kreislauf der Weiterverbreitung und Wiederansteckung entstanden. So sieht es doch aus!«

Er seufzte und sagte nun im Tonfall eines Lehrers, der es mit einer ganz besonders dummen Schülerin zu tun hat: »Irmi, schau, es ist außer beim Schwaiger nirgendwo Mensch oder Tier erkrankt!«

»Schwaiger wollte Gemeinde und Landratsamt auf Schadenersatz in Höhe von einer Viertelmillion Euro verklagen. So viel hat er nach seinen eigenen Berechnungen in den letzten Jahren durch den Verlust an Vieh und die dadurch erforderlichen Zukäufe und Ausfälle beim Milchgeld verloren.«

»Ja, der Witzbold, der depperte! Damit wäre der nie durchgekommen!«

»Das Beweissicherungsverfahren wurde nie beendet«, sagte Irmi gedehnt.

»Ja, wie? Der Lapp hat sich abgesetzt. Weil er gemerkt hat, dass er sich verrannt hat. So schaugt's aus. Wir hätten gewonnen – was glaubst, was der für Prozesskosten am Hals gehabt hätte. Dann besser in der Karibik die Eier schaukeln.« Er lachte unangenehm. »Lässt die arme Frau im Stich! Ungeheuerlich. Da siehst du doch, welch Geistes Kind der ist. Karibik. Oder Südsee. Oder Südamerika. So schaugt's aus.« Er lachte erneut polternd. Dann stutzte er kurz. »Warum willst du das eigentlich wissen? Ist er auferstanden von den Urlaubern?«

»Das, lieber Severin, fällt in mein Resort.«

»Irmi, ich sag dir mal was: Wir haben alles richtig gemacht und uns korrekt verhalten. Wenn du wieder anfängst, da herumzustochern, gefährdest du den öffentlichen Frieden. Also lass es!«

Drohte er ihr?

»Sonst passiert was?«

»Irmgard Mangold, du bist in einem Alter, wo man ganz schnell mal frühzeitig in Rente muss oder einfach nicht mehr belastbar genug ist. Wenn das die entsprechenden Kreise erfahren … Sag mal, hattest du nicht eh letztes Jahr einen Burn-out? Irmi, du bist Staatsbeamtin, die müssen doch reagieren. Stell dir vor, was du mit etwaigen Fehlentscheidungen für einen Schaden anrichten kannst!«

Das war hart. Und fies. Immer unter die Gürtellinie – eine der Spezialitäten von Severin. Irmi hatte sich in der Tat eine Auszeit genommen, weil sie am Ende einer sehr unschönen Ermittlung allein mit einem toten Rentierschädel in einem Bunker eingesperrt gewesen war. Die Todesangst hatte sie erst mal verarbeiten müssen. Aber woher wusste er überhaupt davon? Und er drohte ihr offen!

Irmi behielt die Fassung. »Schön, Severin. Vergelt's Gott für die Auskunft. Schönen Tag. Gruß an die Gattin.«

Sie legte auf. Und dann brüllte sie: »Dieses Arschloch, dieses selbstgefällige Arschloch!«

Sailer steckte den Kopf rein.

»Is was?«

»Nein, Sailer! Alles wie immer. Korrupte, bauernschlaue Arschlöcher. Wie immer! Mehr nicht.«

Sailer warf ihr einen skeptischen Blick zu, der ganz klar besagte, dass er seine Chefin gerade etwas wunderlich fand. Vielleicht hatte Severin ja recht, und sie war zu alt. Irmi nahm einen Schluck Kaffee, der lauwarm und bitter durch die Kehle rann. Da war doch was faul im Staate Werdenfels! Was, wenn Schwaiger mit der Klage durchgekommen wäre? Eine Viertelmillion Euro waren ein Batzen Geld! Die hatten sogar den Boden abgetragen, ha! Wirklich nur wegen der Wähler? Und wieso waren sich alle so sicher, dass Kilian Schwaiger an irgendeinen Palmenstrand abgehauen war? Bloß wäre er dann unter den Palmen ganz ohne Hüfte ...

Sailer drückte sich noch im Türrahmen herum. »Der Urban ist unterwegs.«

»Schön.«

»Is no was? Sie schaugn so, so ...«

»Sailer, wie schau ich? Ich schau halt! In was sind wir da reingeraten? Wie kommt ein Teil einer Hüfte auf dieses Feld?«

»Mei, so a Mensch kommt in den Häcksler wie jede andere Wildsau aa.«

»Bitte?«

»Ja mei, Frau Mangold. Bloß hot so a Wildsau koa künstliche Hüfte ned!«

Irmi schluckte. »Sie nehmen also an, Schwaiger ist untergepflügt worden? Und wie kommt er dann auf das Feld?«

»Biogasanlage, tät i sogn. Von dort ins Fassl vom Urban g'raten und nausg'sprüht. Er hot doch g'sagt, das wär kein Odel, sondern Gärrest, oder?«

Der Sailer! Konnte dreinschauen, als hätte er nicht alle beisammen – und dann zog er immer wieder messerscharfe Schlüsse und hatte eine verblüffende Allgemeinbildung. Er ging nur nicht damit hausieren.

»Aber Sailer! Der Mann ist seit vier Jahren verschwunden. Wie soll das zeitlich denn alles gehen?«

»Wiedergekommen aus der Karibik. Ins Feld gefallen. Dann umpflügt, dann verteilt? Jetzt warten S' halt amoi, was der Urban sagt. Die Damen ham gar keine Geduld ned. Step by step, Frau Mangold.«

Step by step! Sailer, der mehrsprachige Philosoph!

Auf das, was Urban zu sagen hatte, freute Irmi sich schon. Begegnungen mit Urban waren schlimmer als Fußpilz. Und zweimal an einem Tag waren zwei Mal zu viel. Auch der Anruf beim Chef war nicht dazu angetan, Freude zu verbreiten. Irmi informierte ihn über den Stand der Dinge, sie ließ aber elegant weg, dass es sich bei ihrem nächsten Besucher um Rupert Urban handelte. Der Chef und Urban kannten sich recht gut, und Irmi ahnte, dass Urban seine Kontakte spielen lassen würde, wenn ihm etwas verquer kam.

Wenig später stand Rupert Urban leibhaftig in ihrem Büro. Er trug ein anderes Hemd als am Vormittag, wahrscheinlich besaß er Hunderte von karierten Hemden. In blau, rot und jagergrün. Zwei Knöpfe standen offen, seine Brustbehaarung quoll heraus, inmitten des Gekräusels hing ein fettes goldenes Kreuz. Urban war ein wandelndes

Statement: Bayerischer Macho mit christlicher Gesinnung. Und geldig dazu. Er war sicher keiner, der sich bei *Bauer sucht Frau* die Brustbehaarung hätte entfernen lassen, weil die Anwärterin in dieser Folge der Meinung gewesen war, eine glatte Heldenbrust sei erotischer. Urban war pures Testosteron, und dazu gehörte halt auch verzwirbeltes Brusthaar.

»Habe die Ehre«, sagte er und warf sich auf den Stuhl vor Irmis Schreibtisch. »Sag mir, wo ich was unterschreiben soll. Dann überweis ich dem depperten Preißn das Geld für die Reinigung. Mir pressiert's. Ich muss noch zum Landrat.«

»Tja, Rupert, da wirst du jetzt etwas Zeit einplanen müssen.« Irmis Stimme war kalt wie Eis. Sie würde keinen Millimeter weichen vor diesem bayerischen Hormonbolzen. »Womit hast du heute dein Feld gedüngt?«

»Ned mit Rosenwasser!«

»Womit?«

»Ja, mit Dünger halt.«

»Rupert, wie du dich eventuell erinnerst, haben wir daheim auch einen Hof. Du kannst also durchaus auf mein Fachwissen bauen. Womit? Woher? Du hast heute Vormittag gesagt, es sei kein Odel gewesen.«

Er war leicht irritiert, das spürte Irmi.

»Des kann dem Preiß doch wurscht sein.«

»Mir aber nicht. Mir ist das nicht wurscht, Rupert! Ist die Frage so schwer zu beantworten? Soll ich sie noch mal stellen? Geht's dann?« Irmi fand sich selber in dem Moment ganz gut. Sie hatte Oberwasser, und dabei sollte es auch bleiben.

»Mangold, du bist a Hex. Also ganz von Adam und Eva an. Wie du woaßt, ham mir auch den Hof von meiner Elli südlich von Landsberg. Bei die Schwobn da draußen. Im Fuchstal. Die Schwiegerleit bewirtschaften den Hof, san aber oid. Mir ham die Rindviecher weg, und der Schwiegervoder hot jetzt im größeren Stil Mais anbaut. Des ist rentabler als Kühe und einfacher.«

»Und den Mais verkauft ihr an die Biogasanlage?«

»Sicher, was sonst?«

Ja, so weit waren sie schon, die Landwirte. Was sonst? Wo einst Kühe geweidet hatten, wo man in heißen Sommern duftendes Heu gemacht hatte, wo die Kreisler und Schwader ihre Bahnen über die Felder gezogen hatten, da stand nun Mais. Auf endlosen Flächen. Mais, so weit das Auge reichte. Und einem wie Urban kam die Energiewende nur zupass. Weg mit dem Vieh, hinein in eine große Zukunft.

Breitbeinig saß er da, lehnte ganz lässig auf seinem Stuhl und wartete.

»Und den Gärrest bringst du wieder aus? Auch hier herunten?«

»Sicher! Das ist ein fantastischer Dünger. Dazu rät auch das Landwirtschaftsamt. Das ist wirtschaftlich, und das Rückführen auf die Felder sorgt für einen geschlossenen Nährstoffkreislauf.«

Er klang wie aus einer Werbebroschüre. »Das hast ja toll gelernt!«

»Ach, Irmi, bloß weil dei Bruder und du so reaktionäre Hinterwäldler san, müssen mir des ja ned aa sein. Mir bringen einen Teil im Fuchstal aus und den kleineren Teil im Werdenfels. Was ist daran so interessant, Frau Oberpolizistin? Die Irmi, dass die amoi so was wird, so a Bulette!« Er lachte herausfordernd.

Irmi hielt seinem Blick stand. Sekunden verstrichen. »Mei, Rupert, das ist insofern interessant, als das Teil, das ich dir gezeigt habe, zu einer künstlichen Hüfte gehört. Titan, schöne Arbeit. Unverwüstlich. Und da fragt sich die Frau Oberpolizistin einfach: Wie kommt ein Stück Hüfte auf das Feld vom feinen Rupert?«

Die Überraschung war ihm anzusehen. Das Gespräch nahm gerade eine Wendung, die für ihn mehr als ungut war.

»Hüfte?« Das klang nun allerdings mehr nach staunendem Kind als nach Macho.

»Ja, Hüfte. Oder besser gesagt Hüftteil. Und da drängt sich doch die Frage auf, wo denn wohl der dazugehörige Mensch stecken mag?«

»Moment, Irmi! Du wuist aber ned sagen, dass i ... dass oaner ... dass a Hüfte ... also ...«

»Rupert, du redest etwas wirr. Der von dir besprühte Herr Miller hat ausgesagt, dass das Teil aus deiner Sprühdüse geflogen sei. Rekonstruieren wir doch mal, wie es theoretisch da hineingekommen sein könnte. Eine Idee?«

»Wie denn? Der Gärrest wurde im Fuchstal ins Fass gepumpt, dann bin ich losgefahren und hab mein Feld damit gedüngt.«

»Das könnte bedeuten, dass diese Hüfte in der Biogasanlage war und mit dem Gärrest in dein Fass gelangt ist, oder?«

Rupert Urban dachte nach. Er war offenbar völlig aus

dem Konzept geraten. »Ja mei, keine Ahnung«, sagte er schließlich. »Aber das ist doch nicht mein Problem! Was kann ich denn für so einen Titanklumpen?« Er witterte Morgenluft.

Wenn Irmi ehrlich war, kam ihr der anfängliche Verdacht inzwischen auch etwas dünn vor. Zumal sie zum jetzigen Zeitpunkt den Namen des Hüftinhabers lieber nicht nennen wollte. Sie würden weitere Reste von Schwaiger benötigen, um etwas in Bewegung zu setzen. Die Staatsanwaltschaft würde momentan auch nicht mitziehen. Reste von Schwaiger, wie das klang! Was hatte sie für Gedanken? Dieser Beruf machte einen nicht gerade sensibler.

»Wer beliefert denn diese Biogasanlage mit Mais?«

»Ned bloß Mais. Auch Mist und Abfälle. Des is a Genossenschaft von acht Bauern, da geht es um Energie-Autarkie, das ist der Schlüssel für unsere Zukunft. Mit der Fernwärme beheizen die das Sportzentrum. Das ist modern und sauber.«

Das Ganze schien letztlich uferlos zu sein. Wie sollte sie unter diesen Umständen je herausfinden, wo und wie Schwaiger zu Tode gekommen und wie ein Teil seiner Hüfte ins Fass des Rupert Urban gelangt war?

Die Tür schlug so heftig auf, dass Irmi sofort klar war, wer gleich im Zimmer stehen würde. Nur Kathi polterte so in die Leben anderer. Nie betrat sie einen Raum ruhig und bescheiden, nein, sie rammte die Tür stets so gegen die Wand, dass sie zurückschlug. Damit signalisierte sie eindeutig, dass Kathi gekommen war.

»Du hattest angerufen! Ich sag dir, Zahnärzte sind alles perverse Wich...« Kathi stoppte in der Bewegung und schwieg. »Oh, du hast Besuch.« Sie beäugte Urban, der sich sichtlich darum bemühte, Charme zu versprühen. Er grinste wie ein Honigkuchenpferd. Ein schweres Kaltblutpferd allerdings.

»Junge Frau, grüß Gott.«

»Wenn ich ihn seh«, konterte Kathi gänzlich unbeeindruckt. Sie kannte ihre Wirkung auf Männer und nutzte sie auch, allerdings nicht bei einem wie Urban. Der war weder ihre Alters- noch ihre Gewichtsklasse.

Irmi warf Kathi einen kurzen Blick zu, dann sagte sie zu Urban: »Du gehst jetzt zum Kollegen. Ihr findet sicher einen Weg, den Miller zu befrieden. Du hinterlässt mir Adresse und Ansprechpartner bei der Biogasanlage. Das war es aber noch nicht, Rupert! Du bist nur für den Moment entlassen.«

Er war aufgestanden, wirkte aber nicht mehr so selbstsicher wie am Anfang. Sein erneutes »Habe die Ehre« klang lasch.

Kaum war er draußen, okkupierte Kathi den Stuhl. »Hab ich was verpasst?«

»Kann man so sagen«, sagte Irmi und begann langsam zu erzählen – vom besprühten Miller, vom Fund des »Titanklumpens«, vom vermissten Schwaiger.

»Der wird sich kaum freiwillig von seiner Hüfte getrennt haben!«, rief Kathi.

»Nein, das glaub ich auch nicht.« Irmi verzog das Gesicht, als hätte sie Schmerzen. »Er ist bei einem Unfall ums Leben gekommen, oder er wurde ermordet. Irgendwann zwischen seinem Verschwinden und jetzt. Aber das macht es ja so kompliziert. Uns fehlen vier Jahre.«

»Na ja«, Kathi machte eine wegwerfende Handbewegung. »Den wird's vor vier Jahren derbröselt haben, und jetzt taucht die Leiche eben wieder auf.«

Das war das Schöne an Kathi: Sie blickte mit einer provozierenden Selbstsicherheit auf die Dinge und die Welt. Gibt's nicht, gab's nicht bei Kathi.

»Aber wir haben ja gar keine Leiche!«, rief Irmi.

»Das ist doch schon mal was! Wenn Sailer mit seiner Theorie recht haben sollte, dann muss Schwaiger irgendwo da vor Landsberg verreckt sein. Dann wurde er ins Feld eingearbeitet und in der Biogasanlage vergoren. Das ist doch der perfekte Mord. Wer rechnet schon mit so einer verräterischen Hüfte, die am Ende übrig bleibt?«

»Kathi! Deine Euphorie in Ehren. Aber wann muss er in diese Biogasanlage gelangt sein, damit er heute früh wieder ausgebracht wurde? Das ist doch abstrus. Der war doch keine vier Jahre in dieser Anlage?«

»Warum denn nicht? Das Hüftteil kann doch länger drin gelegen haben. Wir müssen halt mal die genaue Funktionsweise von Biogasanlagen recherchieren. Was ich aber viel interessanter finde: Es ist bestimmt kein Zufall, dass ein Ökoquerulant wie Kilian Schwaiger ausgerechnet auf dem Feld des Quadratschädels Urban wieder ans Tageslicht kommt. Wo ist die Verbindung zwischen den beiden?« Kathi musste nach Luft schnappen, so aufgedreht war sie schon wieder. »Der Urban hat den perfekten Mord begangen, oder hat das zumindest geglaubt. Bis heute. Lässige Geschichte! Wir brauchen bloß ein Motiv.«

»Lässig, ja, so kann man es nennen. Bloß ein Motiv. Danke, Kathi!«

»Ach, Irmi! Etwas mehr Optimismus! Ich habe gerade den Besuch meiner Tochter beim Zahnarzt überlebt. Es gab Tierfilme, es gab Kopfhörer, eine Helferin, die dem Soferl erzählt hat, sie würde grad am Meeresstrand wandeln. Trotzdem mussten wir fünfmal abbrechen. Das Soferl hatte eine Kreislaufattacke, und da sagt der Idiot, das käme vom Wachstum. Ich war kurz davor, ihm den Bohrer in die Nase zu rammen. Nach dem Tag ist so eine Hüfte ein Klacks für mich.«

»Toller Klacks.«

»Na, wir werden dem Urban halt noch mal auf den Zahn fühlen ...« Sie brach ab. »Puh, nicht schon wieder Zähne. Aber vielleicht würde er unter Zahnfolter gestehen.«

Irmi musste lachen. »Kathi, ich schätze deine positive Lebenseinstellung, aber wir haben nichts in der Hand. Urban wird argumentieren, dass eine ganze Reihe von Bauern die Anlage beschicken, und damit hat er ja auch recht.«

»Wir müssen weitere Reste von Schwaiger finden!«

Wie das klang! Während sie so etwas nur dachte, schmetterte Kathi es einfach hinaus.

»Und wenn es sonst keine Teile mehr gibt?«, gab sie zu bedenken.

»Immer mit der Ruhe, wir sind noch ganz am Anfang. Und es bleibt immer etwas übrig. Das weiß jeder Fernsehzuschauer. Am Ende kommt alles zu Tage. Manchmal erst nach Jahrzehnten. Was sind da schon vier Jahre?« Kathi schaute unternehmungslustig. »Was machen wir jetzt?«

Irmi sah auf die Uhr. »Jetzt? Nichts mehr. Wir fahren morgen zu den Schwaigers.«

»Und sagen der Frau, dass sie jetzt ein Stück Hüfte beerdigen kann?«

»Ach, Kathi, du bist echt ... echt ...«

»Unsensibel, unachtsam. Ich weiß. Kürzlich hat mir eine Bekannte, mit der es etwas Zoff gab, gesagt, ich würde zu schnell denken und zu schnell reden. Das mache den Umgang mit mir für den Rest der Welt unmöglich.«

Irmi lachte. »Stimmt ja irgendwie. Und was hast du gesagt?«

»Dass schnelles Denken in meinem Job echt von Vorteil ist.« Sie lachte laut. »Außerdem habe ich ein wunderbares Zitat ins Schlachtfeld geworfen: Wer zuletzt lacht, denkt zu langsam.«

Irmi schüttelte den Kopf. »Wo hast du das denn her?«

»Von einer Postkarte. Ist doch genial! Und ich sage dir: Der Urban ist auch so einer, der zuletzt lacht. Habe die Ehre!«, äffte sie ihn nach und bewegte sich mit schwankendem Djangogang zur Tür.

»Aber seine Brustbehaarung kriegst du nie so hin!«, rief Irmi ihr nach.

»Ich spei gleich«, schallte es über den Gang.

Irmi blieb noch einige Minuten sitzen. Kathis Auftritte waren wie schnell aufziehende Gewitterfronten. Es tat gut, danach in die Stille zu atmen und zu warten, bis der Wind sich gelegt hatte.

Langsam ging Irmi zu ihrem Auto. Der Besuch bei Anna Schwaiger lastete auf ihrer Seele. Das würde nicht schön werden. Bernhard war nicht zu Hause, was Irmi nur recht war. Sie wollte nicht nochmals über Schwaiger reden. Im Gang hatte einer der Kater eine Klorolle komplett entrollt und zusätzlich in Konfetti umgearbeitet. Sie stöhnte. So jung waren die Kater gar nicht mehr, aber zwischendrin hatten sie echte Anfälle von galoppierender Infantilität. Männer! Apropos Galopp: Eine wilde Jagd tobte an ihren Beinen vorbei. Der Kleine, der längst größer war als ihr Erstkater, aber immer der Kleine blieb, warf und beutelte eine Socke, der Große hinterher. Bis er sich von einem Fleckerlteppich ablenken ließ, den er zu einem monströsen Knödel zusammenzwirbelte. Ja, Teppiche mussten bekämpft werden.

3

Als Irmi am nächsten Morgen in die Küche kam, saß ihr Bruder vor der Zeitung. Er sah kurz auf.

»Morgen, Irmi. Jessas, du hast den Blick!«

»Was für einen Blick?«

»Den Neuer-Fall-Blick. Du bist eh scho schwer zum ham, aber bei einem Fall – oje.« Bernhard grinste.

»Ich bin gut zum ham! Ich bin keine Zicke, ich putz die Bude, ich kauf ein und helf dir. Ich bin besser als jede Ehefrau, weil du mit mir nicht shoppen musst, keine Urlaube machen und nicht romantisch essen gehen. Ich will keine Ringe und keine Blumen.«

»Du datst doch gar ned schoppen wuin.« Bernhard tippte sich an die Stirn.

»Jedenfalls hast du mit mir das große Los gezogen. Mir sind deine Spezln wurscht, und deine ganzen Posten bei allen Vereinen, die das Werdenfels so hergibt, gehen mir am Allerwertesten vorbei. Ich bin so was von tolerant. Das würde keine Gattin mitmachen.«

»Drum such i aa koane.«

Bernhard war wirklich kein Kandidat für *Bauer sucht Frau*.

»Und was is jetzt mit dem Schwaiger?«, fragte er unvermittelt.

Das war ungewöhnlich für ihren Bruder. Normalerweise kannte er keine Neugier, ebenso wenig wie Neid oder Missgunst. Er war keiner, der »auf die Leit« schaute. Umso mehr schien ihn das gestrige Gespräch beschäftigt zu haben.

»Ich kann dir momentan noch nichts dazu sagen.«

Bernhard schwieg und schlürfte seinen Kaffee. Seine Tischmanieren waren auch ausbaufähig.

»Kennst du seine Frau?«, fragte Irmi nach einer Weile.

»De Anna? Mei, kennen is z'vui gsagt. Schwer g'stroft die arme Frau. All des Pech – und dann haut ihr der Mo aa no ab.«

»Wieso glauben eigentlich alle, der sei abgehauen? Warum glaubt ihr nicht, ihm sei was passiert?«

Bernhard runzelte die Stirn. »Wieso? Dann host also doch sei Leich g'funden?«

»Nein!« Und das war ja nicht mal gelogen.

»Schau, Schwester, i hob dir des gestern scho verklickern wolln: Der Schwaiger hot sich verrennt. Er stand allein do. Der musste weg.«

Hmm, dachte Irmi. Der musste weg. Fragte sich nur, ob da jemand nachgeholfen hatte, und zwar nicht ein Flugkapitän, der ihn in die Südsee chauffiert hätte. Langsam erhob sie sich. »Servus«, sagte sie nur, bevor sie sich auf den Weg machte.

Im Büro traf sie auf Kathi, und sie fuhren weiter zu den Schwaigers. Es war ein perfekter Herbsttag. An der Alpspitze kratzte ein einziges Wölklein, die Blätter spielten Farbenrausch. So schön diese Heimat … hätte Irmi nicht dieses Gespräch vor sich gehabt.

Sie parkte das Auto vor einem alten Anwesen und betrachtete überrascht die Fassade. Das also galt Severin als

Grattlerhof. Dabei war das Haus eines der letzten typischen Werdenfelser Mittertennhäuser, bei denen die Tenne zwischen Wohntrakt und Stall lag. Es stand sicher auf der Denkmalliste und hätte eigentlich ins Freilichtmuseum Glentleiten gehört. Etwas versetzt zu dem alten Bau gab es einen Stall und etwa hundert Meter entfernt ein modernes Landhaus. Vor dem Stall waren zwei junge Frauen dabei, einen Haflinger zu putzen, der beherzt versuchte, den Knoten, der ihn an der Anbindestange fixierte, zu lösen.

»Hallo, wir suchen Anna Schwaiger?«

»Ich denk, im Haus«, sagte eine der beiden und wandte sich desinteressiert wieder dem Haflinger zu.

Die beiden Kommissarinnen gingen auf das moderne Wohnhaus zu. Drei Paar Gummistiefel, ein Paar Reitstiefel und diverse Turnschuhe lagen vor der Tür. Sie läuteten, doch nichts passierte. Kathi wollte schon erneut klingeln, als die Tür aufging. Anna Schwaiger war noch keine Vierzig, das wusste Irmi, doch sie sah aus wie Mitte fünfzig. Ihre langen grauen Haare hatte sie zu einem nachlässigen Zopf gebunden. Jetzt stand sie abwartend im Türrahmen und strich sich eine Strähne aus dem blassen Gesicht. Sie lächelte nicht, sie blickte auch nicht böse – aus ihrem Gesicht war rein gar nichts herauszulesen.

Irmi stellte sich und Kathi vor und fragte, ob sie eintreten dürften. Anna Schwaiger nickte. Irmi zog die Schuhe aus, Kathi tat es ihr gleich, und auf Socken folgten sie der Frau in eine offene Küche mit Theke und Esstisch.

»Kaffee? Tee?«, fragte sie tonlos.

»Kaffee, gerne!«, sagte Irmi und versuchte, irgendwie

den Blick der Frau zu erhaschen. Aber die hantierte an der Kaffeemaschine herum.

Irmi sah sich um. Auf dem Esstisch lagen eine Pferdezeitschrift, ein Smartphone, eine angefangene Mütze mit Häkelnadel. Die Mädchen mussten jetzt achtzehn und vierzehn sein, sicher waren sie in der Schule. Die Küche sah so aus, als sei sie in Gebrauch, sie war keine Vorzeigeküche aus einem *Schöner-Wohnen*-Heft. Es war aber auch nicht unordentlich. Ein leichter Geruch nach Pferd und Essensresten lag in der Luft.

Aber Irmi roch auch etwas anderes. Verzweiflung. Den ganzen Raum überspannte etwas, das ihr den Atem raubte. Selbst Kathi wirkte angeschlagen.

Anna Schwaiger stellte Kaffeehaferl auf den Tisch, eine Packung H-Milch und eine Zuckerdose. Sie legte Löffel daneben und wartete wieder. Blieb einfach stehen und wartete.

»Danke«, sagte Irmi und goss Milch ein. »Keine Milch von den eigenen Kühen?«, fragte sie und versuchte sich an einem herzlichen Lächeln.

»Wir haben kein Vieh mehr. Wir haben einen Pensionspferdestall, fünfzehn Einsteller.«

»Ah, deshalb der Hafi draußen.« Irmi probierte es mit Konversation. »Na, das stelle ich mir auch nicht einfach vor. Pferdfrauen sind ja eine ganz eigene Spezies, oder?«

»Es gibt solche und solche.«

»Ja, äh …« Wie sollte man so eine Frau nur aus der Reserve locken?

In Kathi schienen einige Lebensgeister erwacht zu sein und fielen nun mit der Tür ins Haus. »Frau Schwaiger, ich muss Ihnen leider sagen, dass wir einen Teil der künstlichen Hüfte Ihres Mannes gefunden haben.«

Zack! Aber wie hätte man das schonender formulieren wollen?

Zum ersten Mal sah die Frau hoch, schien aus ihrer Welt aufzutauchen. »Er ist tot?«

»Frau Schwaiger, mögen Sie sich bitte setzen?«, sagte Irmi und schob ihr einen Stuhl hin.

Die Frau glitt auf den Stuhl. Sie wirkte völlig verloren. »Ist er tot?«

»Das nehmen wir an. Wir haben bisher nur eben diesen Teil der Hüfte, also ...« Himmel, wie formulierte man solche Ungeheuerlichkeiten?

Anna Schwaiger entfuhr ein beängstigender Laut, der kein Lachen war und auch kein Schrei. »Vier Jahre ist er weg – und jetzt kommt seine Hüfte wieder? Die er bekommen hat, weil er den Beni verloren hat und sein bisheriges Leben? Soll ich jetzt seine Hüfte begraben?«

Sie sagte solch ungeheuerliche Dinge in einer beängstigenden Tonlosigkeit. Irmi schluckte. Das Leben war nicht fair, und es war vor allem zynisch. Kathi hatte das Beerdigen der Hüfte gestern als launigen und sehr schlechten Witz formuliert, aus Anna Schwaigers Mund klang es jedoch todernst, nicht einmal zynisch.

»Frau Schwaiger, wir sind auf Ihre Hilfe angewiesen. Wir müssen verstehen, was damals passiert ist. Wir müssen mehr über Ihren Mann erfahren. Auch, um Ihnen Gewissheit zu geben«, sagte Irmi eindringlich.

»Verstehen wollen Sie? Das ist aber viel, was Sie da dem Leben abverlangen.«

»Es tut mir leid, Frau Schwaiger, dass wir Sie belästigen müssen.«

Seltsamerweise lächelte sie nun ganz leise, als sie sagte: »Ich habe nie geglaubt, dass er uns verlassen hat. Das hätte er nie getan. Sie haben ihn mundtot gemacht.«

»Wer ist sie?«

»Die Liste reicht einmal um den Erdball.«

»Gibt es eine etwas kürzere Version?«, fragte Kathi kühl.

Anna Schwaiger sah hoch, blickte Kathi prüfend an. »Ich bezichtige niemanden. Ich weiß, wie das ist, wenn man bezichtigt wird.«

So kamen sie nicht weiter.

»Frau Schwaiger, ich habe mich gestern etwas eingelesen in diesen chronischen Botulismus, ich verstehe vieles nicht«, sagte Irmi. »Aber wir müssen irgendwo anfangen.«

Anna Schwaiger stand auf und trat an die Tür zur Terrasse. Sie sprach nach draußen. Leise, monoton.

»Es gab schon 2003 und 2005 Einzelfälle von sehr kranken Kühen. Keiner wusste, woran die gestorben waren. Unser Tierarzt auch nicht. Aber es war furchtbar, wir waren so hilflos. Ich meine, der Schwiegervater hatte auch immer Kühe gehabt. Er hatte so was noch nie gesehen. Mal Milchfieber, mal ein Infekt, natürlich. Aber diese Tiere konnten plötzlich nicht mehr schlucken. Und wir konnten uns gar nicht so sehr darum kümmern. Weil unser Sohn … weil der Beni nicht ganz in Ordnung war.«

Ihr Augenlid zuckte, und sie sprach noch leiser.

»So vieles musste sich um ihn drehen. Alles eigentlich. Wir waren ständig in München in irgendwelchen Kliniken. Die Diagnose lautete Entwicklungsstörungen mit

Teilleistungsstörungen oder Entwicklungsretardierungen. Dazu ein stark vermindertes Sehvermögen. Wir haben alles versucht – Logopädie, Förderung, einfach alles.« Sie atmete schwer. »Dann kam der Winter 2008/2009, und wir haben wieder Kälber verloren. Den Kälbern sind die Ohren abgefallen, wirklich abgefallen. Sie hatten wieder Schlundlähmungen. Wir waren nächtelang im Stall und haben sterbende Tiere in unseren Armen gehalten. Unsere Hofhündin ist kläglich verendet und zwei der Katzen auch. Damals wussten wir noch nicht, dass wir den Hund und die Katzen mit unserer vergifteten Milch totgefüttert haben. Die Anka liebte Milch. Zu Tode geliebt haben wir sie.«

Anna Schwaiger begann im Raum herumzugehen. Als sie sich an der Anrichte abstützte, befürchtete Irmi, sie werde gleich einen Schwächeanfall erleiden. Doch sie kehrte zum Fenster zurück und sprach mit äußerster Beherrschung weiter.

»Als Kilian nach Benis Tod ein halbes Jahr im Krankenhaus und auf Reha war, hatten wir einen Helfer vom Maschinenring. Die Tiere waren draußen, sie waren gesund. Es begann erst wieder im Herbst, als wir Silage gefüttert haben.«

»Im Silo war das Gift?«, fragte Kathi.

»Wir sagen das, ja. Wir wissen das. Aber nur wir. Kili ist als ein anderer Mensch aus der Klinik zurückgekommen. Er hatte so lange im Bett gelegen, er hatte viel gelesen. Ich musste ihm damals ein Tablet kaufen, damit er auf der Reha ins Internet konnte. Er hat zu viel Zeit gehabt. Als er zurück war, nahm er nichts mehr hin. Er schlug um sich.«

»Und er konnte beweisen, dass die Tiere an einer schleichenden Vergiftung eingegangen waren?«, hakte Irmi nach.

»Nicht sofort. Er äußerte den Verdacht, dass es sich um Botulismus handeln könnte. Das hatte bei uns noch keiner gehört. Ich meine, natürlich weiß jeder Landwirt um die Gefahr von Leichengift. Sie wissen sicher auch, dass Sie eine tote Maus in ein Sieb legen und austropfen lassen können. Mit dem Gift könnten Sie problemlos Ihren Nachbarn töten.«

Nein, das wusste Irmi nicht oder besser gesagt: Sie hatte noch nie über die Ermordung ihrer Nachbarn nachgedacht und schon gar nicht über Leichengift. Und doch dämmerten da von irgendwoher Bilder heran: Von Kriegen, in denen die Menschen ihr Leben nicht nur im Gefecht ließen, sondern auch später noch am Leichengift in den Brunnen gestorben waren. So hatten die dort hineingeworfenen Toten ihrerseits ihre Verwandten getötet. Es war pervers.

»Ich habe mir die Akte von damals kommen lassen«, erklärte Irmi. »Ihr Mann konnte aber doch beweisen, dass das Gift von der Pachtwiese kam, oder?«

»Theoretisch zumindest. Er konnte beweisen, dass das Toxin von der Gemeindewiese stammte, weil das übergeschwappte Abwasser den Boden vergiftet hatte. Und wir – gutgläubig und dumm, wie wir waren – hatten die Silage von der Wiese gefüttert. Über Jahre hatten wir unwissentlich Lebewesen in den sicheren Tod getrieben.«

Noch immer stand Anna Schwaiger mit dem Gesicht zum Garten. Irmi und Kathi schwiegen.

»Wissen Sie, das eine war der finanzielle Verlust, viel

schlimmer war es aber zuzusehen, wie die Tiere verendeten. Wir mochten morgens kaum mehr die Stalltür öffnen, weil sicher wieder drei, vier Tiere tot waren. Ich hatte Angst vor dem Knarzen der Tür. Ich habe diese Angst noch heute. Wir haben monatelang nicht geschlafen. Sie glauben gar nicht, wie wenig Schlaf man braucht. Wir waren nur noch Zombies.«

Anna Schwaiger schien bis heute wie ein Zombie in der Welt der Lebenden zu wandeln.

Irmi schluckte. »Aber das Gift war doch nachgewiesen! Was haben denn die Tierärzte und das Veterinäramt gesagt?«

Nun drehte sich Anna Schwaiger endlich um. »Schauen Sie, Frau … Mangold war der Name?«

Irmi nickte.

»Dann sind Sie die Schwester vom Bernhard Mangold?«

»Ja.«

Wieder lächelte Anna Schwaiger. »Ich kenne ihn nicht so gut, aber er hat immer erzählt, dass seine Schwester eine sehr kluge Polizistin ist und das gewisse Näschen hat.«

So was erzählte Bernhard? Der emotionsferne Bruder war stolz auf sie?

»Ich bin in der Landwirtschaftsthematik auch ein wenig drin. Nur falls Sie gedacht haben, ich …«

»Falls ich gedacht haben sollte, Sie hätten keine Ahnung? Wir alle haben keine Ahnung. Und das Schlimmste ist, dass die ganz schlauen Leute auch nichts wissen. Sie glauben den Lügen, die bezahlte Gutachter in gekauften Studien verbreiten. Am Ende haben uns sehr viele Menschen sehr viel gesagt und uns immer neue, angeblich wissenschaftlich fundierte Ergebnisse vorgelegt. All diese Studien leugnen die Existenz eines chronischen Botulismus.«

»Ich habe die ganzen Abläufe noch immer nicht so ganz verstanden, Frau Schwaiger. Ich will keine schlimmen Erinnerungen bei Ihnen wecken, aber könnten Sie trotzdem ...«

»Sie wollen eine Chronik des Schreckens?«

Es war totenstill im Raum. Irmi war zu betroffen, um zu nicken. Auch Kathi war verstummt.

»Es begann wie gesagt mit Einzelfällen. Seitdem wir die Gemeindewiese gepachtet hatten, kamen Rinder ums Leben, und zwar mit ganz merkwürdigen Symptomen. Der Tierarzt war ratlos, denn es traten auch immer wieder Pausen ein. Wir haben das erst später verstanden: Unser Hof ist ja stetig gewachsen, und so lange wir noch ausgetrieben haben, blieben die Tiere gesund. Oder besser gesagt: Die Tiere blieben gesund, die mehrheitlich Gras fraßen. Der Zusammenhang von Silage und Todesfällen erschloss sich uns erst später. Als wir dann komplett auf Laufstallhaltung umgestellt hatten, kam es zur Tragödie.«

»Und dann bemerkte der Tierarzt die Zusammenhänge?«

»Nicht direkt, aber er nahm Blut- und Kotproben und konnte Botulinumtoxin nachweisen.«

»Hätte denn da nicht das Veterinäramt aufmerksam werden müssen?«, fragte Irmi.

»Nein, denn das Amt erfährt erst etwas, wenn der Tierarzt eine meldepflichtige Seuche erkennt. Milzbrand, BSE, Schweinepest – die sind anzeigepflichtig, und dann dreht sich das Rad mit Hofsperrung und Keulung.«

»Und dieser Botulismus ist keine Seuche?«, wollte Kathi wissen.

»Da sind Sie beim Kernproblem. Botulismus ist tatsächlich keine meldepflichtige Seuche. Er steht nicht auf der Liste der OIE, der Weltorganisation für Tiergesundheit. Und auch in Deutschland ist es keine Seuche, wenn man die gängige Definition heranzieht: Demnach ist eine Seuche in der Epidemiologie des Menschen wie auch der Veterinärmedizin eine hochansteckende, eventuell zu Siechtum führende virulente Infektionskrankheit.«

»Ja, aber das Geschehen bei Ihnen am Hof klingt doch genauso!«, rief Irmi.

»Nicht nach Meinung der Ämter. Bei zeitlicher und örtlicher Häufung spricht man beim Menschen von Epidemie und beim Tier von Epizootie. Bei andauerndem begrenztem Auftreten an einem Ort oder in einer Population heißt es beim Menschen Endemie und beim Tier Enzootie. Und bei unbegrenzter Ausbreitung nennt man es beim Menschen Pandemie und beim Tier Panzootie.«

»Dann wäre das doch eine Enzootie gewesen?«

»Nein, denn angeblich war kein klassischer Infektionsweg auszumachen. Das Amt hob darauf ab, dass es einen großen Unterschied zwischen einer klassischen Lebensmittelvergiftung und chronischem Botulismus gebe. Abgesehen davon leugnet auch das Amt die Existenz des chronischen Botulismus.«

»Also war das Veterinäramt doch involviert?«

»Der Schwiegervater kannte über die Musikkapelle den Amtsveterinär a. D. Hans Zimmermann aus Niederbayern. Den hat er angesprochen, und der hat auch recherchiert. Dem Hans war ein Fall bekannt, bei dem Pferde durch das Düngen mit kontaminierter Gülle letztlich vergiftet worden waren. Außerdem hat er die Tierärzte bei uns in der Gegend angesprochen. Er war besser informiert als wir und wusste, dass diese Studien mit falschen Zeitfenstern arbeiten und dass sie zwar Blutproben genommen, aber nie auf Antikörper untersucht haben. All so was eben. Er wollte uns wirklich helfen, aber ihm und uns wurde immer klipp und klar gesagt, dass es sich um eine Privatsache und einen Einzelfall handelt.«

»Dann gab es auch keine Entschädigung?«

»Nur von der Gemeinde wegen des Verstoßes gegen das Abwassergesetz. Aber nie für unsere Verluste. Bei einer anerkannten Tierseuche hätte die Tierseuchenkasse bezahlen müssen, aber chronischer Botulismus ist ja eben nicht anerkannt! Solange diese Krankheit also gar nicht existiert, gibt es auch kein Geld.«

»Der Hof war am Ende?«, hakte Irmi nach.

»Sicher. Wir waren ruiniert. Aber das Geld war nicht das Schlimmste. Wir mussten hilflos zusehen, wie fast unser ganzer Bestand von einer Erkrankung dahingerafft wurde, die es angeblich gar nicht gab.« Sie musste übermenschliche Kraft aufbieten, um weiterzureden. »Tiere reden nicht. Aber ich habe in ihre Augen gesehen. Die haben gefleht: Hilf mir. Ich komme nicht aus der Landwirtschaft. Mein Schwiegervater hat das immer sehr nachteilig gefunden, auch weil er mich für rührselig hält.

Außerdem habe ich Abitur. Manchmal ist es fürs Mitfühlen aber besser, wenn das dicke Bauernblut nicht gar so träge in den Adern fließt.«

Sie sah Irmi ganz kurz an.

Und Irmi verstand sie. Gut. Zu gut. Es war manchmal von Vorteil, nicht aus einer Bauernfamilie zu stammen und mit mehr Mitgefühl und mehr Tierliebe gesegnet zu sein. Meist jedoch gereichte es zum Nachteil. Man ertrug es nicht, dass Tiere in erster Linie Nutzen bringen mussten. Natürlich wurden sie so gut wie möglich gehalten, aber nicht um ihrer selbst willen, sondern um ihre Milchleistung zu erhalten.

»Aber so was gibt's doch gar nicht!«, entfuhr es Kathi.

»Doch, und es gab noch viel mehr. Sie haben uns den Betrieb gesperrt. Sie haben Filmaufnahmen gemacht, auch bei uns in der Küche und bei den Schwiegereltern. Die Aufnahmen sollten beweisen, dass es bei uns dreckig ist.«

»Aber das ist doch menschenverachtend. Und illegal!«, rief Kathi.

»Wir waren doch nur dumme Bauern, die ihre Nase noch nie aus der Scheiße gehoben hatten. Wir wussten doch nichts über Tiere. Wir waren unsaubere Idioten, die selber schuld waren. Es gab viele Theorien. Kili hätte Kitze eingemäht war die beliebteste Vermutung.«

»Aber das überzeugt doch nicht! Doch nicht als Argument über einen so großen Zeitraum«, sagte Irmi erschüttert.

»Die Argumentation war immer, dass man das Böse nicht mehr rausbringt aus dem Bestand, wenn man sich so was mal eingefangen hat.«

Irmi tat sich schwer, klare Gedanken zu fassen. Das erschien ihr beinahe so, als würde jemand den Holocaust leugnen. Gab's einfach nicht. Hatte es nie gegeben.

»Frau Schwaiger, was passierte denn mit den Tieren? Wurden die gekeult?«

»Nein, damit hätte man ja zugegeben, dass chronischer Botulismus eine Seuche ist.«

»Das heißt, sie wurden geschlachtet? Gelangten in den Nahrungskreislauf?«

»Na, sicher.«

»Aber das ist doch total irre!«, Kathi hieb auf den Tisch.

Anna Schwaiger wollte gerade etwas sagen, als ein Mädchen im Teeniealter hereingerannt kam. Sie hatte ein Kaninchen umklammert. Ein totes Kaninchen.

»Der Willi ist tot! Der Willi! Ich will nicht, dass es wieder anfängt. Nie mehr. Nie mehr.« Sie sackte in die Knie, ohne das Kaninchen loszulassen. Das ganze Mädchen wurde erschüttert von Weinkrämpfen.

Die drei Erwachsenen waren für Sekunden wie eingefroren. Plötzlich stand die ältere Tochter da, bildschön, eine blonde Madonna. Sie hockte sich zu ihrer kleinen Schwester.

»Steffi, nichts fängt mehr an. Der Willi ist an Altersschwäche gestorben. Der Willi war zwölf. Das ist uralt für ein Kaninchen. Uralt! Er hatte ein wunderbares Hasenleben bei dir!«

Sie wiegte die Schwester im Arm und versuchte, ihr gleichzeitig das tote Tier zu entwinden. Jetzt erst löste sich die Starre der Mutter. Sie nahm vorsichtig das Kaninchen in Empfang und schlug es auf der Anrichte in ein Küchenhandtuch ein.

»Der Willi bekommt eine feine Beerdigung«, sagte sie. »Er kriegt ein Äpfelchen mit ins Grab. Steffi, der Willi ist einfach eingeschlafen.«

Die Ältere half der Jüngeren auf die Füße und öffnete einen Bauernschrank, aus dem sie einen Schuhkarton zauberte. »Komm, wir malen was drauf auf Willis Sarg. Möhren und Äpfel.«

Während sie die Schwester aus dem Raum schob, warf sie einen raschen Blick auf die beiden Kommissarinnen. Anna Schwaiger hatte zu weinen begonnen. Fast lautlos flossen die Tränen. Kathi holte Küchenkrepp, Irmi stellte Anna Schwaiger einen Stuhl hin.

Es dauerte Minuten, in denen sie allein waren mit ihrer Hilflosigkeit. Dann flüsterte Anna Schwaiger: »Die Kinder sind so sensibel geworden. Das ist das Schlimmste.«

Diese Frau hatte ihren Mann verloren. Ihren Sohn. Sie hatte ihre Existenz verloren und jeden Stolz. Aber es gab immer noch die Lebenden. Für die musste sie durchhalten. Die große Schwester hatte viel zu früh erwachsen werden müssen. Die Wunden würden nicht heilen. Diese Familie oder was davon übrig geblieben war, hatte jede Unschuld verloren. Jeden Glauben an ein Morgen. Jede Lockerheit im Umgang mit alltäglichen Situationen. Sie hatten gelernt: Es kommt immer noch schlimmer. So wie heute.

Kathi war lange still gewesen, nun brach es aus ihr heraus: »So etwas darf keiner Kindern antun.«

Anna Schwaiger sah wieder kurz hoch. »Wie alt sind Ihre Kinder?«

»Meine Tochter wird vierzehn.«

»Wie meine Kleine.«

Obwohl ihre Tochter weit mehr Zeit mit ihrer Oma verbrachte, war Kathi im Ernstfall eine Löwenmutter, die bis zum letzten Blutstropfen für ihr Kind kämpfen würde. In diesem Moment hatte sie Kilian Schwaiger zu ihrem Fall gemacht. Kathi konnte so hassen, dass sie dabei klarsichtiger wurde. Kühler. Bei den meisten verstellte der Hass den Blick. Bei Kathi setzte er Energien frei.

»Frau Schwaiger, so schwer es mir fällt, Sie zu quälen, aber wie ist das dann weitergegangen?«, fragte Irmi.

»Wir waren am Boden. Wir hatten Schulden. Wir waren Aussätzige. Kili fuhr nach Norddeutschland. Er hat sich dort mit anderen Landwirten getroffen, deren Tiere auch vergiftet worden waren. Mehrmals hat er von unterwegs angerufen, er war wie entfesselt. Er sah ein Licht am Ende eines Tunnels, weil er endlich Rückhalt spürte. Es erging nicht nur uns so, sondern auch vielen anderen – von wegen Einzelereignis und Privatsache! Er hat mich oft angerufen, mit immer neuen Geschichten. Gerade im Nordosten Deutschlands, auf den Höfen mit den gewaltigen Tierzahlen, hatten die großen Überschwemmungen der letzten Jahre ganze Wiesen komplett kontaminiert. Da gibt es Höfe mit vierhundert Hektar, die alles verloren hatten. Die verkauft wurden und aus denen der neue Besitzer Bauland gemacht hat. Bauen in Hiroshima, hat Kili das genannt.«

»Aber das ist doch alles bekannt!«, rief Kathi. »Warum tut denn keiner was!«

Nun sah Anna Schwaiger sie direkt an. »Warum tut

denn keiner was, wenn mal wieder ein Lebensmittelskandal die Republik erschüttert, Frau Reindl? Warum fressen die Leute weiter Schinken für neunundsechzig Cent aus dem Supermarkt? Warum kaufen sie das Putenfleisch, das nach nichts schmeckt und in der Pfanne nur noch halb so groß ist wie in der Packung? Weil sie gerne resistent gegen Antibiotika werden, gegen Medikamente, die sie irgendwann dringend brauchen werden? Der Mensch will nicht denken, nicht handeln. Warum sieht er die Bilder von Mastbetrieben, in denen man Schweinen die Ringelschwänze ohne Betäubung abschneidet – und bestellt am nächsten Tag Riesenschnitzel oder Souvlaki für acht Euro? Er muss doch ahnen, dass bei solchen Preisen nur billig erzeugtes Fleisch drin sein kann! Tierleid-Fleisch! Aber das will er nicht wissen. Er will sein bequemes Leben nicht umstellen.« Anna Schwaiger atmete tief durch.

Auf Irmi wirkte sie wie jemand, der komplett erschöpft war, aber für kurze Zeit letzte Energien mobilisieren konnte. Ihre Reden waren atemlos, Sätze einer Ertrinkenden, die immer wieder kurz den Kopf über die stürmische See zu recken vermochte.

»Bei all den Skandalen trifft es ja eigentlich den Verbraucher selbst, es geht um seine Gesundheit. Aber auch dann reagiert keiner. Kurze Empörung, die Behörden müssten was tun, immer die anderen sollen den Verbraucher schützen. In unserem Fall hat es ja nur dumme Bauern getroffen. Stellen Sie sich mal vor, was passieren würde, wenn das Geschehen bei uns und auf den anderen Höfen als Krankheit anerkannt worden wäre? Das würde die Tierseuchenkasse Millionen kosten. Was es nicht gibt, das kostet nichts. So einfach ist das.«

Kathi schnaubte. Irmi schwieg und hörte weiter zu.

»Hans war als Einziger auf unserer Seite. Er hat das Ungeheuerliche ausgesprochen, nämlich dass es sich um eine Zoonose handelt.« Anna Schwaiger registrierte Kathis Blick und fuhr fort: »Wir reden von einer infektiösen Krankheit, die zwischen Tier und Mensch übertragbar ist.«

»Sie meinen ...«

»Benis Behinderung. Die toten Katzen. Die tote Hündin. Kili hatte Tage, da waren seine Adern dick wie Finger. Ich hatte Sehstörungen, Schwindelattacken. Und von den betroffenen Landwirten im Osten hatte Kili noch ganz andere Geschichten gehört. Es gibt in Leipzig eine Professorin, die sieht die Zusammenhänge. Hans war mit ihr im Gespräch. Sie konnte bei einem Bauern aus Sachsen haarsträubende Werte an Clostridium botulinum nachweisen. Natürlich hat das Gift auch Wirkungen auf den Menschen, auf jeden von uns. Aber uns hat man nicht geglaubt. Ich hatte Cidre im Kühlschrank, der bereits geöffnet war. Ein perfektes Milieu, in dem sich Bakterien bilden können, hieß es. Davon sei ich krank geworden, meine Sehstörungen, die Doppelbilder, alles eine Frage der schlechten Hygiene in meinem Haushalt.«

Sie machte eine schlaffe Handbewegung zu ihrer Küche hin. Plötzlich riss sie den Kühlschrank auf: »Da sehen Sie! Alles voller Bakterien und Sporen!«

Im Kühlschrank waren Tupperdosen gestapelt, ein paar Soßenflaschen standen in der Tür, und im obersten Fach reihten sich ein paar Joghurtbecher. Irmi verglich ihn mit ihrem eigenen, der mit Sicherheit weniger akkurat war.

»Aber es muss doch Möglichkeiten geben, Zusammenhänge zu sehen. Eins und eins zusammenzuzählen!« Kathi war außer sich.

»Es gab vor allem viele Gründe, uns lächerlich zu machen, uns unmöglich zu machen. Sie sind als Opfer sehr allein. Die Nachbarn, das Dorf, die Spezln von früher haben sich abgewandt. Man solidarisiert sich nicht mit Opfern. Man ist auf der Seite der Täter stets sicherer. Oder hält im günstigsten Fall das Maul.«

»Aber Kili wollte kein Opfer sein?«, fragte Irmi leise.

»Nein, er ist bei den Behörden und bei der Zeitung Sturm gelaufen, er hatte durch seine Medienpräsenz eine gewisse Aufmerksamkeit. Zu der Zeit begann er auch den Rechtsstreit mit der Gemeinde.«

Den Ausgang kannte Irmi ja bereits. Aus Kalkül hatte der schlaue Severin den Boden abtragen lassen, nicht aus Sorge um seine Gemeindeschäflein.

»Auch Hans Zimmermann hat mal mit Severin Jörg gesprochen. Er muss ziemlich überzeugend gewirkt haben, denn anschließend bekamen wir diese zehntausend Euro. Severin Jörg gibt nicht so leicht nach. Hans hat gebebt vor Wut, als er zurückkam. Severin hat ihn offenbar richtiggehend bedroht. Hans hat bitterböse gesagt, der Vorteil sei nur gewesen, dass er bereits in Pension sei. Da könne Severin noch so viele hohe Herren und Damen in der Landesregierung kennen – die Pension könnten sie ihm nicht mehr streichen.« Ihr Gesicht verdüsterte sich. »Der gute Hans ist dem Staat nicht lange mit seiner Pension auf der Tasche gelegen. Er hatte 2012 einen Unfall. Es trifft immer die Falschen.«

Only the good die young, dachte Irmi. Die Trottel hielten meist ewig.

»Gehört Severin Jörg auf diese Liste, die um den Erdball reicht?«, fragte Kathi nach einer Weile.

Anna Schwaiger nickte unmerklich. »Mein Mann hat weiter gegen Windmühlen gekämpft und jeden Strohhalm ergriffen, der sich ihm geboten hat. Er ist einer Initiative gegen Biogasanlagen beigetreten. AGBG – Aktiv gegen Biogas. Die Leute dort waren ein seltsamer Haufen. Sie waren selber nicht vom Botulismus betroffen, aber sie hatten in meinem Mann ein Zugpferd gefunden. Das habe ich Kili auch immer gesagt, ich hab ihn gewarnt, dass diese Leute ihn nur benutzen, dass sie ihn vor einen Karren spannen, den er gar nicht ziehen kann. Aber Kili war damals schon gar nicht mehr bei uns. Gedanklich, meine ich. Er hat sich von den Leuten manipulieren lassen. Biogasanlagen stehen als Verbreitungsweg des Bakteriums in Verdacht. Eine naheliegende Möglichkeit ist, dass Tierkadaver aus Geflügeltiefstreu in das Gärgut gelangen. Während des Gärprozesses im optimalen Milieu der Biogasanlage vermehren sich die Botulismusbakterien und werden dann auf den Feldern wieder ausgebracht.«

Sie stockte, als sie Irmis erschrockenen Blick sah.

»Was ist? Wissen Sie mehr, als Sie mir sagen? War es jemand von der AGBG?«

»Frau Schwaiger! Glauben Sie mir, dass wir alles tun und Sie nicht im Unklaren lassen. Aber momentan sind wir ratlos«, erklärte Kathi.

Das stimmte und war irgendwie doch gelogen. Manchmal überraschte Kathi Irmi doch sehr. Sie konnte sehr überzeugend sein. Sie hatte Anna Schwaiger tatsächlich dazu gebracht weiterzusprechen.

»Kili war mit seiner Gruppierung in München auf einer Demo vor der Feldherrnhalle. Am 16. September 2011 war das. Danach war er weg. Spurlos verschwunden. Nicht mehr erreichbar.« Sie stockte. »Wir hatten uns vorher furchtbar gestritten, weil ich ihn einen Fanatiker genannt hatte und er mir vorgeworfen hat, ich würde unsere Sache im Stich lassen. Unsere Sache – die Kinder wären seine Sache gewesen, die Familie ... Ich habe ihn dann nach vier Tagen als vermisst gemeldet. Er wurde gesucht, aber das wissen Sie ja. Wo haben Sie das Stück von der Hüfte gefunden? Ich muss das wissen!«

»Ein Tourist hat es an einem Wanderweg gefunden. Es kann sonstwie da hingelangt sein. Geben Sie uns bitte etwas Zeit.« Kathi legte allen Nachdruck in ihre Stimme und stoppte Anna Schwaiger zum zweiten Mal.

»Was passiert nun?«, erkundigte sich Anna Schwaiger. Sie klang so unendlich erschöpft.

»Wir ermitteln. Wir halten Sie auf dem Laufenden. Wir ...« Irmi brach ab.

»Sie suchen die Überreste von meinem Mann?«

»Wir lösen den Fall«, sagte Kathi. »Für Sie und die Mädchen.«

Als sie sich verabschiedeten, fühlte sich Irmi ausgelaugt wie selten. Draußen auf dem Reitplatz zogen zwei junge Frauen auf Haflingern ihre Kreise. Die Pferde glänzten im Sonnenlicht wie Gold. Die Töchter waren nirgendwo zu sehen, dafür aber ein alter Mann, der gebeugt ging und eine Gießkanne trug. Er hob den Blick. Seine Augen lagen tief in den Höhlen und waren wässerig.

»Herr Schwaiger?«

Er sagte nichts.

»Karl Schwaiger?«

»Wer wui des wissen?«

In dem Satz lag Aggressivität. Der Mann mochte gebrechlich sein, gebrochen war er nicht.

»Polizei. Mangold und Reindl.«

»Hob i falsch parkt?«

»Nein, wir sind die Mordkommission.«

Er blinzelte. »Wer ist tot?«

»Wir nehmen an, Ihr Sohn.«

»I hob koan Sohn.«

»Doch, Herr Schwaiger, den Kilian, der vor vier Jahren verschwunden ist.«

Er schleuderte die Gießkanne gegen den Zaun.

»Den Kretin hot er umbrocht. Sei Frau hot er in den Wahnsinn triebn. I hob koan Sohn. Wer sein Schicksal ned annehmen mag, der muss büßen. So san Gottes Prüfungen. I hob koan Sohn.«

Er stampfte davon in Richtung Reitstall. Ein Bein zog er nach.

»Scheiße!«, stieß Kathi aus.

»Ist es nicht häufig so, dass Männer sich in Aggression und Gewalt flüchten und Frauen in die Depression?«, fragte Irmi leise. In ihrem Berufsalltag war das oft so gewesen.

»Weiß ich nicht. Vielleicht deine Generation!«

Irmi zuckte zusammen. Kathi gehörte zu dieser Generation junger Frauen, dieser Wir-um-die-Dreißig, die so anders waren als sie. Irmi nannte sie gern die Generation Tank Girl. Sie war mit den taffen Mädchen aufgewachsen, die Guerillakriege führen konnten. Diese jungen Frauen waren verdammt selbstsicher und unverwundbar, die Kriegsfassade bröckelte allerdings schon bei kleinen Problemen. Belastbar waren diese Ladys nicht und auch nicht bereit zu Kompromissen, dafür waren sie schneller dabei, alles hinzuschmeißen. Ob Emanzipation wirklich darin bestand, schlechtes Benehmen an den Tag zu legen? Irmi war immer der Meinung gewesen, dass man Weiblichkeit ruhig auch mal zum eigenen Vorteil einsetzen durfte. Das war zwar nicht taff, aber manchmal ein erfolgreicherer Weg, als um sich zu schlagen. Kathi setzte ihre Weiblichkeit durchaus auch ein, aber immer sehr offensiv, nie subtil.

Irmi wandte sich dem alten Wohnhaus zu. Die Gardine bewegte sich noch, es musste eben jemand aus dem Fenster geschaut haben. Gefolgt von Kathi ging sie langsam den kurzen Weg durch einen Bauerngarten, der kein einziges Unkräutlein enthielt. Bienen summten, es roch nach Erde. Die Haustür stand offen.

»Frau Schwaiger?«, rief Irmi in den Hausgang.

Wenig später tauchte die Austragsbäuerin auf. Sie war höchstens einen Meter fünfundfünfzig groß, feingliedrig, schmal. Ihre blaue Kittelschürze sah aus wie frisch gestärkt. Vom Gang wehte der Geruch eines chlorhaltigen Putzmittels heraus.

»Der Karl ist eine gute Haut. Er ist nur schnell mal auf hundertachtzig«, sagte sie, und Irmi war nicht nur von ihrer festen klangvollen Stimme überrascht, sondern auch von der Tatsache, dass sie eindeutig keine Bayerin war.

Edeltraut Schwaiger deutete Irmis Blick richtig. »Wirtschaftswunderverschickung sozusagen. Ich stamme eigentlich aus Essen, habe aber nach dem Krieg in Bayern gearbeitet. Den Karl habe ich 1963 geheiratet, falls Sie sich wundern sollten.«

»Also, nein, ich …«

»Doch, doch, das war schon etwas Erstaunliches zu der Zeit. Protestantin aus Pfarrersfamilie heiratet katholischen Landwirt. Es dauerte zehn Jahre, bis das Kind kam. Das galt als schweres Vergehen. Mich hat nur gerettet, dass ich den Kirchenchor geleitet habe, dass ich Orgel spielen konnte und singen. Mezzosopran.«

»Sie haben doch auch Konzerte gegeben, oder?«, sagte Kathi plötzlich.

»Ja, und das wissen Sie, junges Kind?«

»Meine Mutter hat ein paar CDs von Ihnen. Sie sagt immer, man könne gegen Sie jede Netrebko und andere Promitröterinnen vergessen. Also sinngemäß, sie hat das etwas anders formuliert.«

»Sehr schmeichelhaft. Das ist lange her.« Die alte Dame lächelte. »Und nun haben Sie den Kili gefunden?«, fragte sie dann und klang dabei nicht einmal aufgewühlt.

Irmi musste erst einmal die Fassung zurückgewinnen. Sie hätte alles erwartet, nur nicht diese kleine Frau mit der großen Stimme und mit Sicherheit einem noch kühneren Herzen.

»Frau Schwaiger, wir haben Anlass zu glauben, dass Ihr Sohn tot ist.«

»Natürlich ist er tot. Er hätte Anna nie im Stich gelassen und auch den Hof nicht. Natürlich sitzt er nicht in der Karibik«, sagte Edeltraut Schwaiger leise, aber mit fester Stimme.

»Mit dieser Meinung stehen Sie aber ziemlich allein da«, sagte Irmi zögerlich. »Ihr Mann ...«

»Der Karl musste diesen Weg gehen. Er muss seinen Sohn verleugnen. Sonst wird er wahnsinnig vor Angst und Wut und Verzweiflung.«

»Und Sie können so ruhig sein?«, fragte Kathi etwas ungehalten.

»Junge Frau, ich bin nicht der Typ, der alles nach außen kehrt.« Auch ihr Ton war schärfer geworden.

»Für Sie stand es also außer Zweifel, dass ihr Sohn sich nicht einfach so abgesetzt hat?« Irmi versuchte die Wogen zu glätten.

»Anna hat auch nie gezweifelt. Für den Rest der Welt ist es einfacher, an den Verrat zu glauben. Kilian wurde ermordet.«

Sie sagte das mit derselben Selbstverständlichkeit, als würde sie sagen: Morgen geht die Sonne wieder auf.

»Warum sind Sie sich so sicher, dass es Mord war?«

»Kili hat zwar das unbeherrschte Temperament seines Vaters geerbt, aber er war immer ein kluger Kopf. Karl hat nie verstanden, dass man Landwirtschaft studieren muss, ihm haben seine Winterschule und die Erfahrung gereicht. Kili dagegen wollte schon als kleiner Junge hinter die Dinge sehen. Er hat als Kind wirklich unentwegt ›Warum?‹ gefragt. Und auch später noch. Während der Hofkrise hat Kili Argumente gesammelt, er wollte unbedingt mit wissenschaftlichen Beweisen recht bekommen. Er hätte nicht eher geruht.«

»Wie ich Anna verstanden habe, sind aber genau diese Beweise das Problem. Weil es sie nicht gibt, oder?«

»Ach, Frau Kommissarin, ich bin eine alte Frau, ich bin eine neig'schmeckte Preißin, ich habe natürlich vieles mitbekommen und nur wenig begriffen. Aber was ich durchaus verstanden habe, ist, dass jede Studie nur so gut ist wie derjenige, der sie gefälscht hat. Kili wurde ermordet. Er stand im Weg.«

»Anna hat gesagt, es gebe eine Liste des Hasses, die um den Erdball reiche, sie hat aber keine Namen genannt.«

»Und ich soll Ihnen welche nennen?«

»Bitte.«

»Severin Jörg. Rupert Urban. Dr. Hanser.«

Irmi ließ sich nichts anmerken, aber beim Namen Urban zuckte sie innerlich zusammen. »Warum Rupert Urban?«, fragte sie dann.

»Die Familie Urban hasst uns.«

»Hass? Ein großes Wort. Warum?«

»So recht weiß das keiner. Es liegt Generationen zurück. Alte Rechnungen, die noch immer offen sind. Grundstücksstreitereien, Wegerechtsprobleme, Antipathie. Oder man ist im falschen Dorf geboren. Sie kennen das sicher auch aus anderen Orten, das Mittelalter ist noch in den Köpfen. Mischehen zwischen den Dörfern sind bis heute nicht gern gesehen. Dann lieber eine Preißin wie mich.« Sie holte Luft. »Aus der Neuzeit gibt es allerdings einen konkreten Vorfall: Ein Schwaiger hat einer Urban den Hof gemacht. Trotz der Familienfehde. Trotz der Dorfquerelen. Afra Urban, die Schwester von Rupert Urban senior.«

»Also die Tante von dem Urban, der jetzt den Hof führt?«

»Ja, und diese Afra wollte den armen Schwaigerjungen auch heiraten. Gegen die Familie. Es war ein Drama. Die Großbauerntochter und der Kleinhäusler.«

»Aber es kam nie zu der Heirat?«

»Nein!«

»Warum nicht?«

»Weil Karl mich geheiratet hat.«

Die drei Frauen verstummten. Das Summen der Bienen durchbrach die Stille, und irgendwo am Himmel surrte ein Ultraleichtflugzeug.

»Karl Schwaiger? Ihr Mann? Er liebte Afra Urban, dann aber kam Edeltraut …«

»Edeltraut Cremer aus Essen«, ergänzte die alte Dame.

»Wow!«, sagte Kathi.

»Ja, Karl schlug das Geld und das Renommee einer Werdenfelser Bauerndynastie aus und nahm mich. Wissen Sie, ich glaube, dass sowohl Karl als auch Afra opponieren wollten. Sie wollten sich auflehnen gegen ihre jeweilige Familie. Ich glaube nicht, dass sie sich wirklich geliebt haben. Aber die Urbans hassen uns. Vor allem weil …«

»Vor allem weil?«, fragte Kathi.

»Vor allem weil Afra sich das Leben genommen hat.«

»Wegen Karl? Wegen der verschmähten Liebe?«, fragte Kathi.

»Das zumindest wollen die Urbans glauben. Das ist deren Familienlegende. Karl redet ungern darüber, aber seine

Erzählungen lassen durchblicken, dass Afra gemütskrank war. Das liegt in der Familie. Durch die Jahrhunderte finden Sie da Selbstmorde. Meistens haben sie sich in der Tenne aufgeknüpft. Am Heuboden. Tragisch.«

»Aber Kili hatte damit doch nichts zu tun!«, warf Irmi ein.

»Sippenhaft. Wir sind im Werdenfels, Frau Kommissarin. Enge Köpfe. Hat Urban etwas mit meinem Sohn zu tun?«

Das konnte doch kein Zufall sein: ein Stück Hüfte eines verhassten Schwaiger – ausgerechnet auf dem Feld eines Urban. Aber was, wenn sich der Tourist geirrt hatte? Vielleicht war das Teil gar nicht aus der Düse gefallen, sondern schon vorher da gewesen. Das würfe ein ganz neues Bild auf den Fall.

»Frau Schwaiger, ich verspreche Ihnen, Sie umgehend zu informieren, wenn wir etwas Konkretes wissen.«

Sie klang so formell, lieber hätte sie die Frau in den Arm genommen.

»Bitte, tun sie das! Für uns ist es zu spät. Aber die Mädchen haben noch ein Leben vor sich. Sie brauchen Gewissheit. Irgendeine. Es gibt nichts Schlimmeres für Kinder, als wenn sie verlassen werden. Sie geben sich selbst die Schuld. Verstehen Sie?«

Irmis Blick verlor sich im Blütenmeer der Geranien, auch die Astern standen noch prächtig da. Kathi sah auf ihre wie immer zerlatschten Turnschuhe. Dann sagte sie ungewöhnlich leise: »Meine Tochter hat lange geglaubt, dass ihr Vater mich nicht mehr wollte, weil sie kam. Dabei wollte ich den Typen auch nicht mehr. Aber es ist sehr, sehr schwer, einem Kind das zu erklären. Die beiden Mädchen werden Gewissheit bekommen, versprochen.«

Zum zweiten Mal heute versprach sie einen Erfolg, von dem sie doch gar nicht wissen konnte, ob er sich je einstellen würde. Aber Kathi war entschlossen wie selten zuvor.

Sie stapften zum Auto. Irmi wagte nicht, sich umzudrehen. Sie wusste, dass Edeltraut Schwaiger noch immer dastand, und spürte deren Blick im Rücken.

»Was tun wir?«, fragte Kathi, als sie vom Hof rollten.

In Irmis Kopf rotierte eine Waschtrommel. Eine, die irgendwie eine Unwucht zu haben schien. Die Gedanken eckten an, stoppten kurz, wurden durcheinandergewirbelt.

»Wir haben drei Namen. Severin Jörg, Rupert Urban, einen Dr. Hanser. Wer ist das eigentlich?«

»Das finden wir raus, aber wollen wir uns nicht erst mal diesen Urban vornehmen?«, fragte Kathi. »Das ist doch kein Zufall, oder?«

»Es fällt mir schwer, an Zufall zu glauben. Ich möchte aber vorher noch mal diesen Touristen fragen, ob er sich wirklich sicher ist.«

»Das war auch mein Gedanke«, sagte Kathi. »Und dann?«

»Lass uns beten, dass wir irgendwoher noch mehr Hinweise geliefert bekommen, denn mit einem Stückchen Titan locken wir Rupert nicht aus der Reserve.«

»Nein, diesen Testosteronaffen ganz sicher nicht. Uhuhuhu!« Kathi trommelte sich auf die Brust, und Irmi war wieder einmal froh, dass es ihrer Kollegin gelang, den Dingen ein wenig von der Schwere zu nehmen.

Sie hielten am Hof, wo die Ferienwohnung der beiden Ratinger lag. Die Millers hatten es sich auf Liegestühlen im Garten gemütlich gemacht. Und der vehemente Mann war mitnichten davon abzubringen, dass das Teil geflogen war. Er konnte quasi die Flugbahn beschreiben. Sie waren so klug wie zuvor.

»Dann gibt es noch immer die These, dass das Teil wirklich aus der Gülle stammt. Und die kommt aus einer Biogasanlage im Fuchstal. Also müsste es dort weitere Reste von Schwaiger geben, oder?«, sagte Kathi.

Wie das schon wieder klang!

»Kathi, das ist doch chancenlos! So weit waren wir gestern schon. Willst du die Anlage abpumpen? Und erschwerend kommt hinzu, dass wir nicht wissen, wann Schwaiger wirklich verschwunden ist.«

»Anna Schwaiger hat gesagt, nach der Demo an der Feldherrnhalle. Im September vor vier Jahren«, sagte Kathi.

»Darum soll sich Andrea kümmern. Wir trinken einen Kaffee. Mir ist schlecht.«

»Ob Kaffee das richtige Mittel ist?«

»Das richtige Mittel wäre Schnaps. Obstler oder Ouzo. Größere Mengen«, sagte Irmi und wusste doch, dass sie gar nicht so viel trinken konnte, wie sie gebraucht hätte, um wirklich zu vergessen. Anna Schwaigers Gesicht würde sie bis in den Schlaf verfolgen und die Gesichter ihrer Töchter erst recht, das kannte Irmi schon. Sie mussten Licht ins Dunkel bringen. Für diese Frauen, dachte Irmi, aber auch um ihrer selbst willen. Lass die Dinge nicht so nah an dich heran, das war die oberste Polizistenregel. Aber Regeln waren dazu da, gebrochen zu werden.

Sie fuhren schweigend zurück nach Garmisch. Irgendwann griff Irmi zum Telefon und bat Andrea, möglichst viel über die AGBG herauszufinden, vor allem über Demos und Kundgebungen. Es war eine stillschweigende Übereinkunft zwischen ihnen, dass sie in die Druckergasse einbogen, illegal parkten und zum Mohrenplatz schlenderten, wo sie sich in ein Café setzten. Um sie herum war so viel Normalität. Wandergäste, die nur noch selten Kniebundhosen trugen, sondern teure Outdoorklamotten, die schnell trockneten, die isolierten und absorbierten und transportierten – so viel Hightech, so viel Werbeversprechen. Nur gehen musste man halt noch selber.

Ein paar kichernde Mädchen mit Einkaufstüten schubsten sich gegenseitig. Irmi stutzte. Kathi auch. Ihr »Stopp!« durchdrang die gesamte Fußgängerzone. Sie sprang auf und stand im nächsten Moment bei den Mädchen. Eins davon war das Soferl, die Größte im Reigen der jungen Damen. Sie war ungeheuer apart, ein schönes Gesicht und mehr Figur als die kantige Mama. Als die beiden sich gegenüberstanden, fiel Irmi auf, dass das Soferl Kathi bereits über den Kopf gewachsen war.

»Du hast Schule!«

»Mama, jetzt plärr nicht durch die ganze Fußgängerzone. Das ist ja peinlich!«

»Du hast Schule! Was machst du hier?«

»Schwänzen.«

Irmi gluckste, das Paar am Nebentisch auch. Sie hatte erwartet, dass das Soferl nun nach Erklärungen gesucht hätte, sich rausgeredet, geflunkert. Aber nein, sie sagte charmant lächelnd die Wahrheit. Schon als sie noch ein kleines Mädchen gewesen war, hatte Irmi Kathis Tochter eine große Zukunft prophezeit. Heute war sie sich ganz sicher: Sophia Reindl war ein großartiges Kind! Ach was, von wegen Kind, sie war längst eine junge Frau.

Sogar Kathi verstummte kurz. »Wir sprechen uns heute Abend«, zischte sie. »Und du machst, dass du heimfährst.«

»Wäre ich eh«, sagte das Soferl. Wieder lag in ihren Worten keine rotzige Provokation, sie sagte genau das, was sie meinte. Irmi unterdrückte ein Lachen und blickte in ihren Latte macchiato.

Kathi sank wieder auf ihren Sitzplatz. »Sag jetzt bloß nichts!«

»Hatte ich nicht vor.«

Irmi war dankbar für solche Zäsuren. Seit einigen Jahren fiel es ihr leichter, demütig zu werden und sich an den kleinen Dingen zu erfreuen. Inmitten von Verzweiflung und Kummer musste man lernen, die Lichtblitze zu sehen. Man musste sein Sehvermögen und sein Gehör sensibilisieren – und das konnte sie.

Im Büro hatte Andrea schon einiges an Informationen ausgedruckt. Sie wusste, dass Irmi lieber zum Waldsterben beitrug, als eine PDF auf dem Handy zu lesen. Dieser Dr. Hanser gehörte zur AGBG, das schickte Andrea voraus. Auch Kathi liebte Papier, denn ihr Handy war meistens leer, oder sie hatte es vergessen. Kathi behauptete, es gebe kleine Gnome oder Trolle, die ihr Handy leer saugten. Irmi kannte nur die Kollegen, die nachts ihre Kleidung enger nähten. So hatte eben jeder mit ganz persönlichen Trollen zu tun.

Diese AGBG hatte sich im Jahr 2000 gegründet, das war ungefähr der Zeitpunkt, als man in Deutschland die Marke von eintausend Biogasanlagen überschritten hatte. Das Aktionsbündnis hatte steten Zulauf verzeichnet. Es hatte deutschlandweit rund zwanzigtausend Mitglieder, besonders viele in Bayern.

»Wow. Es gibt fast achttausend Anlagen in Deutschland, ungefähr zweitausendvierhundert davon in Bayern. Ja, spinn i!«, rief Kathi.

Auch Irmi war überrascht. Sie hätte die meisten Anlagen in Brandenburg oder Mecklenburg-Vorpommern erwartet, dort wo es die großen Flächen gab. Aber nein, die meisten hatte Bayern, gefolgt von Niedersachsen und Baden-Württemberg. Warum eigentlich gerade Bayern mit seiner kleinteiligen Landwirtschaft?, fragte sich Irmi. Das erschien ihr unlogisch. Sie wusste, dass für Biogasanlagen Weideland zu Monokulturen umfunktioniert wurde und dass sich kleine Bauern die Pacht nicht mehr leisten konnten. Aber Bayern rüstete weiter auf mit den grünen Moscheen, wie Bernhard das nannte. »Ein solcher Schwachsinn, des is kurzfristig und dumm gedacht.« So brachte Bernhard komplizierte Vorgänge auf den Punkt.

»Der erste Vorsitzende der AGBG wohnt in Murnau, der zweite ist dieser Dr. Hanser aus München, die Kassenwartin sitzt in Bad Tölz. Wie gehen wir vor?«, fragte Kathi, die in den Ausdrucken blätterte.

»Wir besuchen den ersten Vorsitzenden.«

»Das ist Herr Dr. Dipl.-Ing. Klaus A. Baumgärtner. Er hat eine Beraterfirma.«

»Vorher anrufen oder Überfall?«

»Na, Überfall!«

Bevor sie zur Attacke blasen konnte, läutete das Telefon. Irmis Chef war dran. »Ich habe eben mit dem Landrat telefoniert.«

»Schön!«

»Frau Mangold, nichts ist schön. Ich hatte auch schon einen brüllenden Staatsanwalt am Ohr.«

Irmi wartete.

»Beide haben Beschwerden über Sie aufgetischt bekommen. Und zwar von zwei Seiten.«

»Lassen Sie mich raten: Severin Jörg und Rupert Urban.«

»Das ist kein Quiz, Frau Mangold! Der Landrat hat Besseres zu tun, und wir sind auf sein Wohlwollen angewiesen. Ich kann hier keinerlei Irritationen brauchen. Es geht nicht, dass Sie sich in Befragungen danebenbenehmen.«

Irmi beherrschte sich nur mühsam. »Ich habe mich bei keinem der beiden Herren danebenbenommen. Sie kennen unsere aktuelle Problematik. Keiner verliert freiwillig seine Hüfte. Also ermittle ich, wie ich es immer getan habe, und die Herren müssen sich Fragen gefallen lassen.«

»Klar, Frau Mangold, aber ich bitte doch um etwas Sensibilität. Ein Bürgermeister und ein honoriger Gemeinderat, der sich bei diversen karitativen Projekten im Landkreis immer sehr großzügig zeigt – da müssen wir Fingerspitzengefühl beweisen.«

Irmi zählte still bis fünf.

»Sicher.« Dann legte sie auf.

»Was war da los?«, fragte Kathi.

»Die Herren Jörg und Urban drohen mir und wollen uns gerne mundtot machen.«

»Aber das ist ja toll!«

»Bitte?«

»Na, dann haben die doch Dreck am Stecken!«

»Das werden wir herausfinden, indem wir ganz korrekt wie immer unsere Arbeit machen«, sagte Irmi. »Auf nach Murnau!«

4

DAS GROSSE SCHWEINESTERBEN: WIE LANDWIRT PEDERSEN IM STICH GELASSEN WIRD

Seit Mitte der Neunzigerjahre werden Teile Europas von einem geheimnisvollen Tiersterben heimgesucht. In den Ställen verenden Tausende von Rindern. Wissenschaftler standen lange vor einem Rätsel, bis man in den Tieren hohe Mengen des Herbizids Glyphosat fand. Es ist das weltweit am häufigsten eingesetzte Pestizid.

Vom geheimnisvollen Tiersterben ist auch das kleine Dänemark betroffen. Der Schweinezüchter Ib Pedersen hat an mehreren zehntausend Tieren das Verhältnis von Glyphosatgehalt im Futter und der Rate an Missbildungen seiner Ferkel untersucht und dokumentiert. Dabei fand er heraus, dass Futtermittel auf der Basis von genverändertem Soja diese verheerenden Auswirkungen auf die Gesundheit seiner Tiere hatte. Viele Missbildungen ähnelten denen von Babys, die in den Regionen Südamerikas auf die Welt kommen, wo genverändertes Soja produziert wird. Sobald Pedersen auf gentechnikfreies Soja umstellte, verschwanden die Probleme bei seinen Tieren. Der Schweinezüchter ist davon überzeugt, dass Pestizidrückstände im genveränderten Soja die Ursache für die Missbildungen darstellen. »Obwohl das gentechnikfreie Soja teurer ist, werden die zusätzlichen Ausgaben durch geringere Kosten bei medizinischen Behandlungen mehr als ausgeglichen«, sagte Pedersen unserer Zeitung.

Nun haben die Behörden eine Studie in Auftrag gegeben. Dabei soll an zwei Gruppen von Schweinen im Untersuchungszeitraum von 30 Kilo Gewicht bis zur Schlachtung bei etwa 110 Kilo Gewicht genverändertes bzw. gentechnikfreies Soja verfüttert werden. Das Problem: Es ist durchaus möglich, dass

> die Tiere aus beiden Gruppen bis zum Erlangen des Gewichts von 30 Kilo genverändertes Soja fressen. Dadurch könnte die Wirkung des gentechnisch veränderten Futters verborgen bleiben, das die eine Gruppe während der Versuchsphase bekommt. Ein weiterer Mangel ist, dass bei der Studie die Auswirkungen auf die Reproduktion wie etwa die Missbildungen bei den Ferkeln nicht berücksichtigt werden. Desillusioniert fasst Ib Pedersen zusammen: »Die Studie dient allein dazu, nichts zu beweisen.«
>
> <u>Quelle:</u> Flensborg Avis

Baumgärtner lebte dort, wo die gediegene Kunstschickeria Murnaus residierte, dort, wo große Landhäuser ins Gebirg einiblickten und das Armutsrisiko eher gering war. In so einer ausladenden Villa befanden sich sowohl Heim als auch Büro. Eine Sekretärin in einem pinkfarbenen Kostüm empfing sie. Es war sehr weiß in diesem Haus, und Irmi überlegte unwillkürlich, ob sie sich die Schuhe abgetreten hatte. Weiße Bodenfliesen wären so ziemlich das Letzte gewesen, was sie verlegt hätte.

Als sie Kathi und sich selbst vorstellte, zog die Dame ihre sorgfältig gestutzten Augenbrauen hoch. Dann griff sie zum Telefon. »Zwoa Damen von der Kripo san hier.« Ihr Bayerisch stand in merkwürdigem Kontrast zur Optik.

Baumgärtner kam ihnen aus seinem riesigen Büro entgegen. Er grüßte und bat die Damen an einen Konferenztisch. Die eine Seite seines lichtdurchfluteten Büros war komplett aus Glas, über ihm hing ein modernes Gemälde, das einen Tiger in Popartfarben zeigte. An der Seitenwand befanden sich gerahmte Poster der AGBG. Die Motive waren durchaus plakativ: Ein zerhäckselter Feldhase, der blutend auf dem Ackerboden lag. Ein toter Kiebitz mit seltsam verdrehtem Hals und ausgebreiteten Flügeln. Wildschweine, die eine Schneise in ein Maisfeld zogen. Fische mit dem Bauch nach oben in einem Bacherl.

Biogas ist der Hasen Tod!
Im Sturzflug in den Untergang!
Es ist angerichtet – ihr Schweine!
Wasser ist Leben?

Er war Irmis Blick gefolgt. »Sie müssen provozieren, anders werden Sie nicht gehört«, bemerkte er.

»Ganz schön heftig«, sagte Kathi. »Vor allem der Hase.«

»Wissen Sie, ich bin Biologe und Umweltplaner. Da weiß ich, dass der Feldhase ein wichtiger Bioindikator ist. Seine Bestände sind stark zurückgegangen. Dort, wo intensiv Mais oder andere Energiepflanzen angebaut werden, geht der Hase massiv zurück. Oder anders gesagt: Biogasflächen sind der Hasen Tod. Aber auch die Grasflächen haben es in sich. Dort wo früher Vieh ausgetrieben wurde, wo es Weideflächen gab, wird heute Silo gemäht, und das vier bis acht Mal im Jahr. Diese Monotonisierung der Landwirtschaft fordert ihren Tribut. In Regionen wie dieser hier, wo es wegen der Höhenlage eh schon wenige Hasen gibt, wird die Population gegen Null gehen. Hasen können Sie Ihren Kindern und Enkeln dann maximal im Zoo zeigen! Wir agieren deutschlandweit, mit Schwerpunkt in Bayern, weil die bayerische Landesregierung ja unbedingt den Biogasanlagenwahnsinnsrekord halten will. Ich muss Ihnen sagen, dass ...«

Irmi sah erneut auf das Plakat. Es war scheußlich. Sie musste den Mann einbremsen, bevor er anfing, Vorträge zu halten. Er konnte reden und die Zuhörer im Mark treffen. Das spürte sie schon nach diesen wenigen Sätzen.

»Herr Baumgärtner, wir …«

»Sie sind sicher nicht wegen des Feldhasen gekommen.«

»Nein. Wegen Kilian Schwaiger. Mitglied der AGBG.«

Er runzelte die Stirn. »Kilian ist doch verschwunden, soweit ich weiß.«

»Sie sagen verschwunden?«

»Ja, was sonst? Soll ich sagen verpufft oder osmotisch diffundiert?«

»Fast alle Befragten formulieren spontan, er habe sich in die Karibik abgesetzt.«

»Das kann ich nicht beurteilen.« Baumgärtner klang plötzlich sehr kühl. »Ihr Besuch bei mir bedeutet, dass er wieder da ist. Und zwar tot, nehme ich an.«

»Das können wir so momentan nicht bestätigen«, sagte Irmi ebenso kühl. »Wie war er denn so, der Herr Schwaiger – vor seinem Verschwinden?«

»Wie er war?«

In diesem Moment spähte die Lady in Pink herein. »Der Kurt wäre da«, sagte sie und blieb stehen, als warte sie auf Antwort.

»Unser zweiter Vorsitzender, Herr Dr. Kurt Hanser«, erklärte Baumgärtner.

»Noch ein Herr Doktor«, ätzte Kathi.

»Nun, man wird nicht gehört, wenn man in Wallekleidchen aus Rupfen auftritt. Man wird auch nicht gehört, wenn man sich sein Wissen nur im Internet aneignet und somit leicht zu widerlegen ist. Auch mit handgemalten

Parolen auf alten Leintüchern werden Sie nicht gehört! Deshalb haben wir eine sehr gute PR-Agentur. Auf Augenhöhe sind Sie nur, wenn Sie Souveränität ausstrahlen. Als Wissenschaftler und auch optisch«, sagte er und warf Kathi, die heute wieder eine ramponierte Jeans mit heruntergetretenem Saum und ausgetretene Turnschuhe trug, einen spöttischen Blick zu.

Bevor Kathi irgendwas erwidern konnte, sagte Irmi: »Wir sprechen gern auch mit Herrn Dr. Hanser. Das hatten wir ohnehin vor.« Immerhin war er ihnen als Mordverdächtiger genannt worden.

Baumgärtner ging zu seinem Schreibtisch und drückte auf die Gegensprechanlage. »Der Kurt soll doch bitte reinkommen. Danke dir, Magda.«

Die Sekretärin verschwand wieder und kehrte kurz darauf mit Dr. Kurt Hanser zurück. Er war eine ältere Ausgabe von Pep Guardiola: ein gepflegter Glatzkopf in lässiger und teurer Eleganz jenseits der Sechzig.

Freundlich grüßte er in die Runde. Offenbar hatte ihm diese Magda schon von der Anwesenheit der Polizei erzählt.

»Die Damen wollten wissen, wie Kilian Schwaiger so war«, sagte Baumgärtner recht abrupt.

»Schwaiger?« Hanser überlegte kurz.

Irmi kam das etwas aufgesetzt vor. »Kilian Schwaiger, vom Botulismus betroffener Landwirt, Mitglied Ihrer Gruppierung, bis er verschwand«, fasste sie etwas ungehalten zusammen.

»Bitte verzeihen Sie, ich war gedanklich gerade ganz woanders. Ich hatte eben eine Diskussion mit unserem

Minister, ob es sinnvoll ist, dass wir unser Heu nun in Tschechien kaufen.«

»Kurt ist ein maßgeblicher Mann beim Bayerischen Reit- und Fahrverband, denn auch die Pferdehalter sind vom Biogaswahnsinn betroffen, nicht wahr, Kurt?«, sagte Baumgärtner.

Beiden war anzumerken, dass sie ein routiniertes Team waren. Sie spielten sich die Bälle zu, gaben sich jovial, dabei waren sie hellwach. Auch Irmi war auf der Hut. Sie wollte sich nicht einlullen lassen, beschloss aber, ihn erst mal reden zu lassen. Sie würde das Gespräch beizeiten wieder auf Kilian Schwaiger bringen. Es war ja an sich dankenswert, wenn Ansprechpartner flüssig redeten, vielen Befragten musste man jeden noch so kleinen Wurm aus der Nase ziehen.

»Die Damen, reiten Sie zufällig?«

Ein zweistimmiges: »Nein« erklang.

»Glück für Sie, denn dann sind Sie nicht betroffen von einer Kostenexplosion. Mais tötet den Hasen und die Wiesenbrüter, aber das interessiert ja keinen. Aber Pferde sind ein Augenstern. Wenn es vor der Stalltür der Pferdeleute losgeht, dann bekommen Sie Aufmerksamkeit. Wo früher Heu gemacht und verkauft wurde, wächst Mais in der Monokultur. Und wenn man dann weiß, dass wir ernsthaft Sondierungsgespräche mit Tschechien führen, weil die für bayerische Pferde Heu anbauen wollen, dann wird es erst recht skurril. Alle reden von Regionalvermarktung – und Bayerns Pferde müssen Heu aus Tschechien fressen? Ich will Sie nicht langweilen, aber das sind die Aufreger, das ist unsere nächste Kampagne.«

»Pferdehunger durch Biogas?«, sagte Irmi lächelnd.

»Ja, das ist die Richtung, in die es gehen wird. Heuern Sie doch bei unserer PR-Agentur an. Die zahlen gut«, bemerkte Baumgärtner. »Nun gut, wir stehlen Ihre Zeit, nur müssen Sie verstehen, dass dieser Biogaswahnsinn unsere Landschaft und unsere Ökosysteme tötet. Wir haben diesen starken Zulauf, weil so viele betroffen sind. Leider sind immer noch Leute bereit, sich vom perfiden Spiel der Politik ködern zu lassen. Die kommen immer mit dem Totschlagargument: Ihr wollt doch den Atomausstieg.«

»Und zu den vielen gehörte auch Kilian Schwaiger?«

»Vordergründig tauchte der Botulismus bei ihm ja durch ein kontaminiertes Feld auf, aber Botulismus ist auch ein Problemfeld bei den Biogasanlagen. Ein perfektes Gärmilieu! Natürlich!«

»Bitte korrigieren Sie mich, aber genau das scheint ja nicht bewiesen zu sein.«

»Wenn ich mich nochmals einmischen darf«, sagte Hanser. »Ich bin Biochemiker, ich habe an der Uni gelehrt. Es gibt wenig Zweifel an der akuten Form. Aber es gibt Zweifel an der chronischen Form. Weil das Bakterium überall vorkommt, gelangen wir ins schwierige Reich der Nachweisbarkeit. Die Verfechter der These vom chronischen Botulismus vermuten, dass Clostridium botulinum den Darmtrakt besiedelt und dass über einen längeren Zeitraum geringe Mengen des Toxins im Körper ausgeschüttet werden. Das würde den schleichenden Leistungsabfall und die unspezifischen Krankheitssymptome der Milchkühe erklären. Wie bei Schwaiger.«

»Verfechter der These? Das klingt sehr distanziert«, bemerkte Irmi etwas schärfer.

Er stutzte kurz. »Ich ganz persönlich glaube sehr wohl, dass es einen chronischen Verlauf gibt. Um alle Informationen zu erhalten, müssten Sie Frau Professor Krüger in Leipzig besuchen. Das ist die Expertin. Ich bin mir sicher, dass der Erreger aus der Silage stammte, die ihrerseits auf der Gemeindewiese gemäht wurde, die Schwaiger gepachtet hatte. Aber was ich denke, ist unwesentlich.«

Das war viel Information auf einmal. Irmi hatte das Gefühl, dass die Crux an diesem Fall immer mehr die war, dass sie in einem Strudel aus Information dahintrudelte und kein Ufer sah. Was sie da hörte, klang klug, aber überforderte sie auch. Irmi war froh, dass Kathi sich einmischte.

»Ich versteh das nicht! Wie kann man denn etwas leugnen, was da ist!«, rief ihre junge Kollegin.

»Das Bundesministerium für Ernährung und Landwirtschaft hat eine Studie finanziert, die von der Tierärztlichen Hochschule Hannover durchgeführt wurde. Dabei wurde die Bedeutung von Clostridium botulinum bei chronischem Krankheitsgeschehen untersucht. Der Abschlussbericht von 2014 besagt, dass es keinen direkten Zusammenhang zwischen dem Auftreten von Clostridium botulinum und einem chronischen Krankheitsgeschehen auf Milchviehbetrieben gibt«, erläuterte Baumgärtner.

»Anna Schwaiger wurde sogar unterstellt, sie habe unsauber gewirtschaftet.«

»Liebe Frau Mangold, genau darauf fußt die Nicht-Anerkennung immer: Die Wissenschaftler haben festgestellt, dass die Betriebe, in denen vermehrt chronische Erkrankungen auftraten, zum Teil erhebliche Probleme mit der allgemeinen Tiergesundheit hatten. Sie sahen Mängel bei der Fütterung, in der Hygiene sowie im Kuhkomfort.«

Irmi kannte das Wort. Es fiel in Milchbetrieben öfter, seit die Tierärzte mit dem Laptop auf dem Hof standen und eher auf Prävention und Prophylaxe setzten als zu Notfalleinsätzen zu kommen. »Des mit dem Kuhkomfort klingt wie ein Werbespruch von meiner Krankenkasse«, pflegte Bernhard zu maulen. Seiner Meinung nach war es eine Binsenweisheit, dass das Wohlgefühl des Tieres automatisch zu mehr und besserer Milch führte und damit auch zum wirtschaftlichen Wohl des Halters. »Mir können eh nix verbergen«, behauptete er. »Die Milch ist das am besten überwachte Lebensmittel überhaupt.«

»Ich kenn mich ein bisschen aus. Wir haben selber einen Milchviehbetrieb, den mein Bruder führt.«

»Umso besser, dann sind Ihnen die Problemfelder ja bestens bekannt. Euterentzündungen, Ketose und Milchfieber sind alles Stoffwechselprobleme, denen man nur durch eine bedarfsgerechte Nähr- und Mineralstoffversorgung entgegentreten kann. Es lässt sich immer leicht sagen, dass der Bauer schlecht wirtschaftet.«

»Und bei der Familie Schwaiger gab es all diese Probleme?«

»Soweit ich weiß, ja. Es gab am Hof Probleme, lange bevor das Thema Botulismus im Raum stand. Schwaiger hat uns erzählt, dass seine Kühe sehr unspezifische Symptome hatten: Inappetenz, Verdauungsprobleme, zentralnervöse Störungen und Klauenprobleme. Es gab sogar Todesfälle.«

»Und das genügte alles nicht, um mal näher hinzusehen?«

»Aus Hannover, von den Veterinärämtern und auch von den Tierärzten kam immer das klare Signal, dass die Kühe auf den betroffenen Betrieben häufig zu dünn, zu lahm und völlig verschmutzt waren.«

»Ja, aber doch wohl infolge der Krankheit!«, rief Irmi.

Er lächelte. »Sehen Sie, Frau Mangold! Spüren Sie es? Was war zuerst? Das Huhn? Das Ei? Wer will welches Ergebnis herauslesen? Wer zahlt was? Studien müssen denen nutzen, die sie in Auftrag geben.«

Irmi warf Kathi einen kurzen Blick zu. Das hatten sie nun schon mehrfach gehört. Irmi sah Anna Schwaiger vor sich. Hier bekamen sie einen Eindruck davon, was Machtlosigkeit war. Was Ausgeliefertsein bedeutete. Nämlich dass man – egal was man tat – doch immer nur ins Verderbnis rennen konnte.

»Aber gibt es denn keine Studien in die andere Richtung? Auch von anerkannten Leute?«

»Natürlich, und zwar zuhauf! Es gibt, wie gesagt, diese sehr versierte Frau Professor Krüger aus Leipzig. In Göttingen gibt es einen Professor namens Helge Böhnel, der eine echte Instanz ist! Böhnel sagt das, was wir auch sagen: Hier tickt eine echte Zeitbombe, denn wenn wir so weitermachen, könnte der Botulismus wirklich außer Kontrolle geraten und für uns nicht mehr beherrschbar sein. Womit wir wieder am Ausgangspunkt wären: Nicht nur die Pferdeszene horcht beim Thema Botulismus auf. Wir sehen zugleich, dass sich in Biogasanlagen ein Biokampfstoff vermehrt, eines der gefährlichsten Gifte der Welt.

Liebe Frau Mangold, zehn Nanogramm davon können einen Menschen töten, und ein halber Liter reicht theoretisch für eine Millionenstadt. Rührte man einen halben Teelöffel Botulinumtoxin in ein flaches Gewässer wie das Steinhuder Meer und tränke daraus ein Glas Wasser, man stürbe qualvoll innerhalb weniger Stunden an Lähmungen und Atemnot. Bei den oberbayerischen Seen wie dem Starnberger See oder dem Walchensee brauchen wir mehr, denn sie sind tiefer und haben mehr Volumen, aber tröstet uns das wirklich?«

Irmi war übel, und sie fühlte, wie sich ihre Gesichtshaut rötete und spannte. Sie reagierte körperlich auf das, was sie hier hören musste, und war froh, dass Kathi den Faden wieder aufnahm.

»Und Schwaiger erwartete sich bei Ihnen mehr Öffentlichkeit? Mehr Gehör?«

»Ja, letztlich schon. Er war außerdem in einer Interessensgemeinschaft betroffener Milchviehhalter, die auch sehr aktiv ist, aber ...«

»Aber da sind nur dumme Bauern organisiert? Haben Sie das gemeint?«, fragte Irmi, die sich etwas gefasst hatte. Oder vielleicht auch nicht, denn eigentlich wollte sie so einen Satz nur denken und nicht aussprechen.

Hanser ließ sich nicht provozieren. »Nein, auch Schwaiger war ein kluger Kopf. Aber Angst ist ein schlechter Ratgeber. Panik paralysiert, Verzweiflung torpediert Überzeugungskraft. Opfer sind schwach.«

Irmi beobachtete ihn beim Sprechen. Er war ihr nicht sympathisch, aber sie musste zugeben, dass er prägnant formulierte. Seine Vorlesungen waren sicher ein Genuss.

»Da muss man aber schon ein Doppelstudium Chemie und Agrarwissenschaft haben, um in der ganzen Sache durchzublicken«, sagte Kathi gedehnt.

»Wenn Sie das so formulieren wollen, ja. Wir sind gut, weil wir mit Fachwissen aufwarten können, mit sehr guten Referenten«, übernahm Baumgärtner nun wieder das Wort.

»Und mit Geld?«, hakte Irmi nach.

»Ein Knackpunkt! Sie haben recht. Wir haben ein paar Gönner, die begütert sind. Wir arbeiten alle ehrenamtlich, aber wir brauchen Spenden. Und immer wieder Öffentlichkeit.«

»Die Schwaiger hatte!«

»Ja, das dürfen Sie aber nicht überschätzen. Natürlich war das im Raum Garmisch ein Aufreger, dass Abwasser eine Gemeindewiese überschwemmt. Natürlich war der zuständige Bürgermeister im Fokus, der seinerseits kein direkter Diplomat vor dem Herrn ist.«

Irmi lächelte. Diplomatie war nie eine Stärke von Severin Jörg gewesen. »Sie kennen Severin Jörg?«

»Wir haben in Garmisch eine Podiumsdiskussion geführt. Wegen der Biogasanlage in Farchant«, berichtete Baumgärtner. »Herr Jörg war nicht auf dem Podium, aber im Plenum, und früher oder später kam die Rede auf den Umweltfrevel auf seiner Wiese. Er war uneinsichtig und, wie ich finde, sehr selbstherrlich. Ein Mann, der es gewohnt ist, Widerstände aus dem Weg zu räumen.«

»Würde er morden?«, fragte Irmi.

»Das kann ich nicht beurteilen. Kann nicht jeder morden? Unter gewissen Umständen?«

Eine Gesprächspause entstand.

»Schwaiger war also kein Aushängeschild für Sie?«, fragte Irmi schließlich.

»Die Botulismus-Debatte ist eher ein Nebenkriegsschauplatz für uns. Unsere Kernanliegen beziehen sich auf den Maisanbau und dessen fatale Folgen. Wir haben Schwaiger gern ein Forum geboten, wir haben ihn unterstützt, auch indem wir ihm Argumentationshilfen zur Verfügung gestellt haben«, versicherte Baumgärtner. »Aber Schwaiger hatte Züge eines Querulanten, er hat sich zu sehr auf seine persönliche Geschichte eingeschossen. Sein Schicksal ist tragisch, aber wir haben mehr Menschen in der AGBG, die Schlimmes erlebt haben.«

»Schwaiger war mit Ihnen auf einer Demo vor der Feldherrnhalle. Das war im September 2011. Ist das richtig?«

»Ja, es ging darum, gegen den Energiepflanzenanbau zu demonstrieren. Damals haben wir auch erstmals die Plakate eingesetzt, die Sie an der Wand sehen.«

Irmi wollte sich den Feldhasen lieber nicht noch einmal anschauen. »Und danach war Schwaiger weg, sagt seine Frau«, fuhr Irmi fort.

Baumgärtner drückte auf den Knopf seiner Gegensprechanlage. »Magda, du hebst doch die alten Agenden auf. Bringst du mir bitte mal die von 2011?«

Wenig später stand sie da, mit einem dicken Kalender in der Hand. Er blätterte. »Ja, ich dachte es mir doch. Zwei Tage nach der Demo in München waren wir in Denklingen am Lech. Dort gibt es eine besonders fragwürdige Biogasanlage und einen noch fragwürdigeren Maisanbau.

Die Felder haben kaum eine Humusschicht, und das bedingt dann einen Overkill an Düngung. Und wo fließt das wohl alles hin am grünen Lech?«

»Und da war Schwaiger noch dabei?«

»Aber ganz sicher! Er hatte Händel mit einigen der Landwirte, die dort den Mais anbauen, abliefern und den Gärrest ausbringen. Der Saal im Gasthaus kochte, wir mussten Kilian davon abhalten, handgreiflich zu werden«, erzählte Baumgärtner.

»War da ein Rupert Urban dabei?«

»Die Namen der Streithähne kenne ich nicht. Im Plenum saßen einige Landwirte, der Vorsitzende dieser Biogasgenossenschaft ist ein gewisser Mayr, das weiß ich noch.«

»Ja, ich erinnere mich auch«, mischte sich Hanser ein. »Herr Schwaiger ist richtig ausgerastet, wenn ich das mal populär formulieren darf. So etwas ist nicht in unserem Sinne. Wir wollen durch Souveränität überzeugen.«

»Wann haben Sie ihn denn dann zum letzten Mal gesehen?«, fragte Kathi, der die innere Anspannung anzumerken war.

Baumgärtner überlegte. »Auf dieser Veranstaltung. Ich glaube, es war Olga, die dann versucht hat, Kilian zu beruhigen.«

»Olga?«

»Dr. Olga Koslowa, gebürtige Ukrainerin, ebenfalls ein Mitglied. Sie ist Biologin und befasst sich mit Flusslebewesen. Olga hat eine gute Art mit Menschen.« Baumgärtner stockte. »Und Sie meinen, danach sei Kilian verschwunden?«

»Zumindest hat ihn seine Frau vier Tage nach der Demo in München als vermisst gemeldet. Von der Demo in Denklingen hat sie nichts erwähnt. Aber danach ist Schwaiger definitiv verschwunden.«

In Irmis Innerem kochte es. Wieso hörten sie heute zum ersten Mal von dieser Veranstaltung? Wer hatte da geschlampt? Sie selber? Aber das nutzte momentan auch nichts. Immerhin hatte auch Anna Schwaiger nichts davon gewusst, für sie war ihr Mann nach der großen Demo in München verschwunden. Im Streit waren sie auseinandergegangen. Dabei war er noch in einem Gasthof in einen Streit verwickelt gewesen! Irmis Blick fiel nun doch ungewollt auf die Plakate an der Wand. Sie waren widerlich, und genau das ließ einen nicht los.

»Dann spräche ja doch einiges dafür, dass er einfach abgetaucht ist. Das hat er ja wohl zumindest zwei Tage lang tatsächlich getan. Ohne sich bei seiner Frau zu melden, so wie Sie das darstellen«, sagte Baumgärtner.

Wieder diese Karibik-Südsee-Theorie?, dachte Irmi.

»Für zwei Tage, nicht für vier Jahre!« rief Kathi.

»Sicher! Aber verstehen Sie uns richtig: So tragisch das alles für den Betroffenen und seine Familie war, wir haben nicht unentwegt auf Kilian Schwaiger geachtet. Es geht ja um etwas Größeres!«

»Aber der Bau von Biogasanlagen geht weiter«, konnte Irmi sich nicht verkneifen.

»Wir danken für Ihre Zeit und die vielen Details. Könnten wir noch die Kontaktdaten dieser Dr. Olga bekommen?«, fragte Kathi, die ein Talent besaß, Gespräche zu beenden.

»Sicher, Magda gibt sie Ihnen.«

Die Herren hatten sich erhoben. Sie waren einfach die Inkarnation derer, die auf der Gewinnerseite standen. Hanser mehr noch als Baumgärtner. Er war sicher eins neunzig groß und auch äußerlich attraktiv.

»Zögern Sie nicht, uns zu kontaktieren, wenn sie noch Fragen haben«, meinte Hanser.

»Wir zögern nie!« Kathi mochte ihn nicht, das stand außer Frage.

Von der Sekretärin bekamen sie Adresse und Telefonnummern von Frau Dr. Koslowa. Draußen stand ein Porsche Cayenne mit Münchner Kennzeichen. Kathi spähte hinein. Auf der Rückbank lag ein Golfbag.

»Warum sind manche schlimmer als das Klischee?«

»Weil's ohne solche keine Klischees gäbe«, sagte Irmi.

Kathi verzog den Mund. »Der wäre doch deine Altersklasse!«

»Hm, aber weder meine Kragenweite noch meine Einkommensklasse.«

»Geld stinkt nicht. Allerdings gefällt mir Jens auch besser. Wie geht's dem denn?«

Jens, Irmis verheirateter Part-Time-Lover und Fixstern im weiten Universum, war wie fast immer auf Geschäftsreise. Diesmal in Kanada. Sie hatten seit ein paar Tagen nicht mehr telefoniert oder gesimst. Irmi hatte kein WhatsApp, war nicht bei Facebook und skypte auch nicht. Sie konnte es ganz gut aushalten, bis sie wieder telefonierten oder sich sahen. Letzteres geschah einige Male im Jahr – aber auch nicht öfter. Inzwischen waren beide in diese Rolle hineingewachsen.

Weil Irmi schwieg, fuhr Kathi fort: »Ich wette, er ist wieder auf Reisen. Sag mal, wenn der in Rente geht, wohin flüchtet er dann vor seinem Leben? So viele Ehrenämter kann der später gar nicht annehmen. Oder sucht er sich dann Hobbys wie Modellautos oder Garteln?«

Wie recht Kathi hatte! Irmi hoffte nur, ihre Kollegin würde nicht danach fragen, wohin sie selbst sich denn nach Beendigung ihrer Berufszeit flüchten wolle.

»Und selbst? Immer noch in Innsbruck tätig?«, lenkte Irmi ab. Kathi pflegte eine sehr lockere Beziehung zu einem wahnsinnig netten Kollegen aus Tirol. Im Grunde zu nett und anständig für Kathi.

»Ach, du kennst mich. Mal hier, mal da«, wiegelte sie ab. »Apropos Männer! Die beiden Typen eben waren ja auch sehr speziell.«

Schöner Themenwechsel, dachte Irmi. »Ja, das sind schon zwei Schönformulierer«, sagte sie. »Von wegen ›gern ein Forum geboten‹ – das nehm ich dem nicht ab, diesem Baumgärtner. Das ist doch zynisch! Diese AGBG hat eine perfekte Marketingmaschinerie, die haben Schwaiger benutzt.«

»Klar, und dieser golfende Porschefahrer geht bei den Ministern ein und aus. Denen geht es allen nur um ihre persönlichen Belange! Denen wurde der Schwaiger zu gefährlich, zu unberechenbar. Jeder von denen ist verdächtig, aber ohne einen Todeszeitpunkt kann man keine Alibis abfragen! Die haben den verräumt.«

»Ich weiß nicht. Machen die sich tatsächlich die Hände schmutzig?« Irmi war nicht überzeugt.

»Dieser Verein hat ja wohl noch mehr Leute. Wir müssen tiefer bohren«, schlug Kathi vor. »Außerdem brauchen wir diese Dr. Olga. Ich ruf sie an.«

Auf der Handynummer hatte sie Glück. Kathi hörte eine Weile zu und legte dann auf.

»Pass auf, Dr. Olga steht an einem Bach.«

»Wo?«

»Sie hat mir das genau beschrieben. Gewässerkartierung. Das ist gar nicht weit von hier. Los!«

Genau beschrieben war ziemlich übertrieben. Sie gelangten nach Großweil und Kathi war sich sicher, dass man in die Kreutstraße einbiegen müsse.

»Da geht's zur Glentleiten, hat sie was von Freilichtmuseum gesagt?«

»Nee, kann auch Angerweg gewesen sein.«

Sie verfranzten sich noch ein paar Mal, der Angerweg wurde zu einem Feldweg, und als sie schon umdrehen wollten, gelangten sie zu einem Bach, an dem mehrere Autos standen.

Sie stiegen aus und stapften eine Weile am Gewässer entlang. Plötzlich fuhr etwas Schwarzes, Glänzendes aus dem Bach empor. Kathi entfuhr ein Schreckensschrei, Irmis Herz stand kurz vor der Explosion. Das Monster erhob sich aus dem Bach und schob eine Taucherbrille zurück.

»Suchen Sie Olga?«

Irmi musste erst mal wieder zu Atem kommen.

»Hab ich sie erschreckt?« Der junge Mann lachte. »Vorsicht, da ist noch ein Taucher unterwegs und außerdem ein paar Gestalten in Watstiefeln.«

»Was machen Sie denn hier, um Gottes willen?«

»Forschen. Wir sind Studenten von der TU München und erforschen Muscheln.«

»Bitte? Gibt es Muscheln in Bayern?«, fragte Kathi.

»Die Frage kenn ich. Muscheln gibt es beim Italiener mit Knoblauch. Sonst nicht. In Wirklichkeit hat Bayern noch zweiunddreißig heimische Muschelarten, das weiß kaum einer. Uns geht es um die Flussperlmuschel, die ist nämlich akut vom Aussterben bedroht. Die Olga finden sie ein Stück bachabwärts.« Er hob die Hand zum Gruß und tauchte wieder ab.

Weiter unten trafen sie auf zwei Studentinnen, die sich Notizen auf einem Tablet machten, und schließlich auf die Forscherin. Beim Namen Olga Koslowa hatte Irmi sich eine eher opulente Dame vorgestellt. Doch die Forscherin war eine kleine zarte Frau mit Kurzhaarschnitt und einer randlosen Brille. Sie sah aus, als ertrinke sie fast in ihren Watstiefeln.

»Willkommen in einer Welt kurz vor dem Untergang. Wir dokumentieren hier das Sterben. Mit dem Thema haben Sie auch irgendwie zu tun, wenn ich Sie richtig verstanden habe.« Sie blickte von Irmi zu Kathi. »Wir hatten telefoniert?«

Kathi nickte. Irmi stellte sich und ihre Kollegin vor.

»Gut«, sagte Dr. Olga Koslowa. »Kommen Sie doch mit zum Auto. Da hätte ich Kaffee im Angebot.«

Irmi und Kathi folgten der kleinen Frau zu einem Pickup mit Hardtop. Sie zauberte eine Thermoskanne und Becher hervor.

»Milch ist schon drin, Zucker keiner. Sie sind von der Kripo?«

»Ja, Frau Dr. Koslowa, es ...«

»Sagen Sie ruhig Olga zu mir, Koslow bedeutet Ziegenbock, damit identifiziere ich mich nicht so sehr.«

Irmi lachte. »Lieber mit Muscheln?«

»Die TU München unterhält ein limnologisches Institut in Iffeldorf an den Osterseen. Wir kümmern uns um die Gewässerökologie. Muscheln werden wohl bald nur noch Inhalt von Büchern, Sammlungen und dem Internet sein. Die intensive Landnutzung an Gewässern tötet meine Lieblinge! Wenn die Maisfelder direkt an den Bach reichen, wenn keine Uferrandstreifen mehr vorhanden sind, wenn immer mehr Sediment eingeschwemmt wird, dann verschlammt der Gewässergrund, und der Sauerstoffgehalt nimmt ab. Die Muschel stirbt. Ein Fisch kann davonschwimmen, die Muschel nicht! Sie bewegt sich nämlich maximal neun Meter pro Jahr. Theoretisch können Perlmuscheln sehr alt werden, bis zu hundertzwanzig Jahre – unter den heutigen Bedingungen natürlich nicht. Aber das wird Sie kaum interessieren, niemand schert sich um Muscheln.«

»Ehrlich gesagt habe ich noch nie über Muscheln nachgedacht«, erklärte Irmi. »Aber die Muschel führt uns zur AGBG, deren Mitglied Sie sind.« Sie berichtete der Forscherin von ihrer Begegnung mit den beiden Vorsitzenden der AGBG, die erwähnt hätten, dass Dr. Koslowa Kilian Schwaiger nach einer Veranstaltung in Denklingen beruhigt habe.

»Warten Sie, ja, das war im Herbst 2011. Das ist ewig her.« Sie stutzte. »Kili ist tot?« Ihre Stimme strauchelte ein wenig.

»Genau das wollen wir herausfinden. Deshalb versuchen wir zu rekonstruieren, wer ihn zuletzt gesehen hat.«

Frau Dr. Koslowa schien sich dessen bewusst zu sein, dass man ihr gerade Informationen vorenthielt, aber sie sagte lediglich ein wenig spöttisch: »Bin ich denn verdächtig?«

»Es würde uns genügen, wenn Sie sich an den Abend erinnern könnten.«

»Das ist wirklich lange her, aber ich entsinne mich: Wir hatten einige Referenten da, es ging auch um das Sterben der Bodenbrüter, ich habe über Gewässer gesprochen, ja und dann hat einer der Anwesenden gesagt, ihn würden die Muscheln einen Scheißdreck interessieren, wozu man überhaupt welche brauche. Er möge sie nicht mal mit Knoblauch. Ich hab ihm erklärt, dass Muscheln das Wasser filtrieren, was den Fischen zugutekommt. Darauf meinte der Mann im Plenum: ›Fisch ess ich auch nicht.‹ Gelächter kam auf, Gepolter, Schenkelklopfen – wie so oft. Das ist unser täglich Brot, der Mensch will sich nicht mit solchen Themen auseinandersetzen. Da ist Kilian hochgeschossen, hat den Mann am Kragen gepackt und gebrüllt: ›Aber Rind frisst du schon! Rind frisst ihr alle! Ihr fresst es noch, wenn das Gift raustropft! Ihr trinkt vergiftete Milch, aber euch fällt gar nicht auf, dass ihr noch debiler werdet, als ihr eh schon seid!‹ Dann ging es rund. Zwei andere Männer packten ihn, von uns ging auch jemand dazwischen, beinahe wäre es zu einer Massenschlägerei gekommen. Aber ...«

»Aber?«

Sie grinste. »Einer hat in die Decke geschossen.«

»Bitte?«

»Wir haben auch ein paar Jäger in unserer Initiative. Jäger sind nämlich auch betroffen vom Artensterben. Einer von denen hatte eine Waffe dabei und schoss in die Decke. Sehr wirkungsvoll, denn es war schlagartig still. Man kann das Loch in der Saaldecke bis heute bewundern. Ich war kürzlich mal dort und habe es mir angeschaut.«

»Wissen Sie, wer geschossen hat?«

»Nein, das ging sehr schnell, aber wir haben einige dabei, die sehr kreative Ideen haben und nicht lange fackeln.«

Das klang in Irmis Ohren bedrohlich. Würden solche nicht auch morden? Mal schnell so am Rande der Eskalation?

»Und Sie waren dazu abgestellt, Kilian Schwaiger zu beruhigen?«, fragte Kathi.

»Ganz so würde ich das nicht formulieren. Ich lasse mich nicht abstellen. Nein, Kilian Schwaiger ist hinausgerauscht, und Kurt hat mich gebeten, nach ihm zu sehen. Die Männer kochen ja immer so schnell über. Also bin ich hinterhergegangen. Kilian Schwaiger war außer sich. Da war er schon weit über dem Limit. Er konnte die Ignoranz der Menschheit nicht mehr ertragen. Er hätte sein Schicksal vielleicht sogar angenommen, wenn sein Elend anderen geholfen hätte, wenn all diese Tode nicht umsonst gewesen wären. Ja, er drohte an der Ignoranz der anderen zu zerbrechen, die nicht hören und nicht sehen wollen.«

Das war eine prägnante Einschätzung. Dr. Koslowa war eine gute Beobachterin, eine gute Psychologin. Auch sie hatte das Wort »annehmen« verwendet. Wie der alte Schwaiger. War es denn so, dass man am Ende sein Schicksal annehmen musste? Gab es überhaupt so etwas wie

Schicksal? Irmi war von der resoluten Frau sehr beeindruckt, die auch gegen Windmühlen kämpfte. Die sich denen widmete, die so gar keine Lobby hatten. Wen interessierte schon das bayerische Muschelsterben?

»Kannten oder kennen Sie Schwaigers Geschichte denn im Detail?«, fragte sie schließlich.

»Was heißt im Detail? Ich bin keine Fachfrau für Clostridium botulinum. Da gibt es die Kollegin Krüger in Leipzig. Aber ich verfolge mit großer Sorge den Eintrag von Pestiziden in unsere Gewässer. Wenn ich etwas über Jahre mit wachsendem Entsetzen beobachte, ist das Glyphosat.«

»Roundup?«, fragte Irmi überrascht.

»Ja, für Kleingärtner ist das Unkrautvernichtungsmittel überall im Gartenmarkt erhältlich, oftmals zu Sonderpreisen. Es wird als ach so wirkungsvoll angepriesen. Da verunziert kein Kräutlein mehr die gepflasterten Wege. Da ist der Tod in den Fugen. Für Großkunden hat die Firma Monsanto einen besonders schönen Giftcocktail gemixt. Das Prinzip ist so einfach wie tödlich: alles stirbt ab – nur die genveränderte Nutzpflanze nicht.«

»Gibt es bei uns etwa genveränderte Pflanzen?«, fragte Kathi entsetzt.

»Wenn wir TTIP unterzeichnen, schon bald. Und auch aus Versuchsfeldern entspringt mal so ein Pflänzchen. Wir haben ja schon genverändertes Futter. Tiere werden mit Gen-Soja-Kraftfutter aus Argentinien, Brasilien, Paraguay und den USA gefüttert. Und die Menschen in diesen Anbauländern leiden.« Sie zuckte mit der Schulter. »Das ist ja das Perverse an uns Menschen. Wir sind Meister der Ausblendung. Was geht uns das an? Wir kennen die Wege unserer Nahrungsmittel längst nicht mehr. Wer sieht schon die Todesspirale aus vergiftetem Boden, der ins Tierfutter und über die Ausscheidungen in einen ewig währenden Kreislauf gelangt? Was glauben Sie, was wir im Wasser haben? Jede Menge Agrogifte!«

»Aber Sie und andere anerkannte Wissenschaftler wissen das! Es muss doch auch unabhängige Studien geben!«, rief Kathi.

»Keine Studie ist unabhängig. Eine BUND-Studie vom Juni 2013 bestätigt: Fast die Hälfte aller Stadtbewohner in Europa hat Glyphosat im Körper. In Staaten mit intensiver Landwirtschaft – etwa Deutschland, Großbritannien und Polen – waren siebzig Prozent der Menschen belastet. Und was macht das Bundesinstitut für Risikobewertung? Es will die täglich tolerierbare Aufnahmemenge auf 0,5 Milligramm je Kilo Körpergewicht heraufsetzen. Liebe junge und zu Recht wütende Frau Reindl: Können Sie einen Grenzwert für Gifte oder auch für Radioaktivität wirklich einordnen? Sagen Ihnen diese Werte etwas?«

Irmi hatte sich in die Position der Zuhörenden begeben. Und mehr und mehr wurde ihr bange. Sie waren inmitten einer Grauzone gelandet, kein Schwarz oder Weiß. Alles war beweisbar, alles ließ sich widerlegen.

»Das ist doch das Problem von uns Verbrauchern. Müssten wir uns nicht eigentlich darauf verlassen können, dass unsere Politiker uns schützen? Dass deren Fachgremien unabhängig sind?«, sagte Irmi.

»Ja, sicher. Aber das ist Wunschdenken, die Lage ist viel zu komplex. Wir können uns gar nicht mehr das Wissen aneignen, das wir bräuchten. Sie nicht, die Sie es gelernt haben zu wühlen. Ich nicht, die ich zwei Doktortitel habe und gerade habilitiere. Genauso wenig wie die dreifache Mutter, die putzen geht. Wir sind alle längst verloren.«

»Frau Dr. ... Olga, wir haben einen Teil der künstlichen Hüfte von Kilian Schwaiger gefunden«, erklärte Irmi.

»Oh!«, sagte die Forscherin. Sie zwinkerte und wandte sich kurz ab. Dann wurde es still um die drei Frauen. Ein roter Milan kreiste über ihnen und stieß seinen charakteristischen Laut aus. Plötzlich ging ein Ruck durch Olga Koslowa. »Was ich jetzt sage, ist sicher nicht klug, aber Schwaiger war kein Suizidkandidat. Er war sehr fokussiert in seinem Hass.«

»Sie glauben, er wurde ermordet?«, fragte Irmi leise.

Die Forscherin nickte. »Er war ungeheuer wütend. Gefährlich wütend. Ich bin mir nicht sicher, was sein nächster Schachzug gewesen wäre, aber er hatte nichts mehr zu verlieren. Er war auf einem alttestamentarischen Weg. Auge um Auge. Es ging ihm auch um sein verstorbenes Kind.«

»Den kleinen Benedikt, den er bei dem Waldunfall verloren hatte«, bemerkte Irmi.

»Er war der Meinung, er habe das Kind vorher schon verloren. Es war behindert, und er gab sich die Schuld dafür.«

Der Gabelschwanz des Milans hob sich scharf gegen den Himmel ab. Er glitt dahin ohne jeden Flügelschlag. Irmi hatte nie das Bedürfnis gehabt zu fliegen, sie hatte nie geglaubt, dass die Freiheit über den Wolken wohl grenzenlos sei. Sie war viel zu erdverbunden, um die Vögel zu beneiden. Die Freiheit konnte doch nur in einem selber liegen. Hatte Schwaiger sich befreien wollen? Und wenn ja, wovon?

»Glauben Sie denn, dass die Behinderung etwas mit dem Bakterium Clostridium botulinum zu tun hat?«

»Ich weiß nur, dass im Urin eines betroffenen Bauern oben im Norden 2,29 Mikrogramm Glyphosat pro Liter festgestellt wurden. Das ist das 229-Fache des Grundwassergrenzwerts. Der Hof lag in der Abluftfahne eines Kraftfutterwerks, in dem Gen-Soja verarbeitet wird.«

»Aber was hat das alles mit Schwaiger zu tun? Hat er mit Glyphosat gedüngt?«

»Nein, im milchwirtschaftlich geprägten Oberbayern spielt das weniger eine Rolle. Aber Schwaiger hat mit Sojafutter gefüttert, das tun viele in den konventionellen Ställen.«

Bernhard tat das nicht, was Irmi ihm hoch anrechnete. Er tat es nicht, weil ihm Futter aus Argentinien gefährlich vorkam. Zwar hielt er die Aussagen und Tipps des Bauernverbands für Offenbarungen, dabei dachte er aber sehr regional. Er aß nur das Gemüse, das in der jeweiligen Jahreszeit wuchs – einfach weil er konservativ war und seine Welt in München endete. Bernhard wusste, dass ein konventioneller Betrieb wie seiner mit vierzig Milchkühen und Jungvieh zum Sterben verdammt war. Der Milchpreis lag bei einunddreißig Cent, Tendenz sinkend. Und selbst wenn sie nun einen so gigantischen Stall bauen würden wie die Nachbarn, sich verschulden würden bis in alle Ewigkeit, dann waren sie auf lange Sicht immer noch nicht konkurrenzfähig mit den großen Betrieben, in denen Tiere gemanagt wurden wie ein Industriebetrieb.

Und für wen hätten sie das auch tun sollen? Sie hatten beide keine Kinder, sie würden aussterben, so einfach war das. Manchmal fragte Irmi sich, was wohl aus dem Hof werden würde. Wer würde ihn kaufen? Sie hatte nicht mal jemanden, dem sie etwas vererben wollte. Irmi wusste, dass auch ihr Bruder manchmal haderte und dann trotzdem weitermachte, von Tag zu Tag, wie er das immer getan hatte. Bedächtig und klar. Die Mangolds würden aussterben, daran bestand kein Zweifel.

Im Grunde war das ja nicht weiter schlimm, fand Irmi. Sie hielt ihre Gene nicht für so wertvoll, dass sie sie unbedingt weitergeben musste. Und dennoch fühlte es sich komisch an, dass keiner den Hof weiterführen würde. Sie hatte keine Erben. Würden am Ende reiche Münchner ihren Hof kaufen? Das war eine traurige Vorstellung. Es gab zwar viele Familien mit Kindern, in denen niemand die Landwirtschaft übernehmen wollte. Aber im Hause Mangold herrschte eine bedrückende Endgültigkeit.

»Dann kann man ja gar nichts mehr essen! Oder nur bio?«, sagte Kathi erbost.

»Bei Menschen, die sich biologisch ernähren, müsste die Giftbelastung eigentlich bei null liegen. Tut sie aber nicht. Über die Gülle-Einträge ins Grundwasser haben auch sie Spuren im Harn. Das alles hat nichts mit Kilian Schwaiger zu tun. Sein Fall war komplett anders gelagert. Aber das Gift ist dasselbe. Bei ihm kam es nur eben aus dem Boden.«

»Und hat das Kind geschädigt? Nicht nur die Kühe?«

»Ich halte das zumindest für sehr wahrscheinlich. Ein Baby unter einem Jahr ist sehr fragil. Die Immunabwehr ist noch nicht ausgebildet.«

»Hat Schwaiger jemals davon gesprochen?«

»Nein, aber ...« Sie wirkte kurzzeitig sehr fahrig. »So vertraut waren wir nicht. Manche Lebensschicksale sind so belastend, dass man sie in sich verschließt. Es ist doch noch eine andere Dimension, ob ich meine Tiere verliere oder mein eigen Fleisch und Blut gefährde.«

»Aber selbst die Todesursache der Tiere war ja nicht erwiesen?«

»Das Gift schon, nur sein Weg nicht. Die Kausalzusammenhänge lassen sich bislang nicht beweisen.«

»Schwaigers Frau sprach davon, dass ...«

»Sie sind Kommissarinnen, ist das denn nicht Ihr täglich Brot?«, unterbrach Olga Koslowa sie. »Jeder erzählt die Geschichte anders, keiner lügt. Sie alle haben ihre Ängste, ihre Erfahrungen, ihre Leben im Gepäck dabei. Vier Menschen, vier Geschichten. Zehn Menschen, zehn Geschichten, obwohl sie gleich sein müssten. Es gibt keine Objektivität. Nicht bei Geschichten, nicht in Studien.«

»Und das heißt?«, fragte Kathi leicht aggressiv. Es war ihr anzumerken, dass sie diese Ermittlung beutelte. Zu viele Wenns und Abers und Vagheiten. Kathi war die Frau für Kapitalverbrechen, fürs Hauen und Stechen. Sie konnte da hinsehen, wo es Irmi nach all den Jahren den Magen hob. Psychologie hingegen war nicht Kathis Ding.

»Ich weiß nur, dass der Haustierarzt und der Amtsveterinär am Ende nicht mehr hingegangen sind, weil zwei geladene Gewehre im Gang standen«, sagte Olga leise.

Das hatte Anna Schwaiger in der Tat nicht erwähnt.

»Es stand immer auch die These im Raum, Schwaiger habe unsauber gewirtschaftet«, sagte Irmi.

»Ich war nie auf seinem Hof. Wir kannten uns von der AGBG. Natürlich hat er bei mir auch mal Rat gesucht, aber im Prinzip wusste er viel mehr als ich über Botulismus.«

Wieder trat eine Gesprächspause ein. Der Milan war verschwunden. Weiches Licht senkte sich über die moorigen Wiesen. Die Kühle kroch aus dem Boden. Es war Herbst, obgleich die Mittagssonne immer noch Sommer vorgaukelte.

»Wie war Kilian Schwaiger eigentlich? Ich bekomme kein Bild von ihm«, sagte Irmi schließlich.

»Das fällt auch mir schwer.« Irmi spürte, dass Olga Koslowa das Schicksal von Schwaiger keineswegs egal war. »Er war schwer greifbar. Er hatte wirklich ungeheuer viel gelesen, er war extrem gut informiert. Er war aggressiv, da besteht kein Zweifel. Er war entschlossen, und er ließ sich nicht hinter die Fassade blicken. Von niemandem. Auch von mir nicht, selbst wenn wir bei der AGBG wohl am meisten ... am meisten ... ähm ... Kontakt hatten.« Sie rieb sich das Auge. »Nun, ja. Unseren Vorständen wurde er irgendwann unangenehm.«

»Was?«, rief Kathi dazwischen.

»Moment! Unterstellen Sie mir jetzt nichts!«

»*Sie* haben das Wort unangenehm verwendet«, sagte Kathi in ätzendem Tonfall.

»Ich weiß sehr wohl, was ich sage. Er wurde unangenehm, weil er sich nicht beherrschen konnte. Klaus und Kurt setzen auf einen Widerstand, der auf Information und Wissen basiert. Sie wollen keine aggressiven Schreier in ihrer Gruppierung. Deshalb haben sie ihm aber lange nichts angetan.«

Kathi schien wieder dagegenhalten zu wollen. Irmi musste deeskalieren und erklärte lächelnd: »Wir sind lediglich Meisterinnen der Hypothesen, die so lange halten, bis die Wahrheit auf dem Tisch ist.«

»Sie sind in einer glücklichen Lage, Frau Mangold, wenn es bei Ihnen eine absolute Wahrheit gibt. Je länger ich auf diesem vergifteten Planeten wandle, desto weniger finde ich die Wahrheit.« Olga Koslowa nahm noch einen Schluck Kaffee. »Ich bin hier, weil stille Gifte stille Tiere töten. Wissen Sie, wir würden Muscheln dann lieb haben, wenn sie so süß wären wie kleine Katzen. Und selbst dann ist der Mensch in der Lage, sie zu erschlagen oder zu ertränken. Er setzt auch süße Kätzchen einem grauenvollen Todeskampf aus. Was interessieren da Fische oder gar Muscheln!«

Die Forscherin schien nicht bereit zu sein, mehr über Schwaiger zu sprechen. Der Mann blieb eine nebulöse Figur.

»Dürfen wir Sie behelligen, wenn wir noch Fragen haben?«, sagte Irmi zum Abschied.

»Sicher. Viel Glück bei der Suche nach der Wahrheit.«

Die beiden Kommissarinnen gingen. Kathi verhielt sich überraschend lange still. Als sie am Auto angekommen waren, platzte es dann doch aus ihr heraus: »Mit der stimmt doch was nicht!«

»Weil sie klug ist und aus dem Stegreif prägnant formulieren kann?«, fragte Irmi. »Ist das dein üblicher Akademikerhass?«

»Nein, sie ... sie ...«

Irmi lächelte. »Sie sagt nicht alles.«

Kathi war für einen Moment überrascht. »Du hast also auch …?«

»Kathl, auf einmal so unsicher? Was ist los mit dir?«

»Sag ja nicht Kathl zu mir!«

»Katharina?«

»Das auch nicht!«

»Also gut, Kathi, sie verschweigt uns was. Ich bin doch nicht blöd. Aber das nützt uns momentan wenig. Wir wissen, dass Kilian Schwaiger wohl zum Problemfall für diese illustre Runde von hochinformierten Biologen und Unternehmensberatern wurde. Das ist immerhin etwas. Und wir können davon ausgehen, dass die Veranstaltung in Denklingen eine Schlüsselrolle einnimmt.«

»Dann fahren wir doch mal zu den Schwaben. Vor Ort fühle ich mich sicher hochgradig inspiriert!«, rief Kathi in ihrer üblichen Lautstärke.

»Ja, gleich morgen in der Früh. Wir treffen uns im Büro.«

Irmi setzte Kathi an der Polizeiinspektion ab und fuhr langsam stadtauswärts. Es war mehr Zufall, dass ihr das Auto auffiel, das ihr nachfuhr. Es hatte ein Augsburger Kennzeichen, das Irmi sich einprägte. Als sie nach Eschenlohe abbog und weiter nach Schwaigen, war der Pickup immer noch hinter ihr. Es war ein Dodge Ram, und er fuhr geradeaus weiter in Richtung Grafenaschau, als Irmi auf ihren Hof zuhielt. Wozu brauchte man in Augsburg einen Ram? Zum Angeben wahrscheinlich. Dennoch notierte sich Irmi daheim das Kennzeichen in einem Block, der auf dem Küchentisch lag. A TT 3210. Es war still, keine Kater in Sicht.

Sie ging langsam in den Stall. Wiederkäuende Kühe

hatten etwas Beruhigendes. Ihre Kühe trugen alle noch Namen, Lolita war schon zwölf Jahre alt, Irmi zwo war elf. Das war ungewöhnlich, denn die Nutzungsdauer von Kühen im Werdenfels lag bei fünf Jahren. Und das war schon methusalemisch, denn der deutschlandweite Durchschnittswert lag weit darunter. Eigentlich ein Wahnsinn, diese Tiere nur noch zu Milchmaschinen zu degradieren. Und manchmal haderte Irmi auch damit, dass so eine Kuh 305 Tage gemolken wurde, dann zwei Monate trocken stand, um sich auf die nächste Geburt vorzubereiten und das Kalb ihr gleich anschließend entrissen wurde. War das recht? Der Mensch pfuschte der Natur ins Handwerk, Kälber kamen ganzjährig zur Welt, und Bullenkälber gingen in die Mast oder gleich zum Schlachter. So funktionierte eben eine Milchlandwirtschaft. Irmi hatte Bernhard einmal vorgeschlagen, auf Mutterkuhhaltung umzustellen, aber das hatte er abgelehnt.

Sie kraulte die junge, besonders kecke Mathilda zwischen den Hörnern und ging schließlich hinein. Einen Moment überlegte sie noch, Jens anzurufen, aber der würde sich sicher melden. Wie spät war es bei ihm eigentlich? Wo in Kanada war er überhaupt?

5

Da Kathi irgendein Problem mit dem Soferl hatte, wollte sie etwas später kommen, und wie so oft blieb es an Irmi hängen, die Staatsanwaltschaft zu informieren und ihre Pläne mit den zuständigen Beamten im Landkreis Landsberg abzustimmen. Sie bekam auch hier postwendend einen Rüffel wegen ihres Umgangs mit Severin Jörg. Irmi schluckte den Ärger hinunter. An einem Morgen wie heute gelang ihr das besser, am Abend wurde sie dünnhäutiger. Sie fühlte ganz vorsichtig vor, wie man denn zu einer ausgedehnten Suche nach Leichenteilen stünde.

Überraschenderweise bekam sie ein theoretisches Plazet. Der Mann war schließlich vermisst gemeldet, und Hüften gab man nicht ab wie Beinprothesen, das war auch der Staatsanwaltschaft klar. Kilian Schwaiger musste tot sein – ob durch Unfall oder Mord.

Als Kathi kam, wirkte sie ziemlich genervt. Die beiden Kommissarinnen fuhren gleich los. Von Garmisch aus war es eine halbe Expedition zu den Schwaben, wenngleich es in Kilometern gerechnet eine lächerliche Strecke war. In Oberau hingen Plakate, die die Westumgehung forderten, und als sie den Ettaler Berg anfuhr, wurde Irmi schlagartig bewusst, dass sich hier eine weitere ökologische Katastrophe anbahnte, die wieder unter den Teppich gekehrt und an den Menschen vorbeigemauschelt werden würde. Mitten durch den Bergwald sollte eine Zufahrtsrampe gebaut werden, was genau wie beim Kramertunnel den kompletten Kahlschlag und fatale Folgen für die Quellsysteme bedeutete. Unter dem Berg Kramer war das große Tier- und Pflanzensterben angebrochen, weil man trockenlegte, was des Wassers bedurfte. Schließlich wollte man den völlig fehlgeplanten Tunnel trocken bekommen. Der war und blieb allerdings waschlnass, dafür wurde der Kramer zur Wüste.

In Ettal wuselten ein paar Asiaten mit Mundschutz über die Straße, und als sie durch Unterammergau fuhren, bemerkte Kathi: »Wie es wohl Runa geht?«

Ihr letzter Fall hatte sie tief in die Tragödien einer Familie und bis nach Norwegen geführt. Es war merkwürdig – als Ermittlerinnen verbanden sie Orte immer mit Toten, und das dort, wo andere Urlaub machten und mit den Namen vermutlich Badetage, Bergtouren oder Kindszeugungen assoziierten.

An der Echelsbacher Brücke waren die üblichen Schluchtenstarrer unterwegs, am Stüberl reihten sich Motorräder, die wohl bald über den Winter eingemottet werden würden. Alle schienen sich vor der kalten Jahreszeit noch mal aufzubäumen. Bei Peiting trafen sie auf die Umgehungsstraße, in Hohenfurch gab es auf einmal einen riesigen Supermarkt und am Ortsende endlose Reihen von Gebrauchtwagen. Wer die wohl alle kaufen sollte? Sie befanden sich hier in der äußersten Ecke der Republik, und manchmal hätte etwas mehr Demut ganz gutgetan, fand Irmi. Zufällig hatten sie den höchsten Berg Deutschlands vor der Nase, aber musste man deshalb dermaßen selbstherrlich werden? Auch der dreispurige Ausbau der Straße war irgendwie an Irmi vorbeigegangen.

»In dem Fort war ich mal essen!«, sagte Kathi und wies auf eine Pizzeria, die in der Tat wie ein Westernfort aussah.

Irmi war nicht nach Konversation, sie bog wenig später nach links ab. Denklingen, Leeder, Fuchstal.

»Hier willst du auch nicht tot überm Zaun hängen«, kommentierte Kathi. »Ist das arschflach und öd hier.«

»Das sind doch nette Dörfer«, erwiderte Irmi lahm und blickte über abgeerntete Felder beidseits der Straßen. Gras schien es hier kaum noch zu geben.

Irmi hatte sich dem Betreiber der Anlage angekündigt, sie waren etwas zu früh angekommen. Da war sie also, eine der grünen Moscheen … Grünlich mit Deckel, so sahen sie fast alle aus. Neben der Anlage befand sich ein Neubaugebiet. Es roch eigentlich nicht besonders unangenehm, nichts wirkte bedrohlich oder böse. Ein Audi Q5 fuhr vor, dem ein Mann in grünem Janker entstieg. Das Kleidungsstück hatte akkurat dieselbe Farbe wie die Außenhaut der Biogasanlage. Das nannte man Corporate Identity, das war echte Identifikation!

»Mayr«, sagte der Mann mit schön rollendem R. »Grüß Gott, die Damen. Ich hatte Ihr Anliegen nicht ganz verstanden.«

Er war jovial, keine Frage. Joseph Mayr, Landwirt, Bauunternehmer mit Baggerbetrieb, Gemeinderat, war nicht umsonst an die Front geschickt worden. Andrea hatte für Irmi gestern Abend noch ein paar Facts zu Mayr und der Biogasanlage zusammengetragen. Die Anlage war erst auf massive Proteste aus der Bevölkerung gestoßen, und immer wenn die Zeitung berichtet hatte, war es Mayr, der die

Interviews gegeben hatte. Offenbar war das der Mann, der reden konnte im Fuchstal. Und solche waren in bäuerlichen Kreisen ja nicht so dicht gesät.

»Herr Mayr, das mag in Ihren Ohren etwas absurd klingen, aber ich fasse zusammen. Rupert Urban, der zu Ihren ... äh ...«

»Genossen. Wir sind ein genossenschaftlicher Zusammenschluss.« Er klang wie ein Grundschullehrer, der alles ganz lieb meinte.

Genossen? Nun gut. »Urban hat auf einem Feld im Werdenfels Gülle ...«

»Sie meinen den Gärrest? Die Gärrückstände aus unserer Biogasanlage werden weitestgehend als landwirtschaftliche Düngemittel verwendet. Sie sind chemisch weit weniger aggressiv gegenüber den Pflanzen als Rohgülle, die Stickstoffverfügbarkeit ist höher und der Geruch weniger intensiv. Der Gärrest der Nassfermentation ist eine gülleähnliche Substanz. Aber eben keine Gülle«, dozierte er.

Irmi holte Luft. »Dann hat Rupert Urban also den Gärrest ausgebracht. Im Fass befand sich ein Teil einer künstlichen Hüfte. Der Mensch, dem diese Hüfte gehörte, ist als vermisst gemeldet. Die Vermutung legt nahe, dass das Teil aus Ihrer Anlage stammt.« Irmi klang sehr eisig. Die belehrende Stimme des Mannes nervte sie weit mehr als pure Aggression. »Unsere Frage lautet nur: Wie kam es da hinein?«

Mayr blinzelte. »Wie? Was?«

»Urban hat hier bei Ihnen sein Fass befüllt. Inklusive Zusatz aus dem weiten Reich der modernen Chirurgie. Entweder das Teil war schon im Fass, oder aber es wurde mit angesaugt. Wem gehört das Fass?«, erkundigte sich Irmi.

»Auch der Genossenschaft.« Mayr war deutlich leiser geworden.

»Und wer beliefert die Anlage?«

»Acht Landwirte.«

»Seit wann?«

»Im Winter 2005 wurde unsere Biogasanlage in Betrieb genommen. Sie wurde im Jahr 2009 von 140 Kilowatt auf 420 Kilowatt elektrischer Leistung erweitert und soll nächstes Jahr auf 530 Kilowatt ausgebaut werden. Wir sind ...«

»Und was kommt da so rein?«, unterbrach Kathi ihn.

»Nur organische Stoffe wie Mist, Gülle, Mais und Gras. Das wird anaerob, also unter Luftabschluss, von Bakterien in Biogas umgewandelt. Es handelt sich um ein Gasgemisch, das zu fünfundfünfzig Prozent aus Methan besteht und in einem sogenannten Blockheizkraftwerk verbrannt wird, wobei Strom und Wärme entstehen. Die Wärme wird zur Beheizung einiger Gemeindegebäude genutzt, der Strom ins öffentliche Netz gespeist. Es werden jährlich rund 3,4 Millionen Kilowattstunden Strom erzeugt und somit circa eintausendsiebenhundert Tonnen Kohlendioxid eingespart. Das ist großartig und alles unsere Leistung!«

Er hätte auch gut auf einem Fierantenmarkt Gemüseschäler, Trachtenhüte oder Wachstischdecken verkaufen können, beim Anpreisen war er auf sicherem Boden. Da blühte er auf.

»Es waren aber nicht alle dafür, oder?«, entgegnete Irmi.

»Es gab Widerstände bei den Anwohnern. Sie befürchteten eine Geruchsbelastung. Aber diese Bedenken konnten wir ausräumen. Oder riechen Sie etwas?«

Kathi hob das Näschen witternd in den Herbsthimmel. »Nein, aber es gibt ja auch noch andere Bedenken bei diesen Anlagen?«

»Sie sind aber eigentlich wegen etwas ganz anderem gekommen, oder? Ich hab Ihr Anliegen immer noch nicht ganz verstanden.«

So begriffsstutzig konnte Mayr doch gar nicht sein. »Das Teil einer künstlichen Hüfte ist mit dem Gärrest auf einem Feld des Genossen Urban nahe Garmisch gelandet«, sagte Irmi betont langsam.

»Eben und nun müssen wir ja nur noch die Restleiche bei einem Ihrer Genossen finden!«, schmetterte Kathi. »Da beginnen wie am besten bei Ihnen.«

»Sie … Sie … können doch nicht so einfach … Das ist ja lächerlich. Wie wollen Sie da Zusammenhänge herstellen?«

»Die liegen auf der Hand. Ich kann die Anlage auch sperren lassen!«

»Frau Mangold, natürlich bin ich gerne behilflich. Ich meine, ich …«

»Herr Mayr, fangen wir doch mal anders an. Beginnen wir bei Urban. Was liefert der denn an?«

»Ausschließlich Mais.«

»Und der stammt woher?«

»Von den Feldern seiner Frau. Rupert greift seinen Schwiegereltern unter die Arme. Der alte Matthias wollte nicht auf Mais umstellen, da hat Schwiegersohn Rupert durchaus Pionierarbeit leisten müssen.«

Inzwischen klang er nicht mehr wie ein Lehrer, sondern so, als verlese er eine Werbebroschüre. Der Mann machte Irmi wirklich aggressiv. »Nicht jeder mag die Moderne«, konterte sie.

»Der Hias und die Lore Lindner sind bald achtzig, diese ganze Plackerei mit dem Milchvieh ist doch nichts für so alte Leutchen. Mais ist eine saubere Sache.«

Ja, und dank gewaltiger Maschinen auch ruck, zuck eingeführt für die schöne neue Welt der Energiewende, dachte Irmi.

»Ja, der Herr Urban stammt ja aus einer ganz anderen Gegend. Kaum ebene Flächen …« Irmi lauschte ihren eigenen Worten und sah bewusst an Mayr vorbei. »Und jetzt diese Leiche in einem so friedlichen Örtchen wie bei Ihnen.«

»Ich weiß nicht, was der Urban da eingeschleppt hat!«

Viel von seinem Werbetonfall war verschwunden. Eingeschleppt – das klang wie das Entfachen einer Ebolaepidemie. Mayr rückte auffällig rasch von seinem Genossen ab.

Irmi lächelte. »Stimmt, das gibt keine gute Presse.«

»Jetzt merken Sie mal auf, Frau Mangold. Wir sind hier unbescholtene Landwirte, die ihre Ruhe haben wollen und denen das Gemeinwohl am Herzen liegt. Mit irgendwelchen Querelen aus dem Werdenfels haben wir nichts zu tun!«

Aha, man distanzierte sich noch mehr von den Eingeheirateten! Merken Sie mal auf … der Mann war großartig in seiner Nervigkeit.

»Herr Mayr, sagt ihnen der Name Schwaiger etwas?«

Er schüttelte den Kopf.

»Kilian Schwaiger.«

Mayr runzelte die Stirn, machte einen Schritt rückwärts und rang mit sich. Er schien innerlich abzuwägen, was er tun sollte.

Irmi wartete, Kathi kickte scheinbar gelangweilt einen Stein über den Platz. Er entschied sich richtig, er sagte die Wahrheit.

»Schwaiger war Mitglied der ABGB. Dieses Kasperletheater hat einmal bei uns in Denklingen im Gasthof Zum Hirsch einen Auftritt gegeben. Offenbar wollten sie die Gemeinden hier im Fuchstal aufwiegeln. Lächerlich war das, unhaltbar, die Thesen sind auch auf keinen fruchtbaren Boden gefallen.«

»Wann war das?«

»Keine Ahnung.«

»Herr Mayr, Sie erinnern sich so gut ans Kasperletheater, wie Sie das nennen, aber nicht, wann das war? Sie memorieren sogar den Namen Schwaiger?« Manchmal war es gut, etwas hochgestochen zu formulieren.

»Nun gut, das war wahrscheinlich im Herbst 2011. Aber legen Sie mich nicht fest.«

Auch Mayr bestätigte nun, dass Schwaiger hier gewesen war. Kathi trat erneut gegen einen Stein, der an den Reifen des Q5 flog. Mayr zwinkerte hektisch.

»Aber was hat das mit unserer Anlage zu tun? Ist es dieser Schwaiger, der tot … dem wo seine Hüfte … Ich meine …«

Irmi pokerte. »Ich sehe zwei Möglichkeiten: Wir befragen alle ihre Genossen, oder wir schauen uns erst mal die Felder von Rupert Urban an. Sie wissen doch sicher, wo er den Mais anbaut.«

»Schon, aber das sind riesige Flächen. Wir reden hier nicht von Ihren vorgartengroßen Kuhweiden im Werdenfels.« Er bekam langsam wieder Oberwasser.

»Fahren wir doch mal hin, wir folgen Ihnen«, schlug Irmi vor, ohne recht zu wissen, was das bringen sollte. Sie hoffte wie Kathi auf Inspiration.

Und so folgten sie Mayrs fettem Angeberkarren, hielten wenig später an und stiegen aus. Mayr machte eine ausladende Handbewegung. »Da! Das sind die ersten achtzehn Hektar. Wenn Sie mir weiter folgen wollen?«

Bei der kleinen Fuchstal-Rundfahrt lernten sie zwei weitere Parzellen von zwölf und zehn Hektar kennen. Das letzte Feld lag hofnah, der dazugehörige Bauernhof war etwas schmucklos, aber groß und gepflegt. Urbans Frau hatte ordentlich Mitgift in die Ehe gebracht, keine Frage. Geld zu Geld, Grund zu Grund – zumindest in dieser Generation hatte man sinnvoll geheiratet. Irmi kannte Elli Urban und war zumindest davon überzeugt, dass Rupert sie nicht wegen ihrer blendenden Schönheit geehelicht hatte.

»Und nun, die Damen? Darf ich Ihnen sonst noch etwas zeigen?«

»Sie dürfen mir eine Liste Ihrer Genossen mailen sowie die Daten Ihrer Anlage und wer auf dieser Veranstaltung der AGBG war. Und Sie halten sich zu unserer Verfügung, wir werden weitere Fragen haben«, erklärte Irmi.

Sie klang zwar recht zackig, war aber innerlich komplett verunsichert. Was würden ihre Nachfragen ergeben? Sie würden höchstens etwas mehr herausfinden über die Veranstaltung: Wie der Streit verlaufen und wer involviert gewesen war. Im Idealfall hatte es Zoff zwischen Schwaiger und Urban gegeben. Aber das lag mittlerweile vier Jahre zurück. Würden sich die Zeugen, die ja schon nach einem Tag alles durcheinanderbrachten, verlässlich erinnern? Sie hatte schon Vernehmungen geführt, da hätte einer schwören können, dass er einen großen dicken Mann am Tatort gesehen habe, dabei war es eine kleine dünne Frau gewesen. Man hatte rote BMW gesehen, die sich später als tiefblaue Skodas entpuppt hatten. Zeugen waren eine Katastrophe. Aber in diesem Fall mussten sie diese Spur verfolgen, denn bevor sie die halbe Biogasanlage auseinandernehmen konnten, würde jeder Staatsanwalt tragfähigeres Material haben wollen.

Mayr steckte Irmis Karte ein, grüßte leutselig, brüllte schon im Wegfahren in sein Headset. Er würde sicher eine Sitzung einberufen und seine Anwälte benachrichtigen. Die schlafenden Hunde waren aufgewacht – und bellten.

»Ob das so schlau war?«, bemerkte Kathi.

»Nein! Alternativen?«

»Ich muss eine rauchen. Ich bin so müde. Ist bestimmt zu wenig Sauerstoff hier im Flachland.«

»Du Giftlerin, Rauchen gegen Sauerstoffmangel – lass dir die Idee doch patentieren. Aber nicht im Auto! Lass uns aus Sichtweite des Hofes verschwinden. Dann ruinier dir ruhig deine Gesundheit. Und die gute Luft des Fuchstal.«

Kathi gab ein grummelndes Geräusch von sich, während Irmi zurücksetzte, wendete und wenig später in einen

Feldweg einbog. Der endete alsbald an einer Eiche, die von einer Bank und einem Kreuz flankiert wurde. Ein leiser Wind ließ die herbstlich gefärbten Eichenblätter tanzen, Kathi drehte sich eine ihrer stinkenden dünnen Stengelchen. Plötzlich kam ein Hund auf sie zugestürmt, ein Pointer, wenn Irmi die Rasse richtig erkannte. Der Hund war eindeutig noch ein halber Welpe und wirkte hochgradig begeistert. Als er mit dem Schwanz wedelte, wedelte sein ganzes Hinterteil mit. Es versetzte Irmi einen Stich. Nach Wallys Tod hatte sie es nicht gewagt, einen neuen Hund anzuschaffen, doch ihr Herz blutete jedes Mal, wenn ihr ein solcher Vierbeiner nahe kam. Und der hier kam ihr sehr nahe, er schickte sich sogar an, ihr auf den Schoß zu springen.

»He, du Kamerad, so klein bist du nicht mehr.« Irmi blickte sich um. Aus dem Wald kam ein Mann, der pfiff und schrie. Er hatte einen Dackel bei Fuß, der Herrchens Rufe mit Bellen untermalte. Dem Pointer war die Geräuschkulisse völlig egal. Er begann Kathis Schuhbändel aufzuzerren.

»Astor! Astor!«, rief der Mann, der inzwischen bei ihnen angekommen war. »Himmelsakradi! Platz!«

Astor legte sich hin, widerwillig, aber nicht devot. Dem saß der Schalk hinter den Ohren. Der Dackel legte sich dazu, nicht ohne den Großen in die Pfote zu zwicken.

»Entschuldigen Sie! Das Vieh ist absolut unerziehbar. Aus dem wird nie ein Jagdhund.« Der Mann wirkte gutmütig. Seine Kleidung wies ihn als Jäger aus, aber er war schon im Rentenalter. »Da kaufst du extra einen aus einer Zucht, die Hunde jagdlich führt, und dann kommt so einer dabei raus. Da ist die Emma ja besser zum ham!« Die Rauhhaardackeldame bellte, als sie ihren Namen hörte.

»Kein Problem!« Irmi lachte. »Nicht jeder ergreift den Job, den Papi für ihn vorgesehen hat.«

»Da sagen Sie was!« Der Mann ließ sich neben Irmi auf die Bank fallen. »Er muss auch kein Jagdhund werden, aber hören sollte er schon.«

»Das wird schon noch! Und Sie sind auf der Pirsch?«

Er seufzte. »Wir haben nichts mehr zu pirschen! Die Tiere, die wir schießen sollen, gibt es gar nicht mehr. Die Tierhasserlobby hat die Abschusszahlen auf Tiere erhöht, die ich nirgendwo mehr sehe.«

Ja, auch zu diesem Thema hatten sie vor nicht allzu langer Zeit einiges lernen dürfen. Ein bitterböser Fall, der sie in die Welt von Jägern, Wilderern und Gejagten geführt hatte.

Irmi lächelte. »Und die Wildsau? Keine Plage?«

»Alles relativ. Als Allesfresser reagiert die Wildsau auf veränderte Umweltbedingungen sehr schnell und sehr erfolgreich. Mildere Winter mit kaum gefrorenem Boden und mit geringer Schneedecke kommen ihr zupass. Und die heutige Kulturlandschaft bietet natürlich ideale Bedingungen für die Vermehrung der intelligenten Viecher. Schauen Sie sich um: endlose Monokulturen Mais. Wir depperten Menschen haben sie doch erst in diese Situation gebracht. Im Zusammenhang mit Lebewesen von Plage zu sprechen, finde ich höchst bedenklich.«

»Die Landwirte reden aber von Plage.«

»Tja, in Bayern ist die Landwirtschaft ja so was wie ein goldenes Kalb! Kennen Sie das erste Wort, das ein Bauernkind spricht? Subvention. Dann erst kommen Mama und Papa.«

Kathi grinste. »Demnach sind Sie kein Landwirt?«

»Nein, Jurist a. D., wie man so schön sagt. Was glauben Sie, wie stur diese Feldherren sind. Die Landwirte glauben, dass wir Jäger so was wie Dienstleister für die Bauernschaft sind. Wir entrichten nicht nur Pacht, sondern zahlen auch noch in die Wildschadenausgleichskasse ein. Mit den einbezahlten Mitteln können die anfallenden Schäden zwar beglichen werden, aber das reicht dem Landwirt nicht.«

Kathi warf Irmi einen Seitenblick zu, aber Irmi hatte gar nicht vor, für die Landwirte in die Bresche zu springen. Wieder rumorte es in ihr, aber sie schwieg.

»Nicht das Wildschwein an sich ist das Problem, sondern die Konflikte zwischen den unterschiedlichen Nutzerinteressen, die sich in einer Kulturlandschaft ergeben«, fuhr der Mann fort. »Wenn ich aber meinen Enkeln Tiere noch außerhalb des Zoos zeigen möchte, wird man nicht umhin kommen, seriöse Lösungen anzustreben. Schauen Sie mal: Dort hinten lag früher eine Waldwiese. Drei Hektar, auf drei Seiten umschlossen von Wald. Selbst da ist Mais angepflanzt worden. Eine Schande ist das. Die kriegt den Kragen einfach nicht voll genug, die Elli!«

»Welche Elli?« Kathi war wieder auf Spur. Zwei Selbstgedrehte hatten sie aufgeweckt.

»Ja, Elli Urban, geborene Lindner. Hat in die Berg nei g'heiratet. Der ist ihre Heimat wurscht. Das Maisfeld ist erst dieses Jahr auf einer ökologischen Ausgleichsfläche entstanden. Eine Sauerei ist das! Da haben die Gemeinde und der Landrat eben mal alle Hühneraugen zugedrückt. Wieso auch irgendwo eine Blühwiese anlegen, wo Rehe oder Hasen äsen, wenn der Mais so viel mehr einbringt? Ich sag's ja, den Kragen kriegen's nicht voll!«

In Irmis Kopf war die rumpelnde Waschmaschine wieder in Gang gekommen. Ein Feld im Wald. Dieses Jahr erst umgepflügt. Und Schwaiger war 2011 verschwunden? Wie passte das alles zusammen?

Der Mann blickte zum Auto hinüber. »Garmischer Autokennzeichen. Dann sind Sie auch von da unten! Kennen S' die Familie Urban sogar?«

»Der Name sagt mir was«, wich Irmi aus. »Ist aber nicht gerade selten.« Sie legte eine Kunstpause ein. »Dieser Maisanbau ist wirklich eine Geißel. Bei uns ja noch nicht in dem Umfang, aber ich sehe natürlich das Problem der Flächenkonkurrenz zwischen Anbauflächen für Nahrungsmittel und Futtermittel einerseits und der Energiepflanzenerzeugung andererseits. Zudem steigen die Pachtpreise für landwirtschaftliche Flächen ja fast schon sittenwidrig, das macht die Kleinen kaputt. Haben Sie hier nicht auch eine Biogasanlage?«

»Ja, der Mayr und seine Spezln! Alles Gemeinderäte, eine Mischpoke ist das. Die interessiert das Artensterben einen Dreck. Die wollen Geld machen. Dabei ist auch die Klimabilanz der Anlagen eher zweifelhaft. Überlegen Sie mal, was die Zulieferer mit riesigen Spritfressern hin und her fahren! Aber das kapiert ja keiner!«

»Sie kennen sich aus?«

»Man muss sich doch informieren! Wir können doch nicht wie treudoofe Schafe hinterherrennen und nachblöken, was uns präsentiert wird. Bei uns hier im Fuchstal gibt es einen der größten Auwälder – und was will dieser Trottel von einem Bürgermeister? Einen Windpark bauen, dazu den Wald abholzen. Saubere Energie, ja, spinn ich denn? Gottlob wurde das verhindert, aber über die Biogasanlagen redet keiner. Wir haben hier doch eine ganz spezielle Situation. Wir liegen am Lech, auf Lechkies, die Humusschicht ist dünn. Wer hier Energiepflanzen anbaut, muss gewaltige Mengen Kunstdünger einsetzen. Und wo wird der wohl hingehen? Durch den Kiesel sickern und ab in den Lech!«

»Das habe ich auch schon gehört«, sagte Irmi. Genau das hatte Hanser doch erzählt.

»Wir ruinieren uns schleichend unsere Umwelt. Das ist doch des Pudels Kern!« Der Mann hatte sich in Rage geredet, und die Dackelhündin bellte.

»Oder des Dackels Kern«, bemerkte Irmi lächelnd. »Sagen Sie, da gibt es doch diese AGBG, Aktiv gegen Biogas. Kennen Sie die?«

»Die hatten mal eine Veranstaltung hier, soweit ich weiß, aber wissen Sie, ich bin kein großer Freund von Vereinen und Gruppierungen. Da zerschellt ein an sich gutes Anliegen an der harten Wand hundertfacher Einzelinteressen. Den Bauern will ich am End auch gar keinen Vorwurf machen. Die müssen ja so wirtschaften, dass der Hof am Leben bleibt, es ist die Politik, die falsche Signale setzt.«

»Schön formuliert«, sagte Kathi.

»Ja, aber das schmeichelt mir nicht. Wer in Bayern am aufgeblähtesten redet, der gilt was. Stellen Sie sich vor, da wird schon lobend erwähnt, dass einer frei sprechen kann. Ja, das sollte doch wohl das Mindeste sein!«

»Wäre das nichts für Sie? In der Lokalpolitik?«

»Gott bewahre! Ich müsst ja nur schreien und wehklagen. Drum haben wir doch die Politiker, die wir haben. Das ist eine Arbeitsbeschaffungsmaßnahme für solche, die man sonst nirgends brauchen kann. So tauchen die schon nicht in der Arbeitslosenstatistik auf!«

Irmi lachte laut auf, der Mann war ja eine Marke! »Aber Sie könnten was bewirken! Auch gegen Biogas.«

»Ich kleines Lichtlein? Vergessen Sie es! Nur wenn die Politik die Förderung einstellt und Biogasanlagen weniger lukrativ macht, hat die Umwelt eine Chance. Es geht ja um ein komplexes System. Wenn die Förderung abgedreht würde, dann sähe es schlecht aus für diese hässlichen grünen Pickel in der Landschaft.«

»Die grünen Moscheen ...«, sagte Irmi, und sie alle horchten dem Wort hinterher.

»Ja, da sind quasi-religiöse Eiferer am Werk. Und abgesehen davon: Bei den Resten nach dem Gärprozess erfolgt die Hygienisierung auch nicht so, wie sie sollte.«

Irmi sah überrascht auf. »Sie meinen also, dass ...«

»Na, Tierkadaver werden mitvergoren, und zwar unter Sauerstoffabschluss, ein perfektes Milieu für alle möglichen Bakterien. Das gelangt alles wieder ins Wasser. Pfui!«

»Clostridium botulinum?«

»Auch. Da kommen Katastrophen auf uns zu, die mögen wir uns gar nicht ausmalen!«

Er erhob sich, pfiff, beide Hunde fuhren hoch und flankierten rechts und links das Herrchen. Ganz brav, wie aus dem Lehrbuch. »Entschuldigen Sie, die Damen. Erst sabbert Sie mein Hund an und dann sabber ich noch meine Reden in die Welt. Aber das alles regt mich so auf! Meine Frau würde mich wieder schimpfen, weil ich mich immer so echauffier! Schönen Tag noch, die Damen.«

Irmi hob die Hand zum Gruß, Kathi winkte ihm nach, als wäre sie ein liebes Schulmädchen.

Kaum war er weg, sprang sie auf. »Der Mann ist klug und gut informiert, und auch er bestätigt, dass Schwaiger hier gewesen ist.«

»Indirekt. Die AGBG war hier, das hat er gesagt.«

»Und mit ihm Schwaiger. Seitdem ist er wie vom Erdboden verschluckt. Du denkst, was ich denke?«

»Das hoff ich nicht. Ich möchte niemals so denken wie du.«

Kathi zeigte ihr den Stinkefinger. »Sehr witzig! Hör mal, Kilian Schwaiger war hier, vor vier Jahren. Hatte einen Fetzenärger mit Urban wegen der Biogasanlage und ist zudem Teil einer uralten Familienfehde. Urban bringt ihn um, verscharrt ihn am Waldrand. Aber dann wird umgepflügt, und Schwaiger gerät teilweise in den Mais und damit in die Biogasanlage. Dass das Schicksal so trickreich sein kann, das Opfer eines perfekten Mordes ausgerechnet auf der Heimatflur wieder auszuspucken, ist natürlich fies!«

»Aber, Kathi! Würde Urban denn ausgerechnet dieses Feld umpflügen? Er würde doch alles tun, um es in Frieden ruhen zu lassen. Das ist alles viel zu spekulativ!«

»Vielleicht hat das seine Frau veranlasst. Was, wenn Rupert Urban gar nichts davon wusste? Wir schicken den Kollegen Hase ins Feld rein.«

»Wir? Schicken? Dafür bekommen wir nie einen Beschluss. Und ›wir‹ bedeutet bei unangenehmen Telefonaten immer ich.«

»Ha! Das übernehme ich diesmal. Dieses Feld wird durchgesiebt wie beim Goldwaschen. Fahren wir, dann erwisch ich den Staatsanwalt noch.«

Der Rückweg führte sie stetig auf die Berge zu. Vor Hohenfurch war die Sicht wie aus einem Bildband, und Irmis Herz machte einen kleinen Hüpfer. Dass ein paar dieser Steinhaufen einen so glücklich machen konnten! Der Rest des Tages war ja nicht gerade dazu angetan gewesen, Freude zu verbreiten.

Irmi war auch noch skeptisch, als Kathi triumphal ins Büro einzog. Irmi stand in der Küche, als Kathi etwa zehn Minuten später hereinstürmte.

»I did it! Morgen geht's los. Der Hase is not amused. Aber die fangen gleich im Frühtau an.«

Irmi fragte nicht nach, wie Kathi das nun bewerkstelligt hatte. Ihr Herz war wieder deutlich banger geworden. Sie hatte große Zweifel am Gelingen der Mission. Außerdem spürte sie etwas anderes, das weit hinter den aktuellen Ereignissen und ihrem Kenntnisstand lag. Sie hatte das Gefühl, als wollte sie die Schritte in diese nachtschwarze Finsternis lieber gar nicht tun.

Als Irmi ihren Hof erreicht hatte, war es dunkel geworden. Die Temperaturen waren immer noch lau. Irmi setzte sich mit einem Bier auf das Hausbankerl. Einer der Kater kam aus der Dunkelheit angerannt. Es war der Kleine, der längst größer war als ihr Erstkater. Im Lichtkegel des Ganglichts war zu sehen, dass etwas in seinem Maul baumelte: eine extrafette Wühlmaus, die der kleine Kater auf ihrem Schuh ablegte. Mit Stolz im Blick.

»Ja, du bist ein großer Jäger, du pelziger Depp. Aber wenn du das Ding reinträgst, stirbst du.«

Elegant nahm er die Wühlmaus auf und trabte ins Haus. Ja, man sollte Katzen nicht drohen ...

Im Haus war die Maus nicht mehr auffindbar. Sie würde sich leider irgendwann durch ihren Geruch bemerkbar machen. Irmi seufzte und ging ins Bad. Was aus dem Spiegel zurückblickte, gefiel ihr nicht. Diese Knitterfältchen um den Mund, diese Falten an den Wangen. Die Runzeln an den Augen konnte man möglicherweise noch als Lachfalten deklarieren, aber das, was sie da sah, war einfach das Alter. Da gab es doch die Theorie, dass die Frauen, die im Alter zu etwas festeren Kühen mutierten, eben auch weniger faltig waren als die zaunrackendürren Ziegen. Irmi gehörte definitiv zur stärkeren Fraktion und war dennoch faltig – das Erbgut ihrer Mutter. Am Fünfzigsten war sie sich noch gar nicht so alt vorgekommen, aber seitdem war jedes Jahr spürbar geworden. Irmi ertappte sich manchmal, dass sie im Büro auf ihren Unterarm starrte, wenn der auf dem Schreibtisch lag, während sie auf die Tastatur einhieb. Selbst da waren Fältchen zu sehen: Der Verfall war nicht mehr aufzuhalten.

Seufzend schmierte sich Irmi eine Nachtcreme ins Gesicht, die sicher vor allem dem Hersteller half, und ging zu Bett.

Ihr SMS-Ton, den Kathi immer als »fickendes Eichhörnchen« bezeichnete, erklang. Eine Nachricht von Jens: »Bin gut in Kanada angekommen. Musste zur english tea time ins Empress Hotel. Ich hasse Gurkensandwiches. Bist du noch wach, meine Herzallerliebste? LD.«

Irmi lächelte. »Ja gerade so«, antwortete sie. »Ich glaube, es gibt Schlimmeres als Vancouver Island. LDA.«

»Aber wenig Schlimmeres als Gurken auf Brot. Geht es dir gut? Neuer Fall?«

Ging es ihr gut? »Alles klar, wir haben gerade eine ziemlich schräge Sache zu enträtseln.«

»Wir telefonieren bald? Ich muss in ein Meeting. FDU.«

»Was ist FDU?«

»Fühl dich umarmt. Und auch sonst.« Zwei Smileys folgten, ein lachender und ein zwinkernder.

»MY.«

»?«

»Miss you.«

»I di aa.«

»Bitte versuch nicht, Bayerisch zu reden!«

»All right, madam, good night in good old Europe.«

»Pfiat di.«

6

NICHTS ALS MAISKOLBEN: HEIMISCHE BÄUERIN GIBT AUF

»Jetzt haben wir BSE überstanden und die Milchkrise. Aber den Biogasboom überleben wir nicht«, sagte die Milchbäuerin Roswitha Schmidl vor einiger Zeit in einem Interview. In diesem Fall geht es gar nicht um den ohnehin schon schlechten Milchpreis, sondern um Pachtflächen. Der Pachtpreis pro Hektar ist gerade wieder gestiegen: von 200 Euro auf 600 Euro im Jahr, Tendenz steigend. Wieder ging der Zuschlag an einen Biogasbetreiber. Biogasstrom wird durch das Erneuerbare-Energien-Gesetz subventioniert. Zwanzig Jahre lang. Ein Lebensmittel zu Strom zu verarbeiten, komme einer ökologischen Katastrophe gleich, sagen die Gegner. In Deutschland wird inzwischen auf 810 000 ha Mais angebaut, das ist eine Fläche, die halb so groß ist wie Thüringen. Der Zuwachs von 2011 auf 2012 hatte die Fläche des Saarlands!

Es geht nicht nur darum, dass Grünland rigoros umgepflügt wird, dass Feuchtwiesen drainiert werden, auch Gesetze des Getreideanbaus gelten nicht mehr. Jahrhundertelang wusste man: Auf Weizen pflanzt man nicht Weizen. Es ging um Fruchtwechselwirtschaft. Beim Mais aber baut man über 20 Jahre lang die immer gleiche Kolbenpflanze an. Der Boden überlebt das nur mit massiver Düngung. Er wird mit dem Gärrest der Anlage gedüngt, das sind pure Nitratbomben. Das Nitrat gelangt ins Wasser. Deutschlandweit werden Grenzwerte überschritten, beim Nitrat aber auch bei anderen Toxinen. Die Umwelt wird zerstört für einen Boom, dessen Wirkungsgrad lächerlich ist. Im Verhältnis zur Fläche ist Strom aus Photovoltaik fünfmal, Windenergie sogar zehnmal effektiver als Biogasstrom. Stoppt die Förderung, fordern Experten.

> Roswitha Schmidl nutzt das nichts mehr. Sie hat ihre Landwirtschaft inzwischen aufgegeben und wird ihren Stall an einen Landmaschinenhandel vermieten.
>
> <u>Quelle:</u> Südwestpresse

Als Irmi erwachte, war es kurz vor sieben. Sie schwang sich voller Energie aus dem Bett – und trat mitten hinein in eine angefressene Wühlmaus. Irmi war froh, dass Bernhard nicht da war. Sie hatte keine Lust zu reden, denn auf einmal war die Anspannung zurückgekehrt. Die Zuverlässigkeit der Unruhe.

Als Irmi im Büro eintraf, war sie überrascht, dass Kathi mit dem Team schon aufgebrochen war, aber auch das gab ihr Zeit, langsam in den Tag einzutauchen. Sie fuhr dieselbe Strecke wie gestern, immer nordwärts, die Berge im Rücken. Dabei sah sie immer wieder in den Rückspiegel. War das nicht wieder der Augsburger Dodge Ram? Ihr fiel ein, dass sie ganz vergessen hatte, die Nummer mal anfragen zu lassen. Der Augsburger bog beim Gasthof Lustberg ab. Sicher sah sie Gespenster.

Es war halb zehn, als sie an dem Feld ankam, das ihnen der Jäger am Vortag beschrieben hatte. Inzwischen hatten sie die genaue Lage in Erfahrung gebracht. Es lag in der Tat mitten im Wald, auf drei Seiten von Fichten eingerahmt. Es war wirklich Schwachsinn, hier Mais anzubauen. Natürlich hatten sie sich abgesichert, dass ihr Tun keine rechtlichen Konsequenzen haben würde.

Am Feld hatte sich mittlerweile ein ziemliches Aufgebot eingefunden. Kathi telefonierte gestenreich, der Hase hatte sechs Mann dabei, dazu kamen drei Hundeführer mit ihren tierischen Mitarbeitern, einer Schäferhündin, einem Riesenschnauzer und einem Mischling. Der Hase litt sichtlich. Die Aufgabe, ins Blaue hinein irgendwelche menschlichen Überreste zu suchen, erschien ihm wohl eine der größten Zumutungen seiner bisherigen Laufbahn zu sein. Da entdeckte er Irmi.

»Was soll ich suchen? Wo?«

»Überall«, sagte Irmi gedehnt, der das Ganze auch ziemlich bizarr vorkam. Aber sie hatten keine Alternative.

»Ich bin hier doch nicht bei einer ... einer ... Ich bin doch nicht bei *Findet Nemo*«, klagte der Hase.

»Ich bin ja auch nicht bei *Weiblich, ledig, jung sucht ...*«, konterte Kathi, die dazugekommen war. »Wir suchen die Nadel im Maisfeld, und nicht Nemo. Wasser ist ein dreidimensionaler Raum, das wäre weit schwieriger. Das hier ist doch ein Klacks für einen Mann mit Ihren Qualitäten.«

Der Hase klappte den Mund zu, und Irmi war ebenfalls platt, bis sie schließlich lächelte. Kathi katapultierte einen immer mitten hinein ins Geschehen. Und das war gut. »Ja, genau, finden Sie Mabel. Oder noch besser Schwaiger.«

Des Hasen Blick wanderte von Kathi zu Irmi und wieder zurück. Dann tat er etwas für seine Verhältnisse Ungeheuerliches: Er tippte sich an die Stirn.

Irmi trällerte das alte Lied: »Marlowe, ich fleh Sie an. Marlowe, finden Sie Mabel!«

Jetzt war es an Kathi, den Vogel zu zeigen, Heinz Rudolf Kunze war eben nicht ihre Generation.

Die beiden Kommissarinnen hielten sich am Rande des Geschehens auf. Sie hatten sich von Andrea noch mehr

Material über Botulismus zusammenstellen lassen. Irmi studierte die Berichte: Weltweit starben Tiere oder kamen verstümmelt auf die Welt. Rinder in den USA, Ferkel in Dänemark. Überall dort, wo es um Massentierhaltung ging und wo Gift alles abtötete, außer genmanipulierter Futterpflanzen. Es wurde gegen die Natur gewirtschaftet, und selbst Irmi, die nicht im klassisch katholischen Sinn religiös war, hatte das Gefühl, dass sich der Mensch an der Schöpfung verging. Wieder und wieder.

Es war fast Mittag, als plötzlich Hektik ausbrach. Die Hunde bellten, Werkzeuge wurden gezückt. Sie waren mitten in einer archäologischen Ausgrabung gelandet. Irmi wusste, dass sie abzuwarten hatten, bis der Hase sein Plazet gab. Es war kurz nach eins, als die drei Hunde sich in den Schatten zurückzogen. Die Hundeführer füllten Schalen mit Wasser. Auch der Hase ließ sich ein Wasser ohne Sprudel in die Kehle rinnen. Dann winkte er die Kolleginnen mit einer laschen Handbewegung heran.

»Und?« Irmis Frage kam nur zögerlich.

Der Hase wies auf eine Bank. Dort lagen aufgereiht ein paar Knöchelchen.

»Menschlich?«, fragte Irmi leise.

»Nehme ich an.«

»Wann wissen …?«

»Ich weiß es, wenn ich es weiß. Ich muss ins Labor, aber zuerst werde ich den Staub entfernen. Das nächste Mal bitte wieder eine Moorleiche. Es ist knochentrocken hier.«

Sollte das etwa Humor sein? Aber der Hase verfügte definitiv über keinerlei Mutterwitz, Selbstveräppelungstendenzen oder gar Humor.

»Das muss Mabel sein«, sagte Kathi, und Irmi wünschte sich, dass die Knochen zu Schwaiger gehörten – damit endlich Bewegung in den Fall kam.

Nun blieb ihnen nur, zurückzufahren und zu warten.

Es war fünf, als die Erlösung kam. Der Hase sah aus wie ein dem Grabe entstiegener Leichnam, als er im Büro vor ihnen stand.

»Es ist menschliches Material.«

»Von Schwaiger?«

»Das war eine Odyssee, eine Sisyphusarbeit. An dem Hüftteil waren winzige Gewebereste, die sind zumindest identisch mit den Resten vom Maisfeld.«

»Also Schwaiger!«

»Wenn Sie DNA-Material von seiner Frau heranschaffen könnten, wäre mir das lieber.«

Irmi nickte. Dabei musste das ja von Schwaiger stammen – wer trennte sich schon freiwillig von seiner Hüfte!

»Und der Todeszeitpunkt?«

»Machen Sie Witze? Ich kann hier keine Körpertemperatur messen oder das Ausmaß der Totenflecken beurteilen. Das sind Knochen. Bleiche Knochen!«

Irmi dankte dem Hasen, verabschiedete sich artig und bat Andrea, mit Sailer zu den Schwaigers zu fahren. Sie wollte und konnte der Witwe heute Abend nicht mehr ins Gesicht sehen.

»Und wenn da nix mehr is für an Abgleich? Was soll i der Frau sogn?«, fragte Sailer.

»Ihnen fällt sicher was ein, Sailer!«, rief Kathi. »Seien S' halt diplomatisch.«

»Na, des kann i allerdings besser als Sie!«

»Drum san Sie unterwegs und nicht ich. Mit unserer sensiblen Andrea haben sie eine kongeniale Partnerin.« Kathi konnte kleine Sticheleien gegen ihre Kollegin einfach nicht lassen.

Überraschenderweise straffte Andrea die Schultern und sagte ganz ruhig: »Ja, es ist gut, die Menschheit und insbesondere eine trauernde Frau vor dir zu schützen.«

Irmi staunte. Kathi schwieg. Andrea hatte einen Sieg errungen. Als ihr Handy läutete, ging Kathi hinaus. Das war bemerkenswert, denn normalerweise hatte sie kein Problem damit, andere an ihrem Leben teilhaben zu lassen. Irmi wusste, dass Kathi den Anrufern unterschiedliche Klingeltöne zugeordnet hatte. Das war der ihrer Mama gewesen. Ob etwas mit ihr war? Irmi beschloss zu warten, bis Kathi von sich aus etwas erzählte.

Sie fuhren erneut ins Fuchstal, diesmal würden sie die Schwiegerleit von Rupert Urban behelligen müssen. Kathi wirkte angeschlagen. Irmi fragte lieber nicht nach. Ihre Kollegin tippte ein paar SMS ins Handy, es war eine stille Fahrt.

Als Irmi auf den Hof fuhr, sah sie den alten Herrn auf einer Holzbank bei einem Kaffee sitzen. Neben ihm lag eine Pfeife, und er hantierte an seinem Hörgerät herum, das schauerlich pfiff. Seine Frau scheuchte ein paar flüchtige Hühner in Richtung des umzäunten Gartens und kam dann flotten Schrittes näher.

»Wollet Sie zu uns?« Frau Lindner sah Irmi und Kathi scharf an.

»Ja, ich bin Irmi Mangold, und das ist meine Kollegin Reindl. Wir ...«

Es pfiff noch schriller.

»Mei Ma! Entweder hand se koi Batterie, oder er schaltet's it ei. Irgendwas isch immer.«

»Du redsch in dr falscha Frequenz. Andre Leut verstand i o!«, sagte Herr Lindner und zwinkerte Irmi zu.

»I red scho richtig«, maulte seine Frau, aber irgendwie war klar, dass die beiden ein eingespieltes Team waren, das sich nur gerade ein kleines Geplänkel lieferte.

»Garmischer Kennzeichen? Kommat Sie wega meiner Tochter?«

»Indirekt. Können wir uns kurz setzen?«

Frau Lindner wies auf einen Stuhl. »Wollet Sie was trinken?«

»Danke, momentan nicht.«

Wie begann man bei so einer abenteuerlichen Geschichte? Irmi fand den Anfang des Fadens und wickelte das Knäuel vorsichtig ab. Die Blicke der beiden Lindners besagten, dass sie Mühe hatten, das Ganze zu verarbeiten.

»Und nun müsst ich wissen, wann das Feld erstmals umgepflügt wurde«, schloss Irmi. »Wer hat das getan? Und auf wessen Geheiß?«

Der alte Herr fummelte wieder am Hörgerät, es pfiff erneut. Sie förderte aus einem alten Kammkästchen neue Batterien zutage, die er einlegte. Etwas zittrig.

»Sie saget, bei uns im Feld war a Leich?«

»Genau. Wissen Sie, wer umgepflügt hat?«

»Der Schuster Hansi. Ein Lohnunternehmer. Das kommt billiger, als wenn mir des selber machat.«

»Und das haben Sie veranlasst, Herr Lindner?«

»I veranlass nix mehr. I hob an mei Tochter übergeba. Und dera sei'm Ma.« Das klang verschnupft.

»Sie sind nicht so einverstanden, was die Hofnachfolger so tun?«

»Die Elli hat ganz recht. Der Rupert au. Es isch guat, dass Küah verkauft sind. Mais isch a guate Sach«, erklärte Lore Lindner.

»Aber die Waldwies hätt man ruhig so lassa könna. Des rentiert sich ja gar it wega dene paar Hektar«, meinte er. »Des isch mei Meinung.«

»Jetzt goht's halt amol it nach deiner Meinung!«

»Der Rupert will allweil alls in oam Aufwasch. Dem pressiert's immer. Ständig auf der Flucht. Des passt mir it.« Er war nun wirklich aufgebracht.

»Kennen Sie einen Kilian Schwaiger?«, fragte Irmi unvermittelt.

»Naa, warum? Wer isch des?«

»Unwichtig.« Irmi war sich ziemlich sicher, dass die beiden nicht logen. Warum auch? Die Welt da draußen zog an ihnen vorbei. Ab und zu polterte sie in Form des Herrn Schwiegersohn noch herein, aber das Gewitter verzog sich ja auch immer schnell. Die beiden lebten ihr Leben zwischen Pfeifenstopfen, Hühnerfüttern, Hörgerätegeplänkel. Sie schienen finanziell abgesichert, gesundheitlich waren sie nicht sonderlich beeinträchtigt – eigentlich ein paradiesischer Zustand. Dass er ab und zu mal aufmuckte, das war die Eigenart aller Altbauern, aber letztlich sah es sonnig aus im Lebensabend der Lindners.

»Aber a Leich, wieso denn grad auf dem Feld?«, fragte

die alte Frau Lindner, die hager war und ein wenig burschikos wirkte. Genau das hatte sie ihrer Tochter vererbt, wie Irmi wusste.

»Wir ermitteln ja noch, es war schon sehr hilfreich, den Namen des Lohnunternehmers zu erhalten. Wo find ich den?«, versuchte Irmi abzulenken.

»Welden. Wenn S' nach de Weiher a'bieagat.«

Manchmal hatte Irmi den Eindruck, als wäre ihr Job im Grunde eine Art »Lerne deine Heimat kennen«-Kurs. Als sie mit ihrer Nachbarin nach Oberstaufen gefahren war, um dort eine Schrothkur zu machen, war sie nicht nur über die Schönheiten der Nagelfluhkette gestolpert, sondern auch über ihren toten Exmann. Sie waren im Außerfern in einer so allmächtigen Gebirgsszenerie gewesen, dass sie diese Schönheit fast als beklemmend empfunden hatte. Vor allem weil der großartigen Natur so bitterböse menschliche Schicksale gegenübergestanden hatten.

Nun war sie im Fuchstal gelandet, wo sie sonst sicher niemals hingekommen wäre. Dieses Welden lag quasi eine Stufe über der Lechebene. Fischweiher reihten sich aneinander, es gab sogar einen Gasthof am See, alles recht hübsch eigentlich. Angenehm, unspektakulär, ruhig. Hier ließ es sich bestimmt gut leben, wenn man eben nicht diese verdammten Berge vor der Nase brauchte. Berge, die den Horizont verstellten und auf die Gehirne drückten. Berge, die so wandelbar in ihren Farben waren wie das Wetter. Berge, die Sitze der Götter waren und der großen Gedanken. Berge brauchte man nicht zum täglichen Leben, und doch war ihre Magie verführerisch.

Irmi wusste, dass sie am Fuße der Berge leben musste.

Sie hatte ein paar Mal, ach was, viele Male, den Gedanken durchgespielt, was passieren würde, wenn Jens doch seine Frau verließe. Ob sie mit ihm dann in seine Welt ziehen würde? Oder ganz woanders hin? Ein Teil ihres Herzens sagte Ja, ein anderer wusste, dass sie ihre Berge nicht verlassen würde. Für niemanden.

Jens hatte Irmi einst einen Gedichtband von Paul Celan geschenkt. Einige Zeilen waren ihr im Gedächtnis geblieben, oft erklangen sie in ihr. Welchen der Steine du hebst – du entblößt, die des Schutzes der Steine bedürfen. Wie war das mit Schwaiger gewesen? Hatten sie jemals einen Suizid in Erwägung gezogen? Wer sagte denn, dass Schwaiger einem Verbrechen zum Opfer gefallen sein musste? Was, wenn die Woge der Verzweiflung nach der Veranstaltung in Denklingen zu hoch geschwappt war, als dass er noch den Kopf über die Wellen hätte halten können? Was, wenn er ertrunken war in diesem Meer der Ignoranz, von der Dr. Olga Koslowa gesprochen hatte? Die Knöchelchen würden keinen Aufschluss über die Todesursache geben.

Irmi fühlte sich frustriert und mutlos. Welches der Worte du sprichst – du dankst dem Verderben. Auch Paul Celan.

Sie verfuhren sich zweimal, bis ein Schild ihnen den Weg wies: »Schuster Agrar«.

Schuster Agrar entpuppte sich als ein Unternehmen mit zwei großen Hallen, in denen gewaltige Bulldogs, Pressen und Schwader standen. Draußen gab es einen Bereich für den Verkauf von gebrauchten Landmaschinen. An einem alten Cormick, der für den Kleinen Roten Traktor Modell gestanden zu haben schien, schraubte ein junger Mann herum.

»Wir suchen den Hans Schuster.«

Er sah nur kurz hoch. »Der Papa isch drin. Im Büro«, erklärte er und wies auf ein Holzblockhaus. Der junge Mann steckte mit blankem Oberkörper in seiner Latzhose. Er war an beiden Armen tätowiert, und die Muskeln waren durchaus sehenswert. Ein Hübscher, der auch noch in einer größeren Stadt aufgefallen wäre, hier im Fuchstal war er sicher eine Lichtgestalt. Und so einer sagte Papa!

Der »Papa« stand hinter einer Art Tresen. Auch er war nicht schiach, eine ältere Ausgabe des Sohnes.

»Mangold. Reindl. Kripo Garmisch. Sie sind der Hans Schuster?«

»Ja.«

»Haben Sie im Frühjahr das Feld der Lindners umgepflügt?«

»Ja«. Der Mann spielte hektisch an seinem Kuli herum.

»Gibt's dazu was zu sagen?«, fragte Irmi.

»Mir hand o a'gsät.«

Ganz so leicht war er nicht zu knacken.

»Schön. Ja, säen sollte man tun, wenn man ernten will. Und über die Knochen haben sie einfach drübergesät? Herr Schuster!«

Der Clip brach vom Kuli ab und fiel leise klirrend zu Boden.

Irmi versuchte den Blick des Mannes zu erhaschen. »Herr Schuster, das kann alles sehr unangenehm und langwierig werden. Wenn Sie uns jetzt gleich was sagen, könnte ich das zu ihren Gunsten auslegen.«

»Wie? Zu meinen Gunsten? I hau damit nix z'toa!«
»Womit?«
»Ja, mit de Knocha halt.«

Irmi war nahe dran, einen Triumphschrei auszustoßen, doch sie bemerkte nur kühl: »Sie wollen also sagen, Sie haben Knochen gefunden?«

Sie wartete. Das überstieg ja ihre kühnsten Erwartungen.

»Na ja, also, i hau ein paar Knocha entdeckt.«
»Und weiter?«
»I dacht, von am Viech halt. Bloß …«
»Bloß?«
»De waret halt komisch.«

Irmi schwante etwas. »Wie komisch? Menschlich?«
»Ja«, antwortete er gedehnt.
»Und das melden Sie nicht der Polizei? Geht's Ihnen noch gut?«, brüllte Kathi.

»I hob des dem Urban gmeldet, den hob i a'grufa! Isch ja sein Feld!«

»Ach, und der ist befähigt, bei menschlichen Knochen die richtige Entscheidung zu treffen?«

»Ja mei, es war doch sein Feld.«

Irmi hielt die Luft an, sie zählte innerlich bis sieben, weiter kam sie nicht. »Und dann?«

»Er isch sogar komma. Glei.«

»Menschenskind, Schuster! Jetzt lassen Sie sich doch nicht alles aus der Nase ziehen!« Schönheit schützte vor Dumpfheit nicht, dachte Irmi. Aber wenn so ein attraktiver Mann auch noch schlau gewesen wäre, dann hätte sie ja glatt noch an Wunder glauben müssen.

»Er hat sich das angeschaut.«

»Weiter!«

»Er hat g'sagt, des wärat halt Knocha.«

»Ach!«

»Ja, doch, es war halt bloß so, dass ...«

»Dass was?«

»...dass bei de Knocha, also ... er hat den ... den ...«

»Den was?«

»Er hat den Schädel ...«

Kathi stieß einen merkwürdigen Laut aus. »Sie wollen uns sagen, Herr Urban hat einen menschlichen Schädel vorgefunden und an sich genommen?«

»Ja, mei, der Urban hat g'sagt, das vergessen wir mal ganz schnell.«

»Ja, spinn i? Und das hat Ihnen genügt?«, rief Kathi wütend.

Schuster fummelte weiter an seinem Kuli herum und zerlegte ihn diesmal komplett.

»Ja, was jetzt?« Irmi war im Lauf ihrer Karriere ja schon viel untergekommen, aber das war eine ganz neue Dimension.

»Frau Kommissarin, mir sind do an d'r Via Claudia. Da kommt allbott was raus. Der Urban hat g'sagt, wenn mir iatzt an Archäologa drauf aufmerksam machen, dann sperrat sie uns alles auf Jahre. Er hat g'sagt, dass wir da alle drunter leiden. Dass diea woanderst o no grabat. Weil Epfach und 's Römermuseum sind ja in der Nähe, und do isch ständig oaner am Wuahla. Des müasset mir vermeida. Hat er g'sagt. Und das stimmt ja. I hob a paar Baustella, wenn do o, also, ja also ...«

»Hat er g'sagt«, äffte Irmi ihn nach. »Und Ihnen geht's nur um Ihre Aufträge, oder was? Sind Sie nicht auf die Idee gekommen, dass hier ein Verbrechen verschleiert werden könnte?«

»Ich dachte doch, des isch a Römer. Und wenn so einer tot isch, ich mein, das ist ja so lange her. Den vermisst gwiss keiner mehr.«

Irmi blieb für einen Moment die Luft weg.

»Herr Schuster, was genau haben Sie dann gemacht?«, fragte sie dann.

»Also der Urban und i, mir waren in der Seerose, und er hat dann später am Abend den Schädel und ein paar größere Knochen, die so rumglega sind, in da Weiher gschmissa. ›So a Römer schwimmt ja gera‹, hat der Urban gesagt.«

Das war wirklich zu viel des Guten. Irmi beherrschte sich nur mühsam. »Und Sie wissen eventuell noch, wo?«

»Ja.«

Irmi nickte Kathi zu, die hinausging. Sie würde Taucher anfordern. Der Römer, der ein Schwaiger war, musste ja noch irgendwo sein.

»Und dann, Herr Schuster?«

»Der Urban hat gesagt, i soll ganz normal weitermacha. I hob g'äckrat und a'gsät. Es isch gwachsa. Alles ganz normal.«

Mais war über die Sache gewachsen. Es hätte alles so schön sein können.

»Ihnen ist schon klar, dass das ein Nachspiel für Sie hat?«, rief Irmi.

»Aber wenn i doch denkt hab, des isch ein Römer. War des echt a … a , also a moderne Leich?«

»Ja, hochmodern!«

»Aber des ka' doch koaner ahna. Do bei uns. Und nochat ...«

»Und dann nachher was?«

»Wenn der neuer war, müasst do it...also do it, also ...«

»Sie meinen, es müsste noch Fleisch dranhängen?«

»Ja, nein, also ...«

»Schon mal was von Verwesung und Tierfraß gehört?«

Er wirkte erschüttert. »Des wollt i wirklich it. Mir war it klar, mir isch ... also ...«

»Das erzählen Sie lieber mal ihrem Anwalt. Den sollten Sie so schnell wie möglich augenblicklich hinzuziehen.«

Er starrte Irmi an. Tröpfchenweise schien so was wie Erkenntnis in sein Hirn einzusickern.

»So, Herr Schuster, wir fahren jetzt an diesen Tümpel, und Sie sagen mir, wo genau dieser Schädel versenkt wurde. Verstanden?«

Er nickte bedröppelt. Das war für sein kleines Leben und sein Spatzenhirn im Körper eines Mammuts deutlich zu viel. Sie gingen nach draußen, wo der Sohn noch schraubte.

»Die Taucher werden so schnell wie möglich kommen«, berichtete Kathi.

»Gut, auf geht's.«

Sie parkten an der Seerose. Schuster ging voran, immer an den Teichen entlang, bis er an einem Stein stehenblieb. »Da.« Er wies auf die Wasserfläche.

»Das wissen Sie ganz sicher?«

»Ja.«

»Na, großartig!« Kathi sah aus, als stünde sie kurz davor, Schuster ebenfalls in den Teich zu werfen.

Sie hockten sich auf einen umgestürzten Baum und warteten. Ab und zu kamen Spaziergänger vorbei, die das Trio skeptisch beäugten. Irgendwann läutete Kathis Handy. Der Hase war mit den Tauchern eingetroffen. Kathi ging ihnen entgegen.

»I wollt echt it, i ...« Schuster stammelte wie ein Schuljunge.

»Bisschen spät, Herr Schuster!«

Der Vorteil an einem Fischteich war, dass man hier nicht mit gewaltigen Strömungsverhältnissen rechnen musste. Dennoch vergingen eineinhalb Stunden, bis einer der Froschmänner mit einem Schädel in der Hand auftauchte. Wie eine Trophäe reckte er ihn gen Himmel, dann schwamm er ans Ufer und übergab ihn dem Hasen. Der hatte die Lippen so säuerlich zusammengekniffen, dass sie nur noch ein dünner Strich waren.

Irmi kam näher und betrachtete den Schädel. Da musste man kein Gerichtsmediziner sein, um festzustellen, dass der Riss in der Schädeldecke nicht ganz der Normalität entsprach. Der Hase verpackte das Fundstück, während sich die Taucher aufmachten, die übrigen Knochen zu finden. Schuster war blass unter seiner Bräune, jetzt erst schien die ganze Tragweite bei ihm angekommen zu sein.

»Und Sie, Herr Schuster, halten sich zur Verfügung. Sie bekommen demnächst eine Vorladung. Den Anwalt würd ich schon mal kontaktieren. Der freut sich bestimmt über diese Räuberpistole«, bemerkte Irmi, drehte sich um und stapfte davon.

Kathi folgte ihr. »Jetzt wird die Luft aber sehr dünn für

den Herrn Urban. Schmeißt der dem Schwaiger seinen Schädel einfach weg! Seebestattung, das muss man erst mal im Kreuz haben. Und sag jetzt bloß nicht, wir müssen abwarten, ob das wirklich Schwaigers Schädel ist.«

»Müssen wir aber.«

»Irmgard Mangold, wie lange machst du diesen Job? Glaubst du, da liegen noch mehr Schädel auf Grund? Weil das hier so ein Sport ist in Welden oder wie das Kaff heißt? Schädelversenken?«

Da hatte Kathi natürlich recht.

»Gut. Also nehmen wir an, das ist Schwaigers Schädel. Der pfiffige Schuster hat ihn im Frühjahr diesen Jahres beim Umpflügen freigelegt. Da war er schon ein Schädel wie aus der Geisterbahn. Also spricht einiges dafür, dass Schwaiger nach dieser Veranstaltung in Denklingen getötet und dann im Wald verscharrt wurde. Es liegen vier Jahre dazwischen. Trotzdem komme ich immer wieder an denselben Punkt: Urban hätte das Feld doch nie umpflügen lassen, wenn er der Mörder ist.«

»Könnte ja auch seine Frau gewesen sein! Oder noch anders: Vielleicht ist Urban der Mörder, und verscharrt hat die Leiche ein anderer?«, rief Kathi.

»Und zwar ganz zufällig in Urbans Feld? Gewagte Theorie!«

»Urban ist dran. So oder so! Dass er den Schädel versenkt hat, kann er keinesfalls leugnen. Und den Rest kriegen wir auch noch raus!«

Kathi war wieder richtig aufgeräumt, obwohl sie in der Früh doch so abwesend gewirkt hatte. Bei Irmi wollte sich die Euphorie immer noch nicht einstellen. So einfach würde Urban es ihnen nicht machen. Sie mussten ihm den Mord nachweisen, und das würde schwer werden. Es sei denn, es gab Zeugen oder Mitwisser. Irmi graute jetzt schon davor, Urban vernehmen zu müssen.

Kaum saßen sie wieder im Auto, tippte Kathi erneut auf ihrem Handy herum.

Irmi warf ihr einen vorsichtigen Seitenblick zu.

»Ja, frag schon«, sagte Kathi, ohne den Blick von dem Gerät zu heben.

»Was soll ich fragen?«

»Warum ich so oft simse vielleicht?«

»Ach, Kathi, wenn du was zu sagen hast, sagst du es normalerweise auch.«

»Ja.« Das klang komisch und fast so, als suche Kathi Hilfe.

»Geht's deiner Mama schlecht?«, fragte Irmi.

»Nein, aber die zipft es auch an.«

War das als ein Ratespiel gedacht? Eigentlich fehlte Irmi dazu die Lust. Das spürte auch Kathi.

»Ach, es geht um das Soferl. Sie lügt mich an.«

Irmi sah zu Kathi hinüber. »Das Soferl ist doch eigentlich extrem ehrlich.«

»Ja, aber nun hat sie angeblich bei einer Freundin übernachtet, und in Wirklichkeit war sie da gar nicht. Schon zum dritten Mal.«

»Und wo war sie?«

»Das hab ich auch gefragt, aber keine Antwort bekommen. Und dann war ich bei Steffi, das ist die Freundin, und hab der mal auf den Zahn gefühlt.«

»Oh weh, das arme Kind!«

»So arm ist die nicht! Die deckt meine Tochter und lügt mir ins Gesicht. Aber nicht lange, das sag ich Dir.«

Auch das konnte sich Irmi gut vorstellen, Kathis Verhörtechniken waren ziemlich rigoros.

»Ja, und wo war das Soferl nun?«

»Ich hab es aus der Steffi rausgepresst. Sie war auf einer Berghütte. Und zwar auf der Hütte, zu der nur meine Familie, Freunde von Mama aus der Schweiz und ein Jager den Schlüssel haben.«

Irmi schwante etwas. Sie kannte die Hütte oberhalb von Bichlbach. Das war ein romantisches, abgelegenes Plätzchen. »Und da war das Soferl nicht alleine?«

»Nein, sie war mit dem Fatih da«, brach es aus Kathi heraus.

»Das klingt exotisch«, meinte Irmi vorsichtig.

»Der Knabe ist ein Syrer oder so. Flüchtling jedenfalls. Geht in Sophias Klasse. Ist aber schon sechzehn.«

Irmi war sich dessen bewusst, dass sie nun sehr vorsichtig sein musste. Kathi war sicher nicht fremdenfeindlich. Ganz im Gegenteil, sie war unangepasst und unkonventionell. Aber nun ging es um ihre Tochter. Im Übrigen wäre jeder Maxi oder Hias aus Tirol auch bei ihr durchgefallen. Theoretisch war Toleranz ganz einfach, vor der eigenen Haustür wurde sie schwerer. Und bei pubertierenden Töchtern war sie offenbar nicht mehr praktikabel.

»Das Soferl ist doch vernünftig.«

»Willst du damit sagen, dass sie bestimmt keinen Sex hat? Oder dass sie längst verhütet? Oder was?«

»Hast du sie gefragt?«

»Nein, ich bin auch noch nicht dazu gekommen. Was für eine Scheiße! Das Madl ist noch keine vierzehn.«

Es war müßig, Kathi zu erinnern, wie sie selbst mit vierzehn gewesen war. Und dass sie mit achtzehn ein Kind bekommen hatte.

»Rede mit ihr! Frag sie, was sie an Fatih mag. Lad ihn ein!«

»Bist du jetzt meine Therapeutin, oder was? Du hast keine Kinder!«

Das war das Totschlagargument. Irmi war nie an der Aufzucht und Haltung von Kindern beteiligt gewesen. Es hatte sich einfach so ergeben. Heute war es gut so, dennoch spürte sie den Dolchstoß.

»Nein, die habe ich nicht«, sagte Irmi leise. »Aber jetzt zurück zum Fall Schwaiger. Es ist schon nach zehn. Wir fahren morgen früh zu den Urbans.«

Das Soferl und Fatih mussten warten. Nun ging es wieder um den Fall. Der Schalter war umgelegt. Es wäre noch so viel zu sagen gewesen. Aber so war nun einmal ihr Job.

Als Irmi sich daheim ein Käsebrot machte, ging ihr das Bild von Rupert Urban nicht aus dem Kopf. Bei solchen Typen spürte sie, dass sie älter wurde. Noch war die Sechzig weit entfernt am Horizont, aber sie wurde mit jedem Jahr größer. Irmi war nie die Frau für schwere Krisen gewesen. Als sie dreißig wurde, war ihre Welt nicht zusammengebrochen. Auch mit vierzig nicht. Ihre Welt war durchaus zusammengebrochen, und zwar mehrfach – ganz unabhängig von solchen Daten. Bei ihrer Scheidung, beim Tod ihrer Mutter, beim Tod der Hündin. Es passierte immer wieder: Mauern stürzten ein, Abgründe taten sich auf, Brücken wurden weggerissen, Worte versagten, Rettungsringe waren nicht mehr erreichbar. Dennoch ging das Leben weiter, aber das Gepäck der eingestürzten Welten war nicht mehr abzuwerfen. Es war dabei, manchmal machte es sich leicht, manchmal zentnerschwer. Es blieb wie ein Buckel, den man auch nicht abgeben konnte wie einen Rucksack.

Irmi hasste runde Geburtstage. Das lag weniger daran, dass sie mit ihrem Alter haderte, sondern weil sie diese Geschenke so hasste: Es hatte mit den wahnsinnig witzigen Faltencremes zum Dreißiger begonnen, die sie den Schenkern am liebsten in den Rachen gestopft hätte. Zehn Jahre später folgten die frauenbewegten Bücher zum Thema »Endlich vierzig«, in denen sich ihre Geschlechtsgenossinnen in Bekenntnissen ergingen, sie seien nun erstmals frei, sie hätten nun erstmals guten Sex ... Was für ein Schrott, was für Armseligkeiten! Beim Fünfziger war sie nahe dran gewesen, all jene zu meucheln, die ihr entgegengeschmettert hatten: fünfzig ist die neue vierzig. Was für ein Humbug! Sicher waren heutige Fünfzigjährige anders, jünger, sportlicher, reger als vor hundert Jahren, aber fünfzig war dennoch fünfzig. Da konnte man noch so viel seine neu gewonnene Souveränität preisen. Und wer erst mit fünfzig guten Sex hatte, war eh ein armes Schweinderl.

Und hatte man erst die Mitte der Fünfziger überschritten, geriet die sechzig in Sicht. Das war keine schlimme Tatsache, aber auch kein Grund zu jubeln. Was bitte schön war denn so erfreulich daran, dass die Knitterfältchen an den Lippen zu Furchen wurden und die inneren Oberschenkel ebenso schlaff wirkten wie die Flügerl am Oberarm? Wo lag die Freude an Wassereinlagerungen, Rückenschmerzen und noch schnellerem Zunehmen trotz Nahrungsverzicht? Was war gut daran, schneller zu ermüden und zu spüren, dass nicht nur der Körper, sondern auch der Kopf öfter mal pausieren musste?

Sie würde noch einige Jährchen arbeiten müssen und ja, manchmal sehnte sie sich nach einem stupiden Fabrikjob, bei dem man nicht reden musste und nichts mit nach Hause nahm. Wenn ihr Menschen wie Urban gegenübersaßen, wurde ihr Beruf mühsamer. Sie musste schlafen und das Grübeln einstellen, befand sie. Der Tag morgen würde hart werden – aber auch spannend.

7

Am nächsten Morgen um neun erreichten sie den Hof der Urbans. Sonntägliche Stille lag über dem Dorf. Elli Urban war aber schon damit beschäftigt, an ihren Geranien zu zupfen, die noch in voller Pracht standen. Sie wischte ihre Hände an der Kittelschürze ab, für die sie noch viel zu jung war, und wartete ruhig, bis die zwei Frauen vor ihr standen.

»Der Rupert ist nicht da«, sagte sie anstelle einer Begrüßung.

Elli war tatsächlich eine jüngere Ausgabe ihrer Mutter. Sicher war sie keine klassische Schönheit, aber sie hatte dennoch etwas Apartes. Irmi wusste, dass Rupert kein Kostverächter war und sich an Wirtshausbedienungen, Sekretärinnen oder Saisonkräften in den Hotels gütlich tat. Es war ein offenes Geheimnis, dass er für ein uneheliches Kind zahlte, das mit seiner Mutter zurück nach Gotha gezogen war. Irmi nahm an, es gab noch mehr davon. Sie hatte sich schon oft gefragt, was Elli eigentlich bei ihrem Mann hielt. Schließlich war sie begütert und finanziell definitiv nicht abhängig von ihm. Was war das für ein Deal, den die beiden hatten? Hatte Elli ihre mangelnde Schönheit etwa so sehr verinnerlicht, dass sie glaubte, es sei besser, einen Ehemann wie Rupert zu haben als gar keinen? Dabei hätte sie wirklich etwas Besseres verdient, fand Irmi.

»Wir wollten eh erst mal mit dir sprechen, Elli«, sagte sie und stellte ihre jüngere Kollegin vor. Dann kam sie ohne Umschweife zur Sache. »Es geht um eure Waldwiese, Elli, die ihr erst im Frühling mit Mais bebaut habt. Wessen Idee war das?«

Elli runzelte die Stirn. »Warum willst du das wissen?«

»Magst du mir einfach antworten?«

»Das ist keine Frage von mögen!«, schoss Kathi dazwischen.

Elli sah zwischen Irmi und Kathi hin und her. Offenbar fand sie, dass die beiden Frauen ein ungewöhnliches Paar bildeten. Dann wandte sie sich demonstrativ an Irmi.

»Das hab ich veranlasst. Der Papa ist immer noch zum Strahmähen hingefahren, zum Teil hat er noch mit dem Balkenmäher gearbeitet. Der Papa hatte einen Herzinfarkt, und ich wollte nicht, dass er noch einen riskiert. Solange da aber was zu tun war, hätt er nie aufgehört. Also hab ich Mais säen lassen. Bringt nichts ein, aber schützt meinen Vater vor sich selber.«

Das war interessant. Sehr sogar.

»Das heißt, dass diese Wiese eigentlich nie für den Maisanbau eingeplant war?«

»Nein, da sind ein paar Orchideen drauf gewachsen, die die Mama unbedingt retten wollte. Wir hatten einen Mordsärger deswegen. Aber Papas Gesundheit ging vor.«

»Ich versteh Sie richtig?«, mischte sich Kathi ein. »Das war also eine für den Naturschutz wichtige Wiese, die eigentlich Jahr und Tag das hätte bleiben sollen, was sie war – ein Rückzugsort für Blümlein und Tierlein?«

»Ihre Ironie können Sie sich sparen!«, entgegnete Elli scharf und wandte sich wieder an Irmi. »Du weißt doch, wie das ist.«

Wo kein Ankläger, da kein Gericht. Und wo kein Richter, da kein Henker. Ganz heimlich und ohne Aufsehen wichen die letzten Biotope der Effizienzlandwirtschaft. In diesem Fall war offenbar gar nicht die Gier Antriebsfeder gewesen, wie der Herr Jurist a. D. angenommen hatte. Aber auch lautere Motive führten zum unlauteren Verlust von Natur. Den Preis für die Gesundheit vom Papa Lindner zahlten nun die Orchideen und die Tiere. Der Zweck heiligte die Mittel. Hier ging es um eine verschwindend kleine Fläche, aber viele kleine Flächen ergaben am Ende Agrarwüsten, die sich in der Endlosigkeit verloren.

»Darf ich jetzt mal wissen, worum es geht? Hat das mit der albernen Geschichte zu tun, dass bei Rupert ein Stück Titan aus dem Fass geflogen sein soll?«

»Nicht soll, Elli! Es ist tatsächlich geflogen. Und es stammt von Kilian Schwaiger. Der Rest der Leiche lag in eurem Waldfeld.«

Das war zu viel auf einmal. Elli sank in Zeitlupe auf die Vortreppe. Sie wurde auf einmal grünlich im Gesicht.

»Hol mal ein Glas Wasser!«, sagte Irmi zu Kathi, die sich ohne Murren ins Bauernhaus der Urbans aufmachte.

Ellis Körper zitterte. Sie weinte nicht, man hatte nur den Eindruck, als würde sie von einem Erdbeben gebeutelt. Hektisch trank sie einige Schlucke Wasser, dann setzten sich Kathi und Irmi ebenfalls auf die Stufen, und Elli flüsterte:

»Die Leiche von Kilian Schwaiger lag in unserem Feld? Er hatte eine künstliche Hüfte? Und ein Teil davon ist aus dem Fass geflogen? Aber wie, aber was …?«

»Kilian Schwaiger wurde auf der Waldwiese verscharrt,

und er wäre nie gefunden worden, wenn ihr sie nicht hättet umpflügen lassen. Ihr habt Mais gepflanzt, den geerntet und die Anlage beliefert. Die Biogasanlage hat das Hüftteil mitsamt dem Gärrest, den ihr als Dünger verwendet, wieder ausgespien. Aus dem Fass. Letztlich ist dadurch die Leiche zutage getreten«, erklärte Irmi langsam. Sie waren ja nun schon länger damit befasst, in der komprimierten Form klang das Ganze aber mehr als wahnsinnig.

»Und es ist ein besonders perfider Winkelzug des Schicksals, dass das Teil nun ausgerechnet auf Ihrem Feld wieder ausgekotzt wird«, fügte Kathi hinzu. »Hätte ja auch einen anderen Genossen von der Biogasmoschee treffen können.«

»Und ihr glaubt, Rupert hat Schwaiger ... und er ... nein!«

»Wir glauben gar nichts, Elli, wir stellen Fragen und bekommen Antworten. Dich und deinen Mann werden wir natürlich auch noch ausführlicher befragen müssen.«

»Die Urbans und die Schwaigers sind von Haus aus keine großen Freunde«, warf Kathi ein.

»Das gilt für viele Familien hier. Ich bin auch nur eine Eingeheiratete von den Schwaben draußen.«

Die Berge verstellten den weiten Blick, und die Täler lagen im Schatten der Verbitterung. Ihre Landsleute waren manchmal solche Holzköpfe, dachte Irmi.

»Sag mal, Elli, als das Feld umgepflügt wurde, wie hat Rupert da reagiert?«, fragte sie.

»Er war wütend, dass er dadurch zusätzliche Ausgaben hatte, und hat gemeint, es koste mehr, als es einbringe. Aber wenn du meinst, dass er ... dass er ...«

»Dass er gewusst hat, dass dort eine Leiche liegt«, sagte Irmi ganz sanft.

Elli atmete tief durch. »Nein, so hat er nicht gewirkt. Er war einfach nur sauer über meinen Alleingang und die Kosten. Wirklich.«

Ach, Elli, dachte Irmi. Aber würde nicht jede Frau ihren Mann schützen? Sogar einen solchen Stinkstiefel und Schürzenjäger wie Rupert? Selbst wenn sie ihn der Justiz zum Fraß vorwerfen würde, bliebe doch die Schande, das Gerede der Leute. Niemand wollte die Frau eines Mörders sein, und Elli wollte sicher auch die Kinder schützen, die beide in München studierten.

»Könntest du bitte morgen zu uns kommen und deine Aussage zu Protokoll geben, Elli?«

Sie nickte.

»Dann würden wir jetzt gern mit dem Rupert sprechen. Wo steckt der denn?«

»Der ist gerade beim Frühschoppen.«

Ja, das passte! Mit den Spezln in den Sonntag reinsaufen.

Irmi und Kathi verabschiedeten sich. Inzwischen war mehr los auf den Straßen, das Werdenfels war erwacht. Während der Fahrt überlegte Irmi, ob sie nicht doch noch etwas zum Thema Soferl sagen sollte, aber Kathi sah beharrlich nach draußen und gab sich unbeteiligt, also schwieg sie lieber.

Schon bald kamen sie beim Wirt an. Irmi hatte gar nicht fragen müssen, wo Rupert saß, das wusste sie auch so. Es war immer ein besonderes Schauspiel, wenn man ein Einheimischenwirtshaus betrat. Alle Köpfe ruckten, alle

Gespräche erstarben. Alle glotzten. Der Stammtisch lag direkt neben der Schank, acht Männer hatten sich versammelt, alles honorige Bürger, die Irmi – bis auf zwei – kannte. Irmi grüßte launig, entschuldigte sich für die Störung und bat Rupert Urban, doch bitte kurz nach draußen zu kommen. Die meisten der Männer wussten auch, wer sie war. Insofern sorgte sie schon mit ihrem Auftritt für Zündstoff.

Urban war sofort auf hundertachtzig. »Was holst du mich aus der Wirtschaft, Mangoldin?«, beschwerte er sich, sobald sie zu zweit waren.

»Ach, Rupert, hätte ich lieber coram publico herausplärren sollen, dass du einen Schädel, der von deinem Intimfeind Kilian Schwaiger stammt, in einem Fischteich versenkt hast? Deine ganzen honorigen Spezln hätte das bestimmt sehr interessiert.« Irmi atmete durch. »Du stehst unter Mordverdacht. Du hattest Motive genug, um Kilian Schwaiger umzubringen, und du hattest bei einer Veranstaltung in Denklingen am 18. September 2011 Streit mit ihm. Was sagst du dazu?«

Sie standen draußen am Parkplatz. Inzwischen war auch Kathi dazugekommen. Der große Rupert Urban schwieg. Sein linkes Augenlid zuckte.

»Ein Augenleiden, Herr Urban?«, ätzte Kathi. »Deshalb sind Sie aber trotzdem vernehmungsfähig!«

»Ich werde jetzt meinen Anwalt anrufen«, sagte Urban schließlich.

»Gut, dann warten wir auf deinen Anwalt. Mit dem stehst du in einer Stunde bei uns auf der Matte«, erwiderte Irmi.

»Ihr spinnts doch.«

»Hör mal, ich kann dich auch hier verhaften lassen, aber ich wette, hinter den Spitzengardinen der Wirtschaft stehen schon deine Spezln und schauen neugierig auf den Parkplatz heraus. Also komm besser in einer Stunde in die Polizeiinspektion, die Adresse kennst du!«

Irmi nickte Kathi zu. Sie drehten sich um und gingen auf Irmis Auto zu. Kathi schien ihr privates Problem abgeschüttelt oder irgendwohin verbannt zu haben, wo es nicht störte.

Zurück im Büro setzte Irmi die Staatsanwaltschaft ins Bild und bekam trotz Wochenende einen Haftbefehl. Sie trank eine Tasse lauwarmen Kaffee. Und dann kam Rupert Urban. Sein Anwalt war gut und keiner aus der Riege der Werdenfels-Amigos. Er stammte aus Weilheim, war korrekt und kühl. Wo Urban den wohl aufgetrieben hatte? Und das am Sonntag? Der hatte sich bestimmt gefreut …

Der Anwalt hatte seinen Mandanten gut beraten und sogar ganz gut im Griff. Die Lesart blieb: Rupert Urban gab zu, den Schädel im Fischweiher versenkt zu haben. Sonst nichts.

»Ich wollte keinen Ärger haben. Man weiß doch, was passiert, wenn so ein Fund womöglich zu einer archäologischen Ausgrabung führt. Da ist ja für Jahre alles blockiert.«

Irmi wusste das. Sie kannte genug Leute, die irgendwo gebaut hatten und dabei auf so allerlei gestoßen waren. Angefangen von Münzen über Steine mit lateinischen Inschriften bis hin zu Menschenknochen. Auch Bernhard hatte mal seltsam behauene Steine gefunden. Die beste aller Hypothesen war gewesen, dass er Teile eines Parallelweges der Via Claudia freigelegt habe. Die Steine waren integraler Bestandteil einer Steinmauer geworden. Irmi konnte Rupert schon irgendwie verstehen.

»Ein Schädel bleibt ein menschlicher Schädel, das gehört gemeldet.«

»Sicher? Ich wüsste nicht, dass das einen Tatbestand erfüllt. Leichenfledderei? Oder wollen Sie auf Störung der Totenruhe hinaus? Paragraph 168 im Strafgesetzbuch. Ich zitiere in Auszügen: Wer unbefugt aus dem Gewahrsam des Berechtigten den Körper oder Teile des Körpers eines verstorbenen Menschen wegnimmt oder wer daran beschimpfenden Unfug verübt, wird mit Freiheitsstrafe bis zu drei Jahren oder mit Geldstrafe bestraft. Ebenso wird bestraft, wer eine Aufbahrungsstätte, Beisetzungsstätte oder öffentliche Totengedenkstätte zerstört oder beschädigt.« Der Anwalt verzog keine Miene. »Aber ich sehe keine Beisetzungsstätte, die als solche erkennbar gewesen wäre. Wir freuen uns in jedem Fall auf Ihre Begründung, warum man Schädelfunde melden müsste.«

Irmi schluckte ihren Ärger hinunter und vermied es, in Urbans feixende Visage zu sehen.

»Fangen wir von vorne an«, sagte sie. »Als Kilian Schwaiger zum letzten Mal gesehen wurde, befand er sich in Denklingen. Dort gab es eine ziemlich turbulente Veranstaltung der AGBG.«

»Von diesem polemischen Deppenpack!«, warf Urban ein.

Der Anwalt legte ihm eine Hand auf den Arm. Ob das einen Stier wie Urban zähmen würde?

»Also, es gab eine Veranstaltung der AGBG«, fuhr Irmi fort, »bei der es zu einer Art Handgemenge kam, an dem auch du, Rupert, beteiligt warst.«

»Angefangen hat aber ein anderer.«

»Das wissen wir bereits. Aber du warst involviert, denn du hattest weitere Gründe, Schwaiger zu hassen. Nicht nur wegen der Biogasanlage, auch wegen der alten Familiengeschichte. Du hast ihn abgepasst und später seine Leiche auf dem entlegenen Feld entsorgt. Und bald schon entstand das Gerücht, Schwaiger hätte sich abgesetzt. Ein Gerücht, das ihr alle genährt habt!«

»Hat jemand meinen Mandanten gesehen? Gibt es Zeugen? Eine Massenschlägerei ist kaum dazu angetan, nur meinen Mandanten zu beschuldigen«, mischte sich der Anwalt ein und knackte mit seinen Fingerknöcheln. Ein Geräusch, das durch Mark und Bein ging.

Der Anwalt hatte natürlich recht. Das war ja der Knackpunkt. Aber sie standen erst am Anfang.

»An so einem mach ich mir die Bratzn ned schmutzig!«, rief Rupert Urban. »Der Schwaiger hatte genug Feinde, haufenweise! Solche Grattler wie die Schwaigers interessieren mich nicht. Ich bin froh, dass die Tante den Schwaiger nicht genommen hat. Dann wären wir mit solchen auch noch verwandt. Gott bewahre!«

Was hatte Olga Koslowa noch gesagt? Zehn Menschen, zehn Geschichten? So formuliert, hörte sich die Sache ganz anders an als in der Version der Mezzosopranistin.

»Die Tante hat sich deswegen umgebracht!«, rief Kathi.

»Die Tante war ballaballa, das weiß doch jeder. Wegen einem Schwaiger bringt sich keine Urban um.«

Sie alle waren einen Moment sprachlos. Urban walzte alles platt, auch die eigene Familienlegende.

Es vergingen ein paar Sekunden, bis Irmi sagte: »Du hast eben von Feinden gesprochen?«

»Na, diese geleckten Akademikerärsche in dieser Dingsda, denen war Schwaiger viel zu auffällig, verhaltensauffällig.« Urban lachte polternd.

»Baumgärtner und Hanser?«

»Wenn die so heißen! Und glaub mir, der Severin und der Kili waren sich auch nicht grün.«

Ach, nun belastete er auf einmal seinen Parteifreund und Gemeinderatskumpan? So war das anscheinend in einer bayerischen Männer- und Stammtischfreundschaft: Die Verbundenheit reichte nur so weit, den eigenen Arsch zu retten, auf dass der noch länger auf der angestammten Bierbank Platz fände.

»Dieser Blödsinn mit der Wiese hat Severin Jörg viel Geld und Ansehen gekostet.«

»Und deshalb bringt er den Schwaiger gleich um?«

»Das hab ich nicht gesagt. Nur, dass der arme vom Schicksal benachteiligte Schwaiger wenig Freunde hatte. Der war kein Opfer, das war ein Täter. Lässt Frau und Kinder im Stich. Sein Vater kennt ihn nimmer. Das sagt doch was, oder?«

Das sagte was, oh ja. Die Welt wandte sich ab von Losern und Opfern, keiner wollte in deren Sog geraten. Irmi fixierte Urbans Augen, die grau waren mit ein paar dunkleren Sprenkeln. Ungewöhnlich, aber nicht unattraktiv. Zumindest wenn man auf so geballt zur Schau getragene Männlichkeit stand.

»Und wie Schwaigers Leiche in dein Feld gekommen ist, das weißt du nicht? Dabei bleibst du?«

»Wie denn? Mangoldin, du glaubst doch nicht, ich bin so deppert, dass ich einen da verscharr, wo ich ihn nachher wieder ausbuddel?«

»Nein, das glaub ich nicht. Du bist ja ein ganz kluges Köpfchen. Aber das Feld hat Elli umpflügen lassen, das ist dein Problem!«

Die Gesichtszüge des Anwalts entgleisten kurz. »Ich würde mich gerne mit meinem Mandanten beraten.«

»Bitte.«

Kaum waren die beiden Männer hinausgegangen, bemerkte Kathi feixend: »Ha! Dass Elli das Feld hat umpflügen lassen, das hat er dem Rechtsbürscherl nicht gesagt, der Bulle vom Loisachtal!«

»Na ja, so ein Bürscherl ist der Anwalt gar nicht, kommt mir recht kompetent vor.«

»Von mir aus! Aber der Urban war es doch, so viele Zufälle gibt es gar nicht.«

Rupert Urban gab natürlich keinen Mord zu. Er beharrte darauf, dass er sich zwar über die Umwidmung des Feldes geärgert, mit einem Mord aber nichts zu schaffen habe.

»Ja, Mangoldin, ich hätt das schon noch rechtzeitig aufgehalten, was die Elli da angezettelt hatte. Wenn ich da einen verscharrt hätte, dann wäre das eine sehr stille Wiese geblieben. Notfalls hätte ich sie wieder in eine Waldwiese verwandelt. Da will mir doch einer was anhängen.«

So ganz überzeugte Irmi diese dünne Argumentation nicht. Hätte er wirklich das Umpflügen rückgängig gemacht, dann hätte er sicher mehr Aufsehen erregt, als er je gewollt hatte. Und er hatte Schädel und Knochen verschwinden lassen, das war nun mal Tatsache.

»Wer sollte dir was anhängen wollen? Du bist doch eine Stütze der Gesellschaft.«

»So witzig, die Irmi!«

»Das ist mein legendärer Mutterwitz. Die Mangolds sind eben so richtig lustig.«

Warum hieß es Mutterwitz und Muttersprache, aber Vaterland? Weil Mütter für Kommunikation zuständig waren und die Väter für Blut und Boden?

Der Anwalt hatte die Stirn gerunzelt. »Bitte nennen Sie Frau Hauptkommissarin Mangold beim korrekten Namen, Herr Urban«, sagte er emotionslos. Und an Irmi gewandt: »Wir geben zu, dass mein Mandant einen menschlichen Schädel und einige Knochen gefunden hat. Eventuell könnten Sie das Tatbestandsmerkmal der Fundunterschlagung, Paragraph 246 StGB, anführen, wenn es mit der Störung der Totenruhe nichts wird. Aber mit dem Tod von Herrn Schwaiger hat mein Mandant nichts zu tun. Sie wissen ja nicht einmal, ob der Fundort auch der Ort des Verbrechens war. Sie wissen nichts. Das ist ja lächerlich.«

»So lächerlich ist das nicht. Der Herr Urban bleibt mal bei uns, jetzt wo wir eh schon so nett zusammensitzen«, sagte Kathi eisig. »Wir haben einen Haftbefehl.«

Der Anwalt versprach, seinen Mandanten spätestens in vierundzwanzig Stunden wieder rauszuholen. Irmi befürchtete, dass genau das eintreten würde, wenn sie nicht mehr präsentieren könnten. Es war zum Heulen und zum Zähneknirschen.

»Das wirst du mir büßen, Mangoldin!«

»Na, na, nicht drohen!«, rief Kathi. »Sie sollten Ihren Mandanten aufklären, dass man die Polizei nie bedrohen soll.«

»Du Stück!«, brüllte Urban. »Weiber!«

»Herr Urban, jetzt reicht es!« Der kühle Anwalt konnte auch laut werden.

»Weiber, sog i! Vielleicht schauts ihr eich aa bei Kilis Weiber um. Wenn mir grad beim Thema san.«

»Was soll das nun wieder für eine kryptische Anspielung sein?«

»Der Kilian Schwaiger, das arme Opfer – manche Frauen haben ja so ein Helfersyndrom. Der hatte Trösterinnen, das könnts mir glauben.«

»Du redest von glauben?«

Mit einem Blick auf den Anwalt erwiderte Urban grinsend: »Sehr verehrte Frau Hauptkommissar, bei den Mangolds hat man das Kruzifix sicher nur zur Zierde. In der Kirch hat man die Mangoldsche Sippe jedenfalls seit Generationen nicht gesehen, oder?«

Manchmal war es schwer, einem Verdächtigen nicht einfach ins Gesicht zu springen und die Anspannung in einer sauberen Ohrfeige zu entladen. Leider war das keine Option, aber in Irmi kochte es.

Kathi sprang ein: »Wenn Sie schon solche Behauptungen aufstellen, dann nennen Sie doch bitte ein paar Namen von Damen?«

»Des reimt sich. Und was sich reimt, ist gut«, konterte Urban und grinste frech.

»Namen!«

»Namen hab i koane, aber da war eine, mit der war er schon sehr intim.«

»Was heißt das?«

»Na, da bei den Schwobn, bei dem Affentanz in Denklingen, da stand er draußen mit einer Frau. Woaßt scho, Hand am Arsch und rumgebusselt. Wobei, viel Arsch war da nicht.« Er sah Kathi provozierend an, deren Kehrseite auch nicht sonderlich kurvig war.

Kathi behielt die Kontrolle. »Und wer war die Frau?«

»Hat sich mir ned vorgstellt! War nicht mein Typ. Auch zu oid.«

»Beschreibung?«

»Klein, schmal, nix dran, kurze Haare, Brille, bestimmt vierzig oder mehr.«

»Nun gut«, sagte Irmi betont gelassen, rief nach Sailer, der Urban übernahm, und verabschiedete den Anwalt. Schlagartig wurde es still. Aber nur kurz, weil Kathis Organ nur selten dezent war.

»Die Frau! Du denkst, was ich denke?«

»Hast du mich das nicht erst kürzlich mal gefragt?«

»Kann sein.«

»Ich denke, wir gehen erst mal auf ein Bier. Ich muss Urban runterspülen.«

»Dann gehn wir lieber gleich in eine große Brauerei mit einem ordentlichen Ausstoß!«

Irmi lachte. Kathi konnte einem manchmal so guttun. Es wurde dann aber doch nur ein Helles am Mohrenplatz.

»Und?«, fragte Kathi.

»Die Beschreibung klingt nach Dr. Olga Koslowa«, sagte Irmi gedehnt.

»Haarscharf, das wäre ja der Hammer. Ich sag doch, die hat uns was verschwiegen.«

»Ja, hat sie. Aber dass sie eine Liaison mit Schwaiger hatte? Ich weiß nicht so recht.«

»Warum nicht?«, meinte Kathi. »Es treffen sich doch die seltsamsten Menschen. Es gibt die wildesten Kombis. Wo die Liebe hinfällt. Oder die Lust. Oder was auch immer.«

Was auch immer. Ob Kathi da auch an ihre Tochter dachte? Häufig fragte sich Irmi, was zwei Menschen wohl aneinander faszinierte. Seltsame Paare begegneten ihr auf Schritt und Tritt. Beim letzten Trip mit Jens war ihr in der Südsteiermark eine taffe Winzerin aufgefallen, die gewichtig im Leben stand und druckfähige kluge Sätze in Serie formulierte. Deren Mann war ein weit weniger gewichtiger Schwabe, der Sekt produzierte und dessen Humor sehr schnell an Grenzen geriet, wenn man seine Erzeugnisse nicht goutierte. Der auch nur nachschenkte, wenn man den Tropfen austrank. Eine zweifellos schwäbische Einstellung zum sparsamen Leben – die im Kontrast stand zur warmen, barocken Opulenz seiner Frau. Vielleicht war doch etwas dran an den Gegensätzen, die sich anzogen?

Wie hatte Schwaiger seine Frau nicht nur im Stich lassen, sondern auch noch hintergehen können? Doch was fragte sie, gerade sie! Jens betrog seine depressive Frau doch auch mit ihr, weil sie ihn ins Leben zurückholte. Irmi konnte sich in Olga Koslowa hineindenken. Man sah den Gesprächspartnern immer nur vor die Stirn, und sie, Irmi Mangold, Hauptkommissarin, ging auch nicht damit hausieren, dass ihr Freund verheiratet war.

»Tja, was auch immer, Kathi. Und dass Dr. Olga uns das nicht gesagt hat, das versteh ich sogar. Wir werden sie wohl noch mal besuchen müssen. Die Frage ist nur, was das ändert.«

»Was es ändert? Na, du bist ja witzig!«, rief Kathi so laut, dass sich die Leute umdrehten. »Wenn *ich* das sagen würde, die bekennende Schlampe, die mit Sex ohne Liebe ganz gut umgehen kann. Aber du bist doch anders gestrickt. Frauen werden immer anhänglicher, wenn sie mit einem Mann Sex haben. Einmal mag ja noch angehen, aber mehrfacher Beischlaf mit demselben führt doch immer zu Gefühlen. Das haben Frauen in den Genen.«

Auch das war so laut, dass zumindest die zwei Nebentische ihre Gespräche eingestellt hatten und herüberlauschten.

»Kathi, bevor du als Erika Berger des Werdenfels auftrittst, zahlen wir. Wenn wir morgen Rupert nichts entlocken, kriegt der Anwalt den raus. Dann stehen wir wieder vor dem Nichts.«

»Na, wir haben aber Olga als neue Spur.«

»Dieses Persönchen spaltet ihrem Lover den Schädel? Warum?«

»Das können wir sie ja fragen. Gut, dann zahl ich eben. Ich lad dich ein«, sagte Kathi, die über beachtliche Regenerierungskräfte verfügte. Und verdrängen konnte. Das war der Vorteil der Jugend. Zwischen ihnen waren rund fünfundzwanzig Jahre Altersunterschied. Irmi fühlte sich gar nicht so aufgeräumt.

Als sie daheim am Küchentisch saß, nachdem sie abgespült und eine Waschmaschine beschickt hatte – das waren nämlich alles Tätigkeiten, die bei Bernhard nicht vorkamen –, wollte sie der Fall nicht loslassen. Obwohl sie müde war, zog das Adrenalin noch nicht ab. Als ihr Handy läutete, war sie versucht, nicht ranzugehen. Es war Jens, und sie zögerte in der Tat ein paar Sekunden, bevor sie das Gespräch annahm.

»Hallo, Kanadier! Wo bist du?«

»Inzwischen schon wieder in London. Ich hab ein schlechtes Gewissen. Ich wollte anrufen. Dein Fall ist kompliziert?«

»Ja, nein, den Toten zu ihrem Recht zu verhelfen ist immer kompliziert.«

»Magst du etwas erzählen?«

Irmi erzählte, ohne Namen zu nennen. Sie ließ ein paar Details weg, denn sie durfte nie alles erzählen. Jens gegenüber sprach sie auch von ihrer Verwirrung inmitten all der Fakten, im Strudel all jener Informationen, von denen sie immer noch den Eindruck hatte, nur einen Bruchteil verstanden zu haben. Botulismus, Monsanto, Biogasanlagen, Massentierhaltung – alles spielte zusammen, es erschlug einen, ließ einen erstarren.

»Du klingst frustriert?«

»Ach, Jens, ich bin auch frustriert. Je mehr Einblick ich in die Thematik erhalte, desto irrsinniger kommt mir das alles vor. Wir ruinieren sehenden Auges unsere Welt, oder?«

»Ja, und das alles unter dem Deckmantel: ›Hurra, wir wollen den Atomausstieg.‹ Bitte schön, dank Windkraft und Biogas bekommen wir ihn hin. Einen Tod müsst ihr sterben, ihr Kritiker, ihr. Wer ›Atomkraft – nein danke‹ sagt, hat die negativen Folgen anderer Energien bitte zu tolerieren.«

»Ja, aber das ist doch das Perverse!«

»Sicherlich. All die Menschen, die gegen Massentierhaltung protestieren, gegen Biogas und Monsanto, sind anfangs völlig abgeblitzt mit ihren Argumenten. Aber langsam werden sie doch auch gehört. Deine AGBG ist ein Mosaiksteinchen, aber es werden mehr. Ich habe einen Jäger hier in der Nachbarschaft, der ist bei Pro Fasan.«

»Was ist das?«

»Eine Gruppe, die Bodenbrüter retten will. Früher gab es Brachen oder Hecken, wo sich Feldlerchen und Rebhühner verstecken und ihre Jungtiere aufziehen konnten. Heute ist unsere Landschaft monoton. Seit dem Boom von Biogasanlagen nutzt man jede verfügbare Fläche, um Energiepflanzen wie Mais und Raps anzubauen. Mein Nachbar hat meiner Tochter bei einem Bioreferat geholfen und sie gefragt, ob sie jemals eine Wachtel gesehen oder gar den ›Wachtelschlag‹ in der Dämmerung gehört habe. Meine Tochter hat verneint, woraufhin er das dreisilbige Motiv nachgeahmt hat. Es klang wie ›pick-wer-wick‹. Ich musste zugeben, dass ich das auch noch nie gehört hatte. Mit dem Satz: ›Es war die Nachtigall und nicht die Lerche‹, kann ich nur wenig anfangen. Ich weiß nämlich nicht, wie die sich anhören. Und ich bin über fünfzig. Auch mir ist die Natur entrückt.«

Irmi hatte geschluckt bei der Erzählung über die Tochter. Meist blendete er bei den gemeinsamen Treffen sein übriges Leben aus. Aber natürlich gab es die beiden Töchter, die fast erwachsen waren. Auf die er so stolz war. Es schmerzte, obwohl sie das nicht zulassen wollte.

»Weißt du, ich bin Landwirtin und hab auch noch nie eine wilde Wachtel gesehen. Nur Legewachteln«, erwiderte Irmi gedehnt.

»Ich hab gegoogelt. Wegen des Referats. Weil ich betroffen war, dass ich so wenig weiß. Aber tue ich etwas für die Wachtel? Nein! Ich verbringe viel Zeit auf Flughäfen, in Taxis, in Meetings, in Kellern, wo die Betriebe verkabelt sind. Ich lese historische Bücher, ich wende mich der Vergangenheit zu, anstatt für unsere Zukunft zu kämpfen. Irmi, ich bin genauso schlimm wie wir alle. Meister im Wegsehen.«

»Das stimmt so auch nicht!«

»Doch, ich gehöre zu den neunundneunzig Prozent aller Bundesbürger, die sich nicht engagieren. Und ich wäre sogar noch einigermaßen clever, denn ich bin in der ganzen Welt herumgekommen. Ich nehme sehenden Auges den Untergang in Kauf. Das finde ich viel schlimmer als den unterbelichteten Proleten, der sich seine Trash-TV-Sendungen reinzieht, und viel schlimmer als jene, die diesen Sommer ihre schönsten Sonnenbrandfotos gepostet haben. Ich müsste es besser wissen!«

»Ach, du postest nicht deine Sonnenbrände?«, versuchte Irmi einen Witz. Aber ihr war gar nicht nach Lachen zumute. Was sollte sie sagen? Dass er eben so viel Arbeit hatte? Dass er mit seiner liebenswerten und offenen Art weltweit Menschen ein gutes Gefühl gab? Aber in der Tat half das der Wachtel nicht! Und der Muschel nicht und dem Hasen nicht, verdammt noch mal!

»Ich bin wie du. Ich schimpfe über die Politiker und würde selber nie in die Politik gehen. Jens, ich fühle mich ausgeliefert. Auch meiner eigenen Unzulänglichkeit«, sagte sie schließlich.

Es entstand eine lange Pause, bis Jens erwiderte: »Aber du stehst für die Gerechtigkeit, du kannst Menschen helfen, ihre Toten zu betrauern und anständig Abschied zu nehmen. Ich glaube, das reicht als Lebensleistung.«

»Ich weiß nicht. Und je länger ich nun in diesem Fall stochere, frage ich mich: Warum greifen wir nicht ein? Land- und Forstwirtschaft haben sich so sehr verändert, dass für kleinteilige Landwirtschaft kaum noch Platz ist. Bernhard hat früher einmal überlegt, auf bio umzustellen. Bizarrerweise gibt es eine immense Nachfrage nach Biolebensmitteln, die aber nicht erfüllt werden kann, weil die kleinen Bauern sich die Produktion nicht mehr leisten können. Bio wird also zuhauf importiert. Bernhard hat das durchgerechnet, für ihn wäre eine Umstellung auf bio nicht lukrativ. Ja, ich weiß, Landwirte denken immer nur ans Geld. Bernhard und ich sind ja auch auf der Seite der Henker. Ich sehe nur Verlierer.«

»Es profitieren die Betreiber der Anlage und die wenigen, die sie beschicken. Das Gesetz des Geldes. Die Macht des Stärkeren«, bemerkte Jens.

»Und was soll ich tun?« Sie klang wie ein kleines verzweifeltes Mädchen.

»Irmi, du tust schon viel. Ihr esst jahreszeitlich passendes Gemüse, ihr holt euer Fleisch bei Lissi. Du isst höchstens zweimal pro Woche Fleisch. Du bist nicht schuld am Gammelfleisch. Du gehörst zu den Verbrauchern, die bereit sind, einen angemessenen Preis für angemessene und würdige Tierhaltung zu zahlen. Wenn das alle täten, hätten wir den netten Nebeneffekt, dass sich durch den ungleich höheren Preis der Fleischkonsum quasi automatisch auf ein vernünftiges Maß reduzieren würde.« Er überlegte kurz und lachte dann auf. »Und Botox? Es ist doch herrlich, dass ausgerechnet das Gammelfleisch der Prominenz mit einem Gammelfleisch-Extrakt wieder gestrafft wird!«

Irmi lachte. »Schön gesagt!«

Jens war großartig. Immer wieder. Immer noch.

Irmi schlief dennoch nicht gut.

Sie träumte, dass sie alle Zähne verlor.

8

SOJA STATT STEAKS

Argentinien, das Land der Steaks? Der freilaufenden Rinderherden? Alles Geschichte! In Argentinien wachsen heute auf 19 Millionen Hektar Land Gen-Sojabohnen. Sie haben Getreide, Baumwolle, Gemüse und Früchte verdrängt. Die einstige Steak-Nation importiert Fleisch aus Uruguay, die wenigen Rinder laufen nicht mehr durch die Pampa, sondern stehen auf öden Weiden, die nicht größer sind als ein Fußballfeld. Argentinien ist nach den USA und Brasilien der drittgrößte Sojaproduzent der Welt. Beim Anbau von Gen-Soja steht es sogar auf dem zweiten Platz. Neunundneunzig Prozent der Bohnen sind manipuliert.

Das Dorf Ibarlucea liegt 300 Kilometer nordwestlich von Buenos Aires. Nächstgelegene Stadt ist Rosario, wo es eine Universität gibt. Dort ist eine junge Frau als Dozentin für Pädagogik tätig. Sie wohnt abseits der Stadt, mitten in den Sojafeldern. Als sie 2007 schwanger wurde, war die Freude groß. Doch der Junge hatte ein missgebildetes Gehirn, sitzt heute im Rollstuhl, braucht ein Hörgerät und kann nicht sprechen. Während die Mutter schwanger war, wurden die Felder, die an ihren Garten angrenzten, mit Herbiziden besprüht. In Ibarlucea kann fast jeder etwas erzählen über schwere Erkrankungen in der Familie, doch das will keiner hören – bis auf ein paar Aktivisten wie ein Lehrer und Imker, der gegen das Versprühen von Pflanzenschutzmitteln aus Flugzeugen kämpft. 300 Millionen Liter Herbizide, Pestizide und Fungizide gehen jährlich auf Argentiniens Felder nieder.

Im Jahre 1996 wurde in Argentinien der Anbau von genetisch manipuliertem Soja erlaubt. Dass 108 von 136 Gutachten direkt von Monsanto stammten, störte niemanden. Den Bauern wurde vermittelt, dass sie die Welt durch den Sojaanbau von Ernährungs- und Energieproblemen erlösen würden. Alles dank Monsanto, dem Unternehmen mit Sitz in St. Louis, Missouri. Wenn es um Pflanzenkiller geht, macht Monsanto keiner was vor: Im Vietnamkrieg hatte es die US-Luftwaffe mit Agent Orange versorgt. Glyphosat ist ähnlich effektiv ...

Das System genmanipulierter Pflanzen funktioniert nur mit dem Herbizid, die Bauern könnten also gar nicht auf das Gift verzichten, selbst wenn sie es wollten. Das Geschäft erreichte 2011 ein Volumen von 20 Milliarden Euro. Die Profiteure sind große Investoren und multinationale Konzerne, die Saatgut, Spritzmittel und Dünger verkaufen, darunter Monsanto, Pioneer, BASF, Bayer und Syngenta. Würden die westlichen Gesellschaften und China nicht immer mehr Fleisch essen, dann müssten diese Tierherden auch nicht mit solchen Unmengen von Soja gefüttert werden, aber die Spirale dreht sich weiter.

Dr. Andrés Carrasco, der Leiter des Laboratoriums für molekulare Embryonalforschung an der Universität von Buenos Aires, injizierte Glyphosat in Amphibienembryos. Daraufhin beobachtete er eine wesentliche Veränderung ihres Erbguts. Die Veröffentlichung der Daten führte dazu, dass er Morddrohungen erhielt. Auch Professor Damián Verzeñassi von der Universität Rosario hat fast täglich mit der Zunahme von Lymphdrüsenkrebs, Leukämie und genetischen Missbildungen zu tun. Kinder werden ohne Gehirn geboren, ohne Arme und Beine, sie haben Wasserköpfe. Weil der Druck zunahm, setzte Präsidentin Cristina Kirchner 2009 eine Kommission ein – doch ein Ergebnis gab es nie. Die Sprüher sprühen weiter, die Menschen leben weiterhin neben den Feldern. Wo sollten sie auch sonst hin?

<u>Quelle</u>: Faszination Tier und Natur

Als Irmi montags ins Büro kam, war Kathi noch nicht da. Andrea saß bereits vor ihrem Computer.

»Guten Morgen, Andrea. Wo steckt denn Kathi?«

»Keine Ahnung.«

»Aha.« Irmi runzelte die Stirn. »Ich ruf mal an. Kannst

du mir bitte die Kontaktdaten von Dr. Olga Koslowa heraussuchen, Limnologin an der TU, Außenstelle Iffeldorf?«

»Limno wer?«

»Das sind Biologen, die im Süßwasser forschen.«

Irmi machte sich den obligatorischen Kaffee, wählte Kathis Nummer, konnte aber nur auf die Mailbox sprechen. »Wäre schön, von dir zu hören. Wir hätten da by the way einen Fall.« Irmi bemühte sich, nicht allzu sauer zu klingen, obwohl sie es war. Dann wählte sie die Festnetznummer. Kathis Mutter meldete sich.

»Irmi, wie schön, dich zu hören. Besuch mich doch endlich mal wieder.«

Elisabeth Reindl war eine großzügige Frau voller Herzenswärme. Bis heute war Irmi ihr dankbar, dass sie ihr verziehen hatte, dass Irmi sie seinerzeit ganz zu Unrecht des Mordes verdächtigt hatte.

»Ich suche Kathi. Sie ist nicht im Büro und geht auch nicht ans Handy.«

Erst hörte Irmi nur Elisabeths Atem. Dann kam ein zögerliches: »Sie ist um fünf weggefahren.«

Irmi stutzte. »Wegen dem Soferl?«

»Ja, es ist weg. Na ja, nicht wirklich weg.«

»Der Syrer?«

Elisabeth lachte kurz auf. »Fatih ist gebürtiger Afghane, seine Familie war im Iran und ist von dort geflohen.«

»Du kennst den Jungen?«

»Ja, und Kathi würde mich töten, wenn sie das wüsste. Ich hab ihn mal mit dem Soferl in Reutte auf ein Eis eingeladen. Ein sehr netter und sehr hübscher Kerl. Der Vater ist Ingenieur, hochgebildet und nun zum Warten verdammt.«

»Aber der Junge geht in die Schule, oder? Soweit ich weiß, hat jedes Kind in Deutschland das Recht auf Bildung.«

»Ja, er geht in Sophias Klasse, inzwischen spricht er großartig Deutsch, besser als mancher Mitschüler mit eindeutig Werdenfelser oder Außerferner Wurzeln.«

Irmi lachte. »Und das Soferl ist verliebt?«

»Irmi, du kennst das Soferl. Sie ist so klar, so gerecht und so großzügig. Sie sieht, dass die Familie Angst hat, abgeschoben zu werden. Und sie taucht ein in eine völlig fremde Welt. Sie ist neugierig. Ich glaube schon, dass sie verliebt ist, aber da ist noch viel mehr. Und Kathi ...«

»Und Kathi sieht diese Reinheit der Gefühle nicht?«, fragte Irmi. »Gut, das klingt jetzt etwas pathetisch.«

»Trifft es aber. Die sind nicht auf der Berghütte, um wilden Sex zu haben. Die reden stundenlang und erklären sich gegenseitig ihre Welten. Ach, Irmi, du kennst auch Kathi. Ich weiß, dass sie einfach der Arbeit fernbleibt, aber kannst du ein Auge zudrücken?«

So war Elisabeth, sie hatte immer ein gutes Wort für jeden, und natürlich schützte sie ihre Enkelin genauso wie ihre Tochter. Das Soferl hatte so viel Zeit mit der Oma verbracht, weshalb Kathi ein klein wenig verpasst hatte, dass ihr Soferl erwachsen wurde.

»Und Kathi ist jetzt den Jägersteig hoch und prügelt den vermeintlichen Syrer aus der Hütte?«, fragte Irmi staunend.

»Ich hoffe es nicht. Ich hab das Soferl in der Schule

entschuldigt. Magen-Darm-Infekt. Ach, Irmi, mir ist das alles so arg!«

Die zu beschützen, die man liebte, war die schwerste Lebensaufgabe. Man konnte sie nicht in einen Raum sperren, der frei war von Gefahr und Gewalt, von Viren und Bakterien. Und man konnte nicht in deren Gehirne kriechen und die Gedanken dorthin lenken, wo man selber mitkonnte.

»Ihr kriegt das hin! Und wenn Kathi sich bei dir meldet, erinnere sie bitte daran, dass sie einen Job hat.«

Als Irmi auflegte, war ihr Herz weich und schwer zugleich. Schwaiger hatte dabei versagt, die zu schützen, die er liebte. Seine Tiere und mehr noch seine Familie. Da konnten schon die Sicherungen durchbrennen. Aber in diesem ganzen Agrarwahnsinn war Schwaiger doch ein vergleichsweise kleines Licht! Warum musste er sterben? Wirklich wegen seines aufrührerischen Auftretens? Wegen der alten Familienfehde? Es war zum Verzweifeln!

Andrea war hereingekommen.

»Also, äh, diese Frau Doktor ist mit ein paar Studenten unterwegs zur Universität in Konstanz. Da gibt es auch Limnologen. Limnologie ist ... warte mal kurz ...« Sie las ab: »Limnologie ist die Wissenschaft von den Binnengewässern als Ökosystemen, deren Struktur, Stoff- und Energiehaushalt sie erforscht.«

»Und wie erreicht man sie?«

Andrea reichte Irmi einen Zettel. »Die Handynummer, hab ihr schon auf die Mailbox gesprochen. Ich hab auch, also, am Institut hinterlassen, dass sie sich, äh, eilig bei uns melden soll.«

»Danke, Andrea.«

Würde sie sich melden? Sie konnte ja nicht ahnen, dass sie von dem Verhältnis zu Schwaiger wussten. Oder stimmte das gar nicht mit dem Verhältnis?

»Gehst du gleich zur Trauerfeier?«, fragte Andrea.

Die Familie hatte wirklich keine Zeit verloren. Irmi spekulierte, dass sie diesen Feuerwehrtermin anberaumt hatte, damit möglichst wenig Trauergäste kamen. Sie verstand die Eile. Die Schwaigers wollten endlich abschließen. Sie hatten lange genug gewartet.

Irmi blickte auf die Uhr. Es war zehn. Um elf sollte Schwaiger beigesetzt werden. Würde sie gehen? Ja, sie würde. Sie musste. Beerdigungen waren gute Indikatoren für Familien. Wer kam? Wer verhielt sich wie? Was sagte der Pfarrer? Vier Jahre nach seinem Verschwinden wurde Kilian Schwaiger nun beerdigt. Ein paar Knochen, sein malträtierter Schädel. Für die Familie gab es ein Ende und endlich einen Anfang. Es gab nun einen Ort der Stille, wo sich Emotionen bündeln konnten. Anna konnte nun endlich Ruhe finden.

Der Himmel war bewölkt. Es war kälter geworden als an den Tagen zuvor. Als Irmi und Andrea vorfuhren, war kaum ein Parkplatz zu finden.

»War der so beliebt?«, fragte Andrea verwundert.

»Nein, das sind sensationslüsterne Gaffer, wie an der Autobahn.«

Die Kirche war brechend voll. Die Trommeln hatten wohl eilig getrommelt. Ganz vorne saßen Anna und ihre Töchter sowie Edeltraut Schwaiger. In der Reihe dahinter hatte Schwaiger senior Platz genommen. Man sah die üblichen Beerdigungsgeher, meist alte Frauen, die es in jedem Dorf gab. Sie eilten auf jede Leich, jede Beisetzung war für sie ein Fest. Baumgärtner und Hanser waren gekommen, vielleicht auch weitere Mitglieder der AGBG. Olga hingegen war nicht da. Was Irmi absolut verblüffte und aufwühlte, war die Anwesenheit von Elli Urban, die sich ganz hinten fast unsichtbar gemacht hatte und doch alles andere als unsichtbar war. Viele sahen verstohlen zu ihr hinüber. Natürlich war bekannt, dass ihr Mann in U-Haft saß, im Dorf war immer alles bekannt.

Auch Severin Jörg war gekommen. Er war zwar der Bürgermeister, aber musste er bei dieser Beerdigung wirklich anwesend sein? Er schickte Irmi einen bitterbösen Blick.

Zwei Männer, die Irmi nicht kannte, trugen die Urne zum Altar. Sie empfand das als pietätvolle Lösung. Ein Sarg für das bisschen Schädel und Knochen wäre ihr unpassend vorgekommen.

Wie immer bei katholischen Feiern lag im Wohlbekannten der Liturgie auch eine gewisse Sicherheit. Rupert hatte schon recht. Eine Kirche sah Irmi nur selten von innen, und doch konnte sie die Formeln noch immer auswendig. In den wohlbekannten Sätzen lag auch Gnade. Man konnte sich wegdenken und wegfühlen, während man den Text mitleierte.

Doch Irmi stolperte schon über das Sündenbekenntnis am Anfang. »Ich bekenne Gott, dem Allmächtigen, und allen Brüdern und Schwestern, dass ich Gutes unterlassen und Böses getan habe – ich habe gesündigt in Gedanken,

Worten und Werken. Durch meine Schuld, durch meine Schuld, durch meine große Schuld.«

War das nötig? Bei einer Beerdigung? Bei dieser Beerdigung? Wo blieb die Pietät, der Respekt vor den Trauernden?

Es folgte eine Lesung aus dem Alten Testament: »Der Gerechte aber, kommt auch sein Ende früh, geht in Gottes Ruhe ein. Denn ehrenvolles Alter besteht nicht in einem langen Leben und wird nicht an der Zahl der Jahre gemessen.«

War Schwaigers früher Tod ehrenvoll? Hier in der Kirche saßen genug, die genau das bestritten hätten.

Der Pfarrer war auch nicht davon abzuhalten, das gesamte Glaubensbekenntnis im Singsang vorzutragen, etwas, was Irmi immer schon schwer erträglich gefunden hatte.

Drei Fürbitten wurden vorgetragen, drei Frauen waren nach vorne getreten, eine davon schien die Schwester von Anna zu sein, eine war die Mutter, die dritte war Irmi unbekannt.

»Schenk Anna und ihrer Familie jetzt deine Kraft, das Unfassbare anzunehmen. Schenke ihnen Offenheit für Trauer und für düstere Gedanken und gib du ihnen Halt«, sprach die Frau, die Anna Schwaiger so ähnlich sah. »Schicke ihnen Freunde und Verwandte, die nicht Schuld aufspüren wollen, sondern zu ihnen halten.«

»Hilf uns dabei, uns zu vergeben, wo wir etwas nicht abschließen konnten, wo wir gefehlt haben. Hilf uns, ihm zu vergeben, wo etwas offen blieb zwischen uns«, betete Edeltraut Schwaiger mit starker Stimme und mit stetem Blick auf ihren Mann.

Ging das noch lange? Wie schon in ihrer Schulzeit damals hoffte sie, dass mit der Wandlung das Ende nahte.

Der Pfarrer rief die Gemeinde zum Friedensgruß auf: »Gebt einander ein Zeichen des Friedens und der Versöhnung.«

Da schüttelten nun diese Menschen dem Nachbarn die Hand, Nachbarn, die sich gar nicht kannten oder sehr wohl und viel zu gut kannten. Da saßen viele, die nicht versöhnlich waren. Irmi gab Andrea die Hand und lächelte sie an. Sie war froh, dass ihre junge Kollegin neben ihr saß und nicht jemand anders.

Zur Kommunion gingen lediglich ein paar wenige alte Damen nach vorne. Am Ende sprach der Pfarrer: »Gehet hin in Frieden.« Und die Gemeinde antwortete: »Dank sei Gott dem Herrn.«

Dann stand man draußen am Grab. Die Wolken hatten sich noch mehr aufgetürmt. Irmi ließ den Blick schweifen. Wäre das ein Fernsehkrimi, stünde Dr. Olga Koslowa irgendwo hinter einem Grabstein. Sie trüge Hut und Schleier und würde sich die Tränen abtupfen. Aber hier herrschte Werdenfelser Realität. Irmi sah Elli davonhasten, und als sie und ihre Kollegin wieder im Auto saßen, sagte Andrea: »Ich hasse Beerdigungen.«

Dem hatte Irmi nichts hinzuzufügen.

Andrea rutschte etwas auf dem Sitz hin und her. Sie stutzte. Dann griff sie unter sich und beförderte einen USB-Stick zutage. »Deiner?«, fragte sie.

»Nein, ich fahre keine USB-Sticks spazieren.«

Andreas Blick glitt zu dem Spalt am Fenster, den Irmi

immer offen ließ. Eine Angewohnheit, die sie beibehielt, egal wie das Wetter war.

»Den hat wohl jemand eingeworfen?«

»Ich denke schon. Das müsste dann während der Beerdigung gewesen sein«, meinte Irmi. »Ich kann mir nicht vorstellen, dass er vorher schon da war, oder?«

Andrea schüttelte den Kopf. »Mein Hintern ist zwar nichts für die Prinzessin auf der Erbse, aber gespürt hätte ich ihn vorher sicher.«

Irmi lächelte. Andrea war eben auch kein XS-Mädchen, sie war wie sie ein Werdenfelser Gewächs, etwas tiefer gelegt, geerdet und schwerer in Gestalt und Gemüt.

»Los, fahren wir ins Büro und schauen wir, was drauf ist!«

Der PC brummte leicht, nachdem Andrea den Stick eingeschoben hatte, und ein Lichtlein leuchtete auf. Es kam Irmi vor, als würde das alles eine Ewigkeit dauern. Ihr Herz pochte. Auf dem Bildschirm war eine Liste von Ordnern zu sehen. Andrea klickte den ersten an, der Worddateien und PDFs enthielt. Es schien sich um Zeitungsartikel und Material von Fernsehsendungen zu handeln, die jemand aus dem Internet heruntergeladen hatte. Ein Interview mit einem Professor der Universität Rosario in Argentinien, der über Fälle von Krebs, über Fehlgeburten und multiple Behinderungen sprach, die in seiner Provinz in einem beängstigenden Ausmaß zugenommen hatten, wo Monsanto riesige Mengen an Dünger und Unkrautvernichtern über sein Gen-Soja niedergehen ließ.

Sie überflogen die Berichte, und bei Irmi stellte sich

wieder das wohlbekannte Gefühl absoluter Hilflosigkeit ein.

Andrea sah man ihre Verwirrung immer noch an. »Aber ... aber ... wenn man das alles weiß, warum geht es dann trotzdem so weiter?«

»Geld, Macht, Korruption. Keine Lobby für kleine Bauern irgendwo in der Pampa. Kein Interesse der Weltöffentlichkeit«, entgegnete Irmi.

Sie dachte an ihr Gespräch mit Jens. Er hatte es auf den Punkt gebracht. Sie taten alle nichts. Und dabei war es in dieser Welt nie so einfach gewesen, immer und überall an Informationen heranzukommen. In Sekunden schnellten sie auf die Displays der Smartphones, egal, ob man in Hobarts Hafen in Tasmanien stand, sich auf dem Athabasca-Gletscher in Kanada aufhielt oder aber in der Zugspitzbahn saß! Sie alle konnten alles wissen – und es ebenso schnell verdrängen, vergessen, wegklicken. Sie lebten in einer Wegklickwelt. Unschönes konnte ebenso schnell eliminiert werden, wie es erschienen war. Stattdessen bestellte man lieber ein neues Outfit in einem Modeportal und stellte ein Foto seines Mittagessens auf Facebook.

»Das ist zwar alles gruselig, aber nutzt uns wenig«, sagte Irmi. »Mach mal die anderen Ordner auf.«

»Von wem ist das alles? Was soll das?«, fragte Andrea ratlos.

»Ich glaube, das hat etwas mit Kilian Schwaiger zu tun«, sagte Irmi leise.

Der nächste Ordner enthielt Briefe, lange Briefe. Sie stammten von Kilian Schwaiger. Also doch! Die Briefe waren an Seehofer gegangen, sogar an Angela Merkel und

Ilse Aigner. Es waren welche dabei, die sich an Landwirte im Norden richteten. Und einige waren an JJ Agrotop gerichtet. Es würde einige Zeit dauern, das alles zu lesen, und Irmi war sich ziemlich sicher, dass Schwaiger von vielen der Adressaten nie Antwort erhalten hatte. Vorausgesetzt, er hatte alle Briefe abgeschickt.

Andrea öffnete den nächsten Ordner. Er enthielt archivierte E-Mails, die Schwaiger an einen Hans Zimmermann geschrieben hatte. Zimmermann? Irmi überlegte. Dann fiel es ihr wieder ein.

»Anna Schwaiger hat mir erzählt, dass ein Amtsveterinär a. D. aus Niederbayern namens Hans Zimmermann versucht hat, ihnen zu helfen. Über den müsstest du mir bis morgen bitte ein bisschen mehr rausfinden. Die Briefe können wir jetzt nicht alle lesen. Weiter, bitte.«

Noch ein Ordner. Chemische Formeln, die Irmi nichts sagten.

Der letzte Ordner enthielt Fotos von Rupert Urbans Hof. Sie zeigten seinen Tagesablauf, sie zeigten auch Elli. Sie zeigten Urban mit einer jungen Frau, die er umarmte, vor einem Hotel, wo immer das auch war.

Andrea und Irmi starrten auf den Bildschirm.

»Der hat Urban bespitzelt! Oder bespitzeln lassen. Warum das denn?«, fragte Andrea.

»Ich weiß es nicht.«

Sie klickten sich weiter durch die Bilder. Es gab auch eine Exel-Datei, die akribisch Rupert Urbans Tagesablauf dokumentierte. Stallzeiten, Zeiten im Fuchstal, Zeiten mit der Geliebten, Gemeinderat, Feuerwehr, Schützen. Ellis Abwesenheiten.

»Wozu hat er das alles dokumentiert?«

Andrea klickte ein paar Bilder zurück und stutzte. »Was komisch ist, also ...«

»Was?«

»Dieses Bild ist von 2013. Warte.« Sie klickte weiter. »Da sind welche von 2012.«

»Ja, und?«

»Wann ist Schwaiger verschwunden?«

»2011.«

Stille legte sich über den Raum. Der Computer summte.

»Dann kann zumindest nicht Schwaiger diese Bilder, also, äh ...«

»Oder aber er hat sie doch gemacht.«

»Dann war er ja ...« Andrea starrte wieder auf den Bildschirm.

»Dann müsste er 2013 noch gelebt haben und inkognito hier herumgeschlichen sein. Das geht doch nicht! Der Hase. Die Knochen. Andrea, ich verstehe gar nichts mehr!«

Sie waren davon ausgegangen, dass Kilian Schwaiger 2011 nach der Veranstaltung in Denklingen verschwunden war. Eigentlich fehlte nur noch Urbans Geständnis, dass er ihn im Anschluss daran in Rage getötet hatte, auf einer Wiese verscharrt, von der er wusste, dass sich keiner dafür interessierte. Das war alles so logisch.

»Machen wir eine Zeitleiste?«, schlug Andrea vor.

»Ja, gute Idee.«

Sie listeten die wichtigsten Daten vom Unfall im Wald bis zum Knochenfund auf.

- 2009 Holzunfall, Tod Benedikt Schwaiger, OP und Reha Kilian Schwaiger
- 2009/2010 Botulismus-Fälle auf dem Hof der Schwaigers
- 16.9.2011 Demo Feldherrnhalle – seitdem wurde Schwaiger von Familie nicht mehr gesehen
- 18.9.2011 Veranstaltung in Denklingen – seitdem wurde Schwaiger von niemandem mehr gesehen
- 30.3.2012 bis 28.9.2013 Bilder von Urbans Hof
- Frühjahr 2015 Umgraben des Feldes, Versenken des Schädels
- 13.10.2015 Fund des Hüftteils
- 16.10.2015 Fund der Knochen

»Aber wenn Schwaiger diese Bilder selbst gemacht hat, dann müsste er im September 2013 noch gelebt haben. Und zwischen Herbst 2013 und Herbst 2015 gestorben sein. Wo war er so lange? Scheiße!«

Das war eigentlich Kathis Sprachduktus, aber die Situation überstieg ganz einfach Irmis Belastungsgrenze.

Andrea sah richtig verzweifelt aus, als wollte sie Irmi helfen, ohne es zu können.

»Andrea, wann wurden die E-Mails an diesen Zimmermann geschrieben?«

»Die erste stammt vom 4. Mai 2009, die letzte aus dem November 2012. Damit endet der Ordner. Kilians letzte E-Mail wurde nicht mehr beantwortet, soweit ich sehen kann, die anderen aber sehr wohl.«

Eine lange Stille trat zwischen die beiden Frauen, bis Irmi schließlich sagte: »Andrea, ist das der Inhalt von Schwaigers Laptop? Oder PC?«

»Ich glaube, also ...«

»Wir nehmen also an, dass jemand den Inhalt oder Teile des Inhalts von Schwaigers Computer auf einen Stick gezogen und uns diesen zugespielt hat, oder?«

Andrea nickte.

»Ruf den Hasen!«

Der Kollege stand fünf Minuten später im Büro. Er hatte gerade gehen wollen, was er Irmi in leidendem Ton mitteilte.

»Ich will Sie auch nicht lange aufhalten«, erklärte Irmi. »Aber könnte Schwaiger auch erst 2013 gestorben sein?«

Er runzelte die Stirn. »Soll der Mann denn nicht 2011 verschwunden sein?«

»Nehmen wir mal an, es war erst 2013. Ginge das, ich meine mit der Verwesung und so?«

»Frau Mangold, wie lange beliefere ich Sie nun schon mit Fakten?« Den nicht ausgesprochenen Nachsatz: Haben Sie denn gar nicht aufgepasst?, konnte man sich dazudenken. Er machte eine dramatische Geste. »Also aufgemerkt! Verwesung heißt: Bakterien breiten sich im Wasser aus, das siebzig Prozent des menschlichen Körpergewichts ausmacht. Stirbt ein Mensch, löst sich die sogenannte Totenstarre bereits nach zwei bis drei Tagen. Es beginnt ein dreimonatiger Fäulnisprozess. All die fiesen kleinen Bakterien bilden übel riechendes Ammoniakgas und Schwefelwasserstoff. Kennt man ja an Fundorten von Leichen. Den meisten wird übel. Der weitere Zerfall des Körpers ist ein maßgeblich von Enzymen bestimmter Vorgang, der von all den lieben den Menschen innewohnenden Darmbakterien ausgeht und dann den gesamten Körper besetzt.

Die äußerlich sichtbare Verwesung beginnt im unteren Bauchbereich, wenn die Darmbakterien das Hämoglobin im Blut zersetzen, was die aparte grünliche Färbung der Haut nach sich zieht. Durch die explosionsartige Vermehrung der Bakterien werden auch Venen und Adern grünlich, was den toten Körper nach etwa sieben Tagen marmoriert wirken lässt. Wie in Carrara. Die Stoffwechselfunktionen der Bakterien lassen in den Körperhöhlen Gase entstehen, was Zunge sowie andere Weich- und Schwellkörper aufquellen lässt. Aus Mund und Nase treten Körperflüssigkeiten aus. Nach wenigen Wochen verflüssigt sich das gesamte Gewebe bis auf bestimmte innere Organe, die relativ lange unverändert erhalten bleiben.«

Während der Hase tief Luft holte, schwiegen Irmi und Andrea. Beide hatte eine Art Sprachlähmung befallen – Irmi, weil sie nach all den Jahren mit dem Hasen doch noch zu beeindrucken war, und Andrea, weil es sie schlichtweg grauste.

»Was uns zur Verwesungsgeschwindigkeit bringt«, fuhr der Kollege fort. »Ein an der Luft liegender toter Körper verwest etwa doppelt so schnell wie eine Wasserleiche und viermal so schnell wie ein begrabener Toter. Das Phänomen der sogenannten Wachsleichen auf moorigen Friedhöfen kennen Sie. Die weigern sich einfach abzutreten.«

Andrea starrte ihn an.

»Das ist so«, erklärte Hase. »Die Friedhöfe wollen nach einer Ruhezeit von zwanzig oder fünfundzwanzig Jahren doch auch mal neu vermieten.« Er räusperte sich. »Nach ein bis zwei Jahren zersetzt sich das Körpergewebe vollständig. Nur das Knochengerüst des Körpers bleibt übrig.

In vergangenen Jahrhunderten war es üblich, nach einer gewissen Ruhezeit Schädel und Oberschenkelknochen zu bergen, zu säubern, teilweise sogar zu beschriften und zu bemalen und in sogenannten Beinhäusern auf den Friedhöfen aufzubewahren. Auch das Mikroklima eines Ortes beeinflusst natürlich die Zersetzung einer Leiche. Wenige Meter Unterschied zwischen zwei Fundorten sind ausreichend, um Verwesungsprozesse völlig unterschiedlich anzutreiben. Wenn Sie von zwei toten Zwillingen die eine Leiche auf einen Feldweg legen, dann ist die nach zwei Wochen in der Sonne schon fast skelettiert. Wenn Sie Zwilling zwei in den Schatten von Bäumen legen, dann bleibt er in dieser Zeit äußerlich fast unversehrt.«

Irmi hatte nicht vor, Zwillinge verwesen zu lassen, wiewohl sie wusste, dass es in Knoxville, Tennessee, weit über hundert Leichen gab, die im Dienste der Wissenschaft und des FBI vor sich hin rotteten. Jeder Tote war liebevoll gekennzeichnet, so wie man Täfelchen ins Gemüsebeet steckte. Basilikum, Liebstöckel, Beifuß ... Der Volksmund nannte das Experimentierfeld »Body-Farm«. Hier durften Leichen auf Waldboden, Leichen in Plastiktüten oder in Teppichen das demonstrieren, was Pathologen weltweit half. Irmi versuchte, das Bild der Wissenschaftsleichen abzuschütteln.

»Und unser Mann?«

»Unser Mann war oberflächlich verscharrt. Vielleicht waren auch Tiere am Werk. Dann wurde er untergepflügt und zerhäckselt und die Hüfte durch eine Biogasanlage gejagt. Verehrte Frau Mangold, wie soll man da einen Todeszeitpunkt festlegen? Sie haben mir doch diese Arbeitshypothese genannt, dass er 2011 gestorben sei.« Das klang nun anklagend.

»Das war bis dato auch der Stand der Dinge. 2013 ist aber keineswegs unwahrscheinlich?«

»Genauso wahrscheinlich wie 2011. Wenn da nichts mehr auf den Knochen ist, was soll ich analysieren?«

»Könnten Sie denn nicht trotzdem noch mal am Schädel …?«

»Sicher. Ich würde jetzt aber dennoch heimgehen wollen.«

»Ich bitte darum.«

Der Hase zog die Augenbraue hoch. Das waren die Momente, in denen er an Spock erinnerte, zumal seine großen Ohren wie Teigtaschen am hageren Gesicht pappten.

Die beiden Kommissarinnen sahen ihm nach. Als er weg war, wandte sich Irmi an ihre Kollegin.

»Andrea, alles klar?«

»Der Typ, der Hase, also ich …«

»Da bin ich komplett deiner Meinung.« Irmi lächelte. »Pass auf, es ist ziemlich spät. Wir machen morgen ganz früh weiter, ja?«

Andrea nickte. Als Irmi ihre Softshelljacke angezogen hatte und sich zum Gehen anschickte, saß Andrea vor dem PC. Irmi wusste, dass sie da noch Stunden verbringen würde.

Zu Hause in Schwaigen wählte Irmi noch zweimal Kathis Nummer. Wieder meldete sich nur die Mailbox. Kathi hatte echt Nerven. Fatih hin oder her.

9

Als Irmi am nächsten Tag ins Büro kam, saß Andrea schon an ihrem Arbeitsplatz. Nur die Tatsache, dass sie eine andere Jeans und ein anderes Oberteil trug, verriet, dass sie zu Hause gewesen sein musste.

»Du hast hoffentlich mal geschlafen?«

»Sicher, aber das hier war echt spannend.«

»Okay, dann berichte mal!«

»Also, ja. Wo fang ich an? Ja, also, ich hab die Mails an den Amtsveterinär als Erstes gelesen. Dieser Zimmermann ist 2012 an einem Unfall gestorben. Genau zu dem Zeitpunkt, an dem die Mails enden. Bis zu seinem Tod hat er zweimal die Woche oder öfter mit Schwaiger gemailt. Hammerhart ...«

Hammerhart, denn dann hatte Schwaiger zu dem Zeitpunkt also wirklich noch gelebt!

»Ist es denn ganz sicher, dass diese Mails von Schwaiger stammen?«

»Dazu müsste man den Laptop oder den PC haben, wir haben aber nur den Stick.«

»Wir müssen in jedem Fall herausfinden, wer uns den Stick zugespielt hat, aber bitte der Reihe nach. Was stand in den E-Mails?«

»Das war für mich alles sehr kompliziert, also, äh ...«

»Andrea, das ist für uns alle kompliziert. Wir sind alle keine Mikrobiologen.« Mensch, Madl, trau dir doch endlich mal was zu, dachte Irmi und wartete. Andrea atmete tief durch und nahm gedanklich Anlauf.

»Es ging immer wieder um die Beweisbarkeit dieses chronischen Botulismus. Die Ministerien für Ernährung, Landwirtschaft und Verbraucherschutz bestreiten, dass sich die vielen unterschiedlichen Symptome auf einen einzelnen Erreger zurückführen lassen. 2012 gab es, wie ich das verstanden hab, eine Studie, deren Methodik umstritten war. Der Amtsveterinär hat Schwaiger von ein paar Treffen mit Kollegen berichtet, auf denen die meisten bei dem Thema sehr schnell, äh, zugemacht haben oder aggressiv geworden sind. Er hat aber auch durchblicken lassen, dass es ein paar wenige Kollegen gibt, die gern die Tierseuchenkasse bemühen würden. Er hat Schwaiger bei einer Mail an die Bayerische Landwirtschaftskammer auf Cc gesetzt, in der er alle Argumente zusammenträgt, die sehr wohl für eine Seuche sprechen: Der Landwirt ist chancenlos, kann aus eigener Anstrengung nichts mehr ausrichten, und es ist eine Zoonose, die auf den Menschen übergreifen kann. Wie ich das lese, hat er es … äh … er hat es geschafft, einige Kollegen auf seine Seite zu ziehen, die Druck machen wollten. Das wären dann ja immerhin Staatsbeamte gewesen, also ich mein …«

»Großartig, Andrea, du hast das völlig richtige Gespür. Ein Amtsveterinär zählt für manche Leute natürlich mehr als ein Haufen betroffener Bauern!«

»Zimmermann hat genau wie Schwaiger jede Menge Material gesammelt. Da gab es wohl mal eine ›Göttinger Erklärung‹, in der Tiermediziner schon im März 2010 den Verdacht geäußert haben, dieses Gift könnte sich in Biogasanlagen rapide vermehren und dann über das Ausbringen von Gärresten auf Äcker und Grasflächen den Boden kontaminieren und in den Futterkreislauf geraten.« Andrea atmete wieder tief ein. Solche langen Reden waren ein Kraftakt für sie.

»Sagt er was zum Thema Glyphosat?«

»Na ja, dieses Botulinumtoxin ist wohl in einer ... äh ... lebendigen Erde mit vielen mikrobiotischen Gegenspielern keine Gefahr. Aber Glyphosat verändert die Zusammensetzung des Bodenlebens.«

Davon hatte auch Dr. Olga gesprochen, erinnerte sich Irmi.

»Gab es Aussagen zu Monsanto?«

»Ja, da geht es um die Werbeschrift *Agrardialog*, in der Monsanto behauptet, Glyphosat sei der am besten untersuchte Herbizidwirkstoff überhaupt. Die geringe toxische Wirkung sei hundertfach belegt. Hans Zimmermann empfiehlt Schwaiger das Buch *Mit Gift und Genen*. Es beweist, dass unzählige Studien von Monsanto bezahlt und manipuliert wurden. Auch die Studie vom Bundesinstitut für Risikobewertung sei Beschiss. Dabei ist das die Studie, auf die alle vertrauen. Die Studie, die eben schuld ist, dass es diesen Botulismus nicht gibt.«

Irmi sah plötzlich ihre Kühe vor sich, die sie so liebte, obwohl es Nutztiere waren. Die sie bis heute faszinierend fand, weil so eine Kuh nicht nur ein schönes Tier war, sondern auch ein Wunderwerk der Natur. Hilflos den Tod unzähliger Tiere mit ansehen zu müssen war auch für Irmi eine schreckliche Vorstellung. Kranke Menschen konnten sprechen, wehklagen und schreien. Tiere litten meist still.

Wenn man seinen Tieren nicht den nötigen Schutz geben konnte, zermürbte einen das innerlich. Das wusste Irmi, und sie fühlte mit Schwaiger.

»Ich komme immer wieder an denselben Punkt, Andrea: Wie geht das? Warum schreitet keiner ein?«

»Zimmermann schreibt, dass die US-Studien zum Thema Gen-Soja schon zur Zeit von Bush senior verfälscht wurden. Todesfälle ignorierte man einfach. Monsanto wurde zwar gerichtlich verurteilt, aber die zahlen dann eben, und weiter geht's.«

»Ich glaube, an dir ist doch eine Mikrobiologin verloren gegangen«, sagte Irmi voller Bewunderung. Sich die Nacht um die Ohren zu schlagen war das eine, aber diese Dinge so zusammenzufassen, das war gewaltig. Und das fast ohne die sonstigen Ähs und Alsos.

Andrea lächelte. »Hat ja auch Spaß gemacht, echt! Also, ich meine ... äh ... natürlich nicht, dass das alles lustig ist oder so. Äh ...«

Kaum gab es eine leise Verunsicherung, war die alte Andrea wieder da. Irmi nahm sich insgeheim vor, sie öfter zu bestärken, aber zwischenmenschliche Dinge kamen im Tagesgeschäft nun mal oft zu kurz.

»Mir macht das Angst«, sagt Irmi leise.

»Sehr oft fällt der Name Professor Krüger«, fuhr Andrea fort. »Das ist eine Expertin von der Uni Leipzig. Inzwischen ist sie emi... emi...«

»Emigriert?«

»Nein, eme... emeritiert?«

»Ach so, das bedeutet bei Hochschulprofessoren pensioniert.«

»Aha! Diese Professorin hat jedenfalls die willkürlichen Grenzwerte verurteilt. Die EU-Kommission hat 2012 den Grenzwert für den Glyphosatgehalt in Getreide und Soja klammheimlich heraufsetzen lassen, sagt sie. Das klingt alles ziemlich grauenhaft!«

»Ja, mehr als das. Aber noch mal zurück zu Zimmermann. Was war dein erster spontaner Eindruck?«

»Der steckte ganz tief drin im Thema. Ich glaube, das war der Lebensinhalt seines Rentnerdaseins, eine Aufgabe, die er sich vorgenommen hatte. So als Lebensleistung, also …«

»Nix also, sehr gut formuliert. Sag, mal, woran ist er gestorben?«

Andrea zögerte. »Ja, das ist auch irgendwie komisch.«

»Wie komisch?«

»Ich habe grad die Akte aus Niederbayern bekommen, die sind ja echt modern. Alles als PDF. Mit dem Zimmermann ist das so … äh … Er war reich, besaß eine Villa, einige Häuser und ein ziemliches Barvermögen. Weil er den Banken nicht getraut hat, bunkerte er wohl einiges an Geld im Haus. Eines Tages wurde er überfallen und muss dann auf die Straße gerannt sein. Mittenrein in ein Auto. War sofort tot.«

»Obduktion?«

»Mei, wenn einer in ein Auto, also … Nein, keine Obduktion. Er liegt in einem kleinen Ort namens Reisbach auf dem Friedhof. Da hat er auch gewohnt.« Andrea überlegte. Plötzlich stutzte sie und riss die Augen auf. »Meinst du …? Irmi, wie kommst du darauf?«

»Ich weiß es nicht. Nur so ein Gefühl. Vielleicht war

das kein natürlicher Tod. Was, wenn er jemandem im Weg war?«

»Dann müsste ihn jemand vor das Auto gestoßen haben. Aber wie soll das gegangen sein? Dazu stand nichts in den Unterlagen, also ...«

»Lass erst mal gut sein, Andrea. Bleiben wir bei Schwaiger. Du hast mir ja noch mehr versprochen, oder?«

»Der echte Hammer kommt erst. Da war nämlich noch ein Ordner. Mit Formeln und so.«

»Ja?«

»Also, die alten Griechen haben einen Ledersack genommen, mit Erde gefüllt und Blut dazugegeben. Dann haben sie den Sack fünf bis zehn Tage lang verschlossen in den Schatten eines Baumes gestellt. Anschließend haben sie die Nachbarn vergiftet, indem sie den Sack in den Brunnen geworfen haben.«

Irmi starrte Andrea an. »Hinter den Brunnenvergiftungen der Antike steckt also das Bakterium Clostridium botulinum?«

»Ja.« Andrea sah unglücklich aus. »Und Schwaiger, also, Schwaiger ...«

In Irmis Kopf fiel der Groschen. »Er wollte es den alten Griechen nachtun?«

»Schwaiger hat einen detaillierten Plan gemacht, wie er einen Giftcocktail herstellen könnte. Er wollte wohl in einem Geflügelmastbetrieb die Tiefstreu klauen, die wegen der darin befindlichen Kükenleichen relativ viel Clostridium botulinum enthält, meist vom Typ C und D. Aus einem anderen Betrieb wollte er Schweinegülle oder Schweinemist holen. Das enthält Clostridium botulinum vom Typ B. In Fleischwasser wollte er den Erreger vermehren.«

Irmi war aufgesprungen. Schwaiger hatte also vorgehabt, irgendwo Botulinumtoxin einzuschleusen, um zu zeigen, wie giftig das Zeug wirklich war. Wollte er Seuchencharakter beweisen?

»Andrea, weißt du auch, wo er das Gift ausbringen wollte?«, fragte sie und wusste eigentlich schon die Antwort.

»Bei Urban. Vielleicht hat er deshalb seinen Tagesablauf so genau dokumentiert. Ach, Irmi!«

Da versagte die menschliche Sprache. Offenbar hatte Kilian Schwaiger einen perfiden Anschlag geplant. Er war irgendwo in der Deckung gewesen, fast zwei Jahre lang. Von dort hatte er agiert. Jemand musste das bemerkt und den Anschlag vereitelt haben. Wenn Urban von Schwaigers Plänen erfahren hatte, dann hatte er ein echtes Mordmotiv! Auge um Auge, Zahn um Zahn! Ein moderner Brunnenvergifter und sein Opfer. Aber einer wie Urban war kein Opfer.

»Ich rufe die Staatsanwaltschaft an. Die müssen eine U-Haft befürworten. Die Abläufe liegen doch klar auf der Hand. Irgendwann ist Urban bei seinen Spitzeltouren auf Schwaiger gestoßen. Keiner kann sich unsichtbar machen, es gibt keine Tarnkappen. Urban hat seinerseits recherchiert. So muss es gewesen sein. Und dann hat er Schwaiger umgebracht. Nicht wegen einer alten Familienfehde, sondern wegen einer akuten Bedrohung. Sag mal, Andrea, gab es auch Bilder vom Fuchstal?«

»Ja, Kilian Schwaiger hat Urban beim Beschicken der

Biogasanlage abgelichtet. Das Bild stammt vom September 2013.«

»Da haben wir es doch! Kurz danach gab es keine Bilder mehr, denn Kilian wurde getötet. Genau das müssen wir Urban beweisen.«

»Und wie?«, fragte Andrea leise.

»Wir können die Zeiträume nun doch schon viel enger stecken. Irgendwer muss den einen oder den anderen gesehen haben. Es gibt kein perfektes Verbrechen. Urban wird bluten. Wir kriegen ihn! Außerdem müssen wir herausfinden, wer uns den Stick ins Auto geworfen hat. Hast du eine Idee?«

»Jemand, der oder die den Plan auch gekannt hat und ihn vielleicht verhindern wollte. Jemand, der oder die Schwaiger aufhalten wollte.« Andrea überlegte. »Jemand, der oder die jetzt will, dass die Zusammenhänge aufgedeckt werden, oder?«

»So sehe ich das auch. Mir ist aufgefallen, dass du immer ›der oder die‹ gesagt hast. Du denkst auch an eine Frau?«

»Ja, an diese Olga.«

»Das habe ich mir auch schon überlegt, aber die war nicht auf der Beerdigung.«

»Vielleicht ist genau das der Punkt. Als alle in der Kirche waren, konnte sie den Stick unbemerkt loswerden.«

»Aber sie ist doch auf Exkursion.«

»Ich kann herausfinden, wann genau sie wo war.«

»Danke, Andrea, das wäre prima. Du hast wirklich tolle Arbeit geleistet.«

Dann notierte sie sich die folgenden Fragen: Von wem

kommt der Stick? Was weiß Urban? Wo ist Olga? Was genau ist mit diesem Hans Zimmermann passiert?

Wenn sie im Laufe all ihre Berufsjahre eines gelernt hatte, dann war es, Prioritäten zu setzen. Eins nach dem anderen abzuarbeiten. Angesichts des gewaltigen Misthaufens, der sich vor einem auftürmte, nicht in Panik zu geraten. Das einzige, was half, war Gabel für Gabel hineinzustecken, ihn abzutragen bis auf den Grund. Dort, wo die Wahrheit lag.

Irmi stand auf und stellte sich ans Fenster. Sie ließ die Gesichter der Trauergäste noch einmal Revue passieren. Edeltraut Schwaiger hatte sehr gefasst ausgesehen, während ihr Mann in der zweiten Reihe die anderen mit verbitterten Blicken bedacht hatte. An Kilians jüngerer Tochter Stefanie schien das Ganze wie ein Film vorbeigelaufen zu sein. Sie hatte seltsam unbeteiligt gewirkt. Anna Schwaiger hatte in all den Jahren gelernt, keine Regungen nach außen zu tragen. Selbst auf der Trauerfeier zeigte sie keine Schwäche.

Vor allem das Gesicht von Bettina Schwaiger hatte sich in Irmis Gedächtnis gebrannt. Auch diesmal hatte sie ausgesehen wie eine Madonna, blass wie Marmor. Es war nur so ein Gedanke, der von irgendwoher kam. Ein verwegener Gedanke, den Irmi an nichts festmachen konnte. Sie sah das junge Mädchen vor sich, wie es die kleine Schwester getröstet hatte, wie es umsichtiger agiert hatte als die Mutter. Sie sah diese Klarheit und erinnerte sich an ihren ersten Gedanken: Das Kind hatte viel zu früh erwachsen werden müssen. Der kleine behinderte Bruder verunglückt, die geliebten Haustiere tot, die Eltern versunken in schwarzen Welten, der Vater in seinem persönlichen Krieg gefangen. Bestimmt hatte sie immer schon die kleine Schwester auffangen müssen.

Dennoch lag etwas Ungebrochenes in ihrem Wesen. Trotz all diesen Wahnsinns war da ein Kämpferherz in dem zarten Mädchen. Bettina war die Tochter ihres Vaters. Gab es nicht diesen Spruch, dass erstgeborene Töchter immer die Töchter des Vaters seien? Des Vaters Tochter. Die Tochter von David, der gegen Goliath angetreten war.

Er setzte sich fest, dieser Gedanke. Irmi sah auf die Uhr, das Mädchen würde zu Hause sein. Sie ging zu Andrea hinüber.

»Hast du schon was über Dr. Olga herausgefunden?«

»Ich konnte noch nicht alles überprüfen, aber sie ist einen Tag vor der Beerdigung nach Konstanz gefahren und ist immer noch dort. Aktuell sind die irgendwo draußen. Ich hab noch eine Nachricht hinterlassen, dass sie uns anrufen soll. Ob sie zwischendurch, also …«

»Danke, passt schon. Aber ich hab eine andere Idee. Kommst du mit?«

»Ja, was …?«

»Ich kann es dir nicht erklären, aber ich glaube, Bettina Schwaiger weiß etwas, was wir noch nicht wissen.«

»Also hat sie den Stick …?«

»Genau das will ich sie fragen.«

»Hätte das denn gepasst, ich meine …«

»Schau, da waren so viele Leute auf der Beerdigung. Auf dem Weg zum Grab hätte jeder leicht am Auto vorbeigehen können.«

Irmi bat Sailer, ab und zu bei Kathi anzurufen, denn die war immer noch verschollen. Dann fuhren sie los.

Es war vierzehn Uhr, als sie bei Schwaigers eintrafen. Der alte Suzuki Jimny, der Anna Schwaiger gehörte und beim letzten Besuch vor dem Haus gestanden hatte, war weg. Irmi parkte an dem selbst gemalten »P«, das den Parkplatz für die Einsteller auswies, und sah sich um. Es war still am Hof. Keine Reiterinnen waren zu sehen. Die Pferde standen teils auf den Paddocks vor den Boxen, teils auf der Koppel. Aus dem Stall drangen Geräusche nach draußen. Irmi und Andrea gingen hinein.

»Hallo?«

Aus einer der Boxen kam Bettina. Sie schob einen Schubkarren. Zu den Shorts, die bei diesen Temperaturen etwas luftig wirkten, trug sie klobige Gummistiefel und darüber ein wattiertes Fleecehemd. Bei jedem anderen hätte das unmöglich ausgesehen, an ihr wirkte es einfach nur zauberhaft.

»Hallo, Bettina, misten Sie den ganzen Stall allein?«

»Sie können ruhig du sagen. Normalerweise haben wir einen Stallburschen, aber der hat frei, und Mama ist mit Steffi einkaufen gefahren.«

»Keine Hilfe von den Einstellern?«

»Bloß nicht! Die streuen ja ein, als würden Sägemehl und Stroh gar nichts kosten. Ich bin froh, wenn die ihre Finger von der Stallarbeit lassen.« Sie lächelte.

»Kann ich mir vorstellen«, meinte Irmi und versuchte, den Blick des Mädchens festzuhalten. »Hättest du kurz Zeit für uns?«

Bettina nickte, ging ein paar Schritte, bog in die Sattelkammer ab und blieb vor einem alten Schreibtisch stehen. Irmi lehnte sich in den Türrahmen. »Danke für den Stick.«

Schweigen.

»Bettina, du hast diesen Stick in mein Auto geworfen, oder?«

Schweigen.

»Bettina, du wolltest, dass wir all das Material bekommen? Warum?«

Schweigen.

»Was hättest du eigentlich gemacht, wenn das Auto nicht offen gewesen wäre?«, fragte Andrea.

Bettina sah sie überrascht an. So als nähme sie Andrea erst jetzt wahr. Die beiden jungen Frauen trennten nur acht Jahre, und dennoch trennten sie Welten. Andrea, ein schweres Bauernmadel aus einer ganz reellen Familie, und Bettina, das ernste junge Mädchen, das schon die Hölle kannte.

»Ich hätte ihn anonym mit der Post geschickt«, erklärte Bettina.

»Aha. Und warum anonym?«

»Weil, weil ...«

Irmi ahnte, warum. Bettina hatte etwas in Bewegung setzen wollen, weil sie den Zustand nicht mehr aushalten konnte. Sie konnte ihn nicht mehr alleine tragen. Das war wie bei den Frauen, die sich irgendwann so dumm benahmen, dass der Seitensprung eben doch ans Licht kam. Das war ein Hilfeschrei. Es ging darum, ein Rad anzuschubsen, ohne die Folgen zu bedenken.

»Ich versteh das schon«, sagte Andrea. »Irmi wusste auch so, dass du ihn eingeworfen hast.« Sie drehte sich zu den

Sätteln um. »Ich hab genau den gleichen Sattel für mein Kaltblut«, sagte sie und wies auf einen hellbraunen Sattel. »Ist ja ziemlich schwer, für die Dicken einen guten Sattel zu finden. Mein Salomon ist besonders breit, da gibt es kaum was Passendes zu kriegen.«

»Ist bei meinem Hafi auch so. Wie eine Truhe. Alles rutscht.« – Wieder Schweigen.

»Ich wollte, dass jemand den Mörder meines Papas findet«, sagte Bettina nach ein paar Minuten bleiernen Schweigens. »Das kann die Polizei am besten.«

Ein beachtlicher Satz. Irmi kannte nur wenige, die so ein Vertrauen in die Polizei setzten.

»Danke, Bettina. Wir wollen dir gerne helfen, aber dazu musst du mit uns reden. Bitte!«

»Vielleicht passt dem Kalten ja der Sattel vom Hafi«, sagte Bettina. »Nimm ihn doch mal mit.«

Kathi hätte nun gebrüllt. Andrea antwortete nur freundlich: »Sehr gerne. Nachher dann.«

Das Schweigen füllte erneut den Raum. Irgendwo weit weg bellte ein Hund.

»Der Papa war auf der Hütte«, sagte Bettina schließlich.

Irmis Inneres war in Alarmbereitschaft. »Dein Papa hat sich auf einer Hütte oder Alm versteckt?«

»Ja.«

»Er ist also nicht schon 2011 verschwunden?«

»Für die Welt schon.«

»Aber nicht für dich?«

»Nein«, sagte sie. Lange passierte nichts. Dann begann Bettina zu erzählen. »Es ist immer schlimmer geworden bei uns. Die Kühe waren fast alle tot. Beni war tot. Keiner hat über ihn geredet, aber er war ja doch immer da. Mama hat alle Fotos von ihm weggeräumt, sie hat alle seine Sachen verbrannt. Die Oma hat versucht, ihr die Sachen aus der Hand zu reißen und vor dem Feuer zu retten, aber Mama war wie … wie … besessen. Steffi und ich sind immer zur Oma rüber, die hatte noch ein Bild vom Beni auf dem Kamin. Wir haben für ihn gebetet.«

Im Lichtkegel, der durch die Tür fiel, seilte sich an einem hauchdünnen Faden eine kleine Spinne ab und tanzte mit den Staubpartikeln.

»Der Papa hat die Mama angefleht, ihm zu vergeben, er hat gesagt, er müsse mit dieser Schuld leben, sein eigenes Kind getötet zu haben. Aber die Mama hat einfach so getan, als hätte es den Beni nie gegeben. Der Papa war dann immer nur weg mit dieser AGBG, er hat sich oft mit Hans getroffen, danach war er immer etwas ruhiger. Er schien mehr Hoffnung zu haben. Hans war davon überzeugt, noch etwas bewirken zu können, damit wir eine Entschädigung bekommen. Der Papa hat der Mama gesagt, mit dem Geld würden wir nach Kanada gehen und ganz neu anfangen. Auch dazu hat sie nichts gesagt. Er hat sie oft mitten in der Nacht angerufen, von irgendwoher. Man hat nichts gehört, deshalb vermute ich, dass er lange gesprochen hat, während Mamas Antworten ganz kurz waren. Ja, nein, aha, das will ich nicht. So was. Er kam fast gar nicht mehr heim. Das war im September.«

»2011?«, hakte Irmi nach.

»Ja.«

»Und dann hat deine Mutter ihn als vermisst gemeldet?«

»Ja, er war in München zum Demonstrieren. Das wussten wir ja. Wir haben ihn sogar im Fernsehen gesehen.«

»Zwei Tage später war er aber noch in Denklingen am Lech!«

»Ich weiß.«

»Das weißt du? Deine Mutter war sich all die Jahre sicher, er sei nach der Demo in München verschwunden.«

Nun fiel es Irmi doch schwer, die Fassung zu bewahren.

»Der Papa und ich haben uns geschrieben.«

»Geschrieben?«, fragte Irmi.

»SMS?«, schlug Andrea vor.

Bettina nickte.

»Du wusstest also, dass er in Denklingen war. Und dann?«

»Dann war er wirklich weg. Er hat auf meine SMS nicht geantwortet.«

»Und wieder hast du nichts gesagt?«, fragte Irmi, die sich bemühte, auf den emotionslosen Ton einzusteigen. Sie wollte Bettina keinesfalls Vorwürfe machen, sie wollte nur, dass das Mädchen weitererzählte.

»Das hätte nichts geändert.« Bettina zögerte. »Ganz im Gegenteil.«

»Inwiefern?«

»Steffi hatte angefangen, sich zu ritzen. Mama war mit ihr ständig bei irgendwelchen Psychologen, ein paar Mal war Steffi tageweise in Hochried. Die beiden hatten genug zu tun.«

Die Klinik Hochried bei Murnau, wo Kinder- und Jugendpsychiater, Psychologen und andere Fachkräfte versuchten, kranke Seelen zu heilen. Die Mutter hatte mit der jüngeren Schwester zu tun gehabt, so wie sie vorher mit dem behinderten Bruder zu tun gehabt hatte. Auf Bettina hat nie einer gesehen. Bettina hatte das alles mit sich ausgemacht. Sie war damals erst vierzehn gewesen. Irmi fröstelte.

»Nach acht Tagen kam eine SMS. Ich sollte nach Scharnitz kommen. Und keinem etwas sagen. Auf gar keinen Fall.«

»Und dann? Wie bist du hingekommen?«

»Mit dem Zug«, sagte sie, als führen vierzehnjährige Mädchen aus dem Loisachtal ständig mit dem Zug nach Tirol. »Er hatte mir den Weg beschrieben. Ich sollte bloß zu einem großen Wanderparkplatz laufen. Papa hat mich mit einem Pickup abgeholt. Wir sind auf seine Alm gefahren. So weit, wie man halt fahren konnte. Dann sind wir zu Fuß weiter.«

»Und da hat sich dein Vater die ganze Zeit aufgehalten?«

»Bis zum Oktober 2013. Dann war er wirklich weg.«

»Was heißt das?«

»Er hat mir am 12. Oktober eine SMS geschrieben, dass es jetzt losgeht. Dass das Wetter nur grade so schlecht sei. Dass wir aber bald alle wieder zusammen sein würden. Und dann kam nichts mehr. Es hatte geschneit, ich musste warten. Ein paar Tage später bin ich wieder auf die Alm. Der Papa war weg. Die Margit wusste auch nichts.«

»Wer ist die Margit?«

»Die kommt aus Zirl und ist im Sommer mit ihrer Familie unten auf der Kristenalm. Die waren aber schon wieder im Tal und wussten auch nichts, als ich angerufen habe. Die fragen wenig.«

Eine Familie aus Zirl, die ganz in der Nähe von Schwaigers Hütte eine Alm bewirtschaftete! Es hatte also Menschen gegeben, die ihn in den Jahren zwischen 2011 und 2013 gesehen und mit ihm gesprochen hatten. Die ganz in seiner Nähe gelebt hatten – nur eben weitab vom Rest der Welt. Ende Oktober 2013 war Schwaiger dann endgültig verschwunden. Er war ermordet und etwa hundert Kilometer entfernt von seiner Alm am Lech verscharrt worden. Wie war er dorthin gelangt?

»Woher hatte er das Auto?«

»Von Hans Zimmermann. Der Papa hat gesagt, es ist besser, man fährt mit einem gepflegten Auto rum, da fällt man der Polizei nicht auf. Es war kein Protzding, sondern einfach ein Pickup, wie ihn viele Bauern haben.«

Hans Zimmermann war also auch mit im Boot gewesen. Sie hatten es der Welt beweisen wollen. Sie hatten versucht, an Stellschrauben zu drehen, die man besser nicht anfasste. David gegen Goliath. Schwaiger und Zimmermann gegen die Agrarindustrie, gegen deren Vertreter und gegen die Politik. Und inzwischen waren beide tot.

»Ich frage dich das nur ungern, Bettina: Hast du gewusst, was dein Vater vorhatte?«

»Zuerst nicht.«

»Zuerst?«

»Der Winter kam sehr schnell. Ich hab immer noch gehofft, der Papa meldet sich. Ich konnte dann erst im Juni wieder auf die Alm. Alles war unberührt. Ich hab seinen Laptop mitgenommen.«

»Das war also im Frühsommer letzten Jahres?«

»Ja, und ich hab alles gelesen.«

»Auch verstanden?«

»Ja.«

»Du weißt also, dass dein Vater wissentlich Keime einschleusen wollte?«

»Ja.«

»Du weißt auch, wo?«

»Bei Rupert Urban. Drum hat er den Papa ja auch umgebracht.«

In ihrer Stimme war kaum Modulation. Es war gespenstisch.

»Als du im Sommer erfahren hast, was dein Vater vorhatte, warum hast du niemandem davon erzählt?«

»Wozu?«

»Wozu? Hör mal, Bettina, wenn dein Vater seine Pläne umgesetzt hätte, dann hätte es nicht nur Tiere, sondern auch Menschen getroffen.«

»Die Oma sagt immer: Hätte, hätte, Fahrradkette. Er war ja weg. Er konnte den Plan nicht ausführen. Was hätte es denn gebracht, wenn ich's erzähle?«

Das hatte eine Logik, der Irmi kaum widersprechen konnte.

»Er hätte ja einfach wieder untergetaucht sein können. Ist dir der Gedanke gar nicht gekommen, Bettina?«

»Nein.«

»Nein?«

»Seine Sachen waren ja alle noch auf der Alm.«

»Seine Sachen?«

»Na ja, die Gläser und so, wo er das Zeug gezüchtet hat, also ...«

In Irmis Innerem explodierte etwas. »Du meinst, da

oben im Berg befindet sich ein Chemielabor mit einem tödlichen Gift?«

»Na ja ... das kann ja nicht raus.«

Andrea entwich ein entsetzter Laut.

Bettina sah sie an. »Er hätte sich doch bei mir gemeldet. Ich wusste, dass er tot ist.« Zum ersten Mal zitterte ihre Stimme ein wenig. »Und als ihr dann mit der Nachricht wegen der Hüfte und so gekommen seid, dann wusste ich es gewiss. Ihr habt den Mörder ja schon, aber die Polizei braucht doch ein Motiv, oder?« Nun klang sie auf einmal doch wie ein kleines Mädchen. »Jetzt habt ihr eins: Der Papa wollt die Rinder vom Rupert vergiften, der hat's rausbekommen und den Papa ermordet.«

Irmi hatte die letzten Jahre vor vielen Tragödien gestanden, aber diese überstieg gerade ihr Fassungsvermögen. Sie versuchte, innerlich ihre Gedanken zu sortieren und Klarheit zu bekommen, was sie nun tun mussten. Schritt für Schritt, um bloß keine Fehler zu machen. Bettina hatte ihr ein Motiv geliefert, eine Kausalkette, die jeder Kriminalist genauso zusammengefügt hätte. Das war das letzte Glied, das gefehlt hatte, denn auch Irmi waren eine alte Familienfehde und ein Streit zwischen Aktivisten und einem großkopferten Großbauern immer zu wenig gewesen. Aber nun hatte sie wirklich ein Motiv.

In jedem Fall mussten sie Urban damit konfrontieren, doch das hatte auf ihrer inneren Liste nicht oberste Priorität. Auch das Ableben dieses Hans Zimmermann musste geklärt werden. Die beiden hatten Chemiebaukasten gespielt mit dem gefährlichsten Nervengift der Welt. Ganz oben auf ihrer Liste stand momentan jedoch diese Alm.

Sie mussten hinauf, auch der Hase. Und dann gab es noch einen Punkt: Wo war Schwaiger ermordet worden? Am Fundort? Dann hätte man doch irgendwo sein Auto finden müssen!

»Ich habe noch eine Frage, Bettina: Was war das für ein Auto, das sich dein Vater von Hans Zimmermann geliehen hatte? Weißt du die Marke?«

»Es war ein roter Mazda, BT-50.«

»Und das Kennzeichen?«

»DEG HZ 1213.«

Andrea hatte sich schon die ganze Zeit Notizen gemacht. Irmi konnte sich darauf verlassen, dass sie auch das Kennzeichen notieren würde.

»Wir müssen unbedingt auf diese Hütte fahren, und du müsstest mitkommen, Bettina.«

»Hmm …«

»Du solltest deiner Mutter eine Nachricht hinterlassen, damit sie sich keine Sorgen macht. Und natürlich muss deine Familie die ganze Geschichte erfahren.« Irmi nahm sich vor, Frau Dr. Magreiter zu kontaktieren, eine Familienpsychologin, mit der sie schon öfter zusammengearbeitet hatte. Das Gespräch zwischen Bettina und ihrer Familie musste unbedingt begleitet werden. Was für ein steiniger Weg lag vor ihnen! Das Leben gönnte den Schwaigers gar keine Pause.

»Du kannst uns zu dieser Alm führen, Bettina, oder?«

»Schon, bloß …«

»Ja?«

»Sie brauchen einen Allrad. Und am Schluss ist es ziemlich schottrig, und alles rutscht.«

»Dann organisieren wir halt das passende Auto. Und du denkst an den Zettel für deine Mutter?«

»Was soll ich denn schreiben? ›Fahr mit der Polizei ins Karwendel‹?«

Die Frage war berechtigt. Irmi wollte Anna Schwaiger nicht beunruhigen, aber sie konnte Bettina kaum empfehlen zu lügen. Schließlich war sie die Polizei.

»Ich schreib der Mama lieber eine SMS. ›Bin bei Mia.‹ Das ist eine Freundin von mir. Da hat man keinen Handyempfang, und Festnetz haben die auch nicht. Mias Mutter ist immer besoffen. Dass man mich da nicht erreichen kann, weiß die Mama eh. Ich bin volljährig. Wir schreiben hier selten Zettel. Entweder man kommt wieder oder eben nicht.«

Oder eben nicht … Viele im Leben dieser jungen Frau waren nicht mehr wiedergekommen. Der Bruder, der Vater, die Tiere.

Irmi nickte Andrea zu, die nach draußen ging, um zwei Allradfahrzeuge zu besorgen, mit viel Bodenfreiheit. Ein Cabrio war da wirklich fehl am Platz. Irmi hatte zwar mal ein Jahr lang einen SUV gefahren, sich aber nie darin wohlgefühlt. Der SUV war verkauft worden, und Irmi hatte sich wieder ein gebrauchtes Audi Cabrio zugelegt. Ohne viel Schnickschnack.

Außerdem würde Andrea den Hasen schon mal vorwarnen wegen des bevorstehenden Bergeinsatzes. Sie hatte eine besänftigende Wirkung auf den Kollegen. Vielleicht weil sie beide Außenseiter waren. Beide gefangen in ihrem Ich, beide auf ihre Art brillant. Und so gelang es Andrea sogar, den Hasen von einer größeren Meuterei abzuhalten.

Es war halb vier, als sich die kleine Karawane auf den Weg machte. Irmi fuhr zusammen mit Andrea und Bettina den einen Land Cruiser, gefolgt von einem zweiten, in dem der Hase, Sailer und zwei Männer von der KTU saßen. Es war eigentlich viel zu spät, aber Irmi wollte keinesfalls warten. Am Himmel türmten sich zwar die Wolken, doch laut Regenradar sollte es trocken bleiben. Irmi hatte eine grobe Vorstellung, wo diese Alm lag. Der Weg dorthin war bei nassen Verhältnissen sicher kein Spaß. Sie passierten Mittenwald und fuhren in Scharnitz ein, wo sich Irmi immer fragte, wer wohl bei Tirol Klassik Oldtimer einkaufte. Jens hatte den Laden mal gegoogelt und herausgefunden, dass der Besitzer ein ausgemachter Porsche-Fan war. Jens hatte ein 356 Cabrio Baujahr 1955 erstanden – leider nur in seiner Fantasie. »Damit fahren wir über die südsteirische Weinstraße bis nach Maribor. Und dann suchen wir auf der slowenischen Seite ein Weingut. In Jeruzalem«, hatte Jens herumgesponnen. Sie waren dann später mit Fahrrädern über die Weinstraße geradelt und auch nach Jeruzalem. »Vergiss die Toskana«, hatte Jens gesagt. »Hier würde ich gerne alt werden mit dir.« Ihnen beiden war klar gewesen, dass sie genau das nicht tun würden. Ein Weingut in Slowenien kaufen …

In Scharnitz priesen Tafeln immer noch hochprozentigen Strohrum an, und der Tanktourismus boomte.

Dann ertönte von Bettina: »Jetzt links!« Das Sträßchen verengte sich und stieg an. Da war das Gasthaus Wiesenhof, wo Irmi schon mal ein sehr gutes Hirschragout gegessen hatte, nachdem sie mit Jens in der Gleirschklamm gewandert war.

»Wir müssen das ganze Tal hoch«, sagte Bettina.

Der Forstweg entpuppte sich als Forstautobahn. Er führte hinunter ins Isartal und auf der anderen Seite wieder hinauf. Ein paar große Brocken lagen im Weg, die aus der Wand gepurzelt waren. Sie waren mitten im Karwendel, mitten in diesem abweisenden, grauen Gebirge. Rechts lag die Klamm, weit unten toste das Wasser. Irmi fuhr hochkonzentriert.

»Sie fahren gut«, sagte Bettina.

»Danke.«

»Es gibt auch einen Weg über die Wengertalalm und die Zirmalm, aber da kann man gar nicht fahren«, sagte Bettina und wies in einer Kehre nach rechts. »Da geht's zur Oberbrunnalm. Wir müssen geradeaus weiter.«

Der Almboden weitete sich, das Vieh war längst unten im Tal, dafür gab es einen Bilderbuchblick mit buntem Herbstlaub. Ein Holzschild wies zur Kristenalm.

»Da lang.«

Der Weg wurde nun schottriger und stieg weiter an. Bald erreichten sie die Kristenalm, die verlassen dalag.

»Die machen immer Anfang Oktober zu«, erklärte Bettina.

»Und jetzt?«

»Ein Stück weiter kommen wir noch.«

Das Stück endete nach etwa fünfhundert Metern. Sie durchfuhren noch einen Bach, dann war das Tal zu Ende, und der Blick ging die Wände hinauf. Es war für Irmi immer ein großer Moment, an einem Talschluss zu stehen, denn das bedeutete immer Aufbruch. Man konnte den Kopf in den Nacken legen und hinaufsehen zu einem

Joch. Der Weg war klar vorgegeben. Erwartung lag in der Luft.

Als sie ausstiegen, nahm die Kühle Besitz von ihnen. Der Schnee würde kommen, schon bald. Irmi konnte ihn riechen. Immer um diese Jahreszeit ging eine Veränderung in ihr vor. Sie freute sich auf den Spätherbst und den Winter. Früher hatte sie den Herbst gehasst, aber inzwischen schenkte er ihr Ruhe. Und sie kannte viele, denen es so ging. Sie bildeten die Front der Winterzeit-Liebhaber, die diese kurzen Tage mochten und die sinnlose Uhrenumstellerei zur Sommerzeit hassten.

»Oamol is der Tag halt rum«, brummte Bernhard dann immer. Die Zeitumstellung brachte nur Ärger mit den Melkzeiten. Und das Argument, es wäre dann länger hell, ließ er nicht gelten. »Es is immer gleich lang hell, der Mensch dreht bloß an der Uhr. Ham die koa Licht, die Leit, die unbedingt a Sommerzeit brauchen?« Die Landwirte und Handwerker, die den ganzen Tag draußen gearbeitet hatten, waren abends rechtschaffen müde und froh, dass ihnen mal keine Sonne mehr aufs Hirn brannte. Aber das war dem Bürostädter nur schwer verständlich zu machen.

Während der Hase und seine Leute ihr Equipment in zwei Rucksäcke packten, sah Irmi sich um und studierte die Wanderkarte, die sie auf dem Auto ausgebreitet hatte. Sie befanden sich mitten in der Welt der Klettersteige. Westlich von ihnen lag der Freiung-Höhenweg, östlich der Frau-Hitt-Sattel und der Innsbrucker Klettersteig. Sie waren gefangen zwischen den Bergriesen, die tiefe Wunden trugen. Man hatte sie mit Seilen, Haken und Leitern gespickt, und manchmal wehrten sie sich, indem sie diese Lästlinge einfach abschüttelten.

Der Platz war gut gewählt. Hier gingen zwar die Pfade der Alpinisten vorbei, doch einige hundert Meter entfernt war man weitgehend unsichtbar. Wenn ihn jemand gesehen hatte, wurde nicht darüber gesprochen. Es war eine verschwiegene Gegend.

»Wie weit ist es noch, Bettina?«, fragte Irmi.

»Nicht so sehr.«

Das waren Aussagen, die Irmi stets mit Vorsicht genoss. Fragte man Bergführer oder einheimische Bergfexe, befand sich die Hütte immer gleich hinter der nächsten Kurve. Entfernungen lagen ebenso im Auge des Betrachters wie die Steilheit des Weges.

Sie stapften los, am Fuß des Oberissjochs entlang. Noch war der Pfad gut zu gehen. Bettina legte ein ziemliches Tempo vor und wies dann nach links oben.

»Die Fleischbanktürme. Wir müssen ein Stück hinauf.«

Fleischbankspitze, Fleischbanktürme – solche Flurnamen hatten im Gebirge immer damit zu tun, dass dort Tiere abstürzten. Diese Berge fanden wenig Eingang in die Gipfelbücher der Karwendelalpinisten. Die charakteristische Erlspitze gleich nebenan war dagegen ein beliebter Berg. Die Menschen kamen über das Solsteinhaus und schossen dort oben ihre Gipfelselfies, die Fleischbänke aber hatten nur wenige Besucher, auch weil ihr Gestein äußerst brüchig war.

»Da ist in der Karte aber nirgends eine Hütte eingezeichnet«, bemerkte Irmi.

»Ja, ich weiß. Das ist eine alte Hütte. Der Opa hat sie

mal vor ewigen Zeiten gepachtet, soweit ich weiß. Es gibt einen alten Pachtvertrag mit den Österreichischen Bundesforsten, der weiterläuft, solange bezahlt wird. Der Opa war sicher seit zwanzig Jahren nicht mehr heroben und von uns eh keiner. Aber der Papa kannte die Hütte.«

Eine vergessene Hütte eines fast vergessenen Mannes. Und da war sie auf einmal. Gut getarnt. Man hatte sie an die Felswand gebaut, ihre Rückwand schien mit dem Felsen verschmolzen zu sein. Sie hatte ein graues verwittertes Blechdach und war sicher keine Bilderbuchhütte, eher eine etwas zu groß geratene Biwakschachtel.

Irmi vermied jeden Blickkontakt mit dem Hasen, denn sie befürchtete wegen des anstrengenden Aufstiegs eine seiner üblichen Schimpftiraden.

»Endlich mal ein Ort, der Freude macht, Frau Mangold«, sagte er plötzlich, und Irmi wäre fast rückwärts über einen Felsen gestolpert. »Kein Staub wie im Flachland. Und endlich mal Ruhe.«

»Ja, Geschmäcker und Ohrfeigen san verschieden«, bemerkte Sailer, der auch sehr aufgeräumt wirkte. Irmi fühlte sich, als hätte sie ihren Männern eine Bergtour und einen Abenteuerurlaub gegönnt. Camel Trophy auf Staatskosten ... Selbst Andrea, die sie gar nicht für so sportlich gehalten hätte, wirkte energetisch aufgeladen. Das war der Geist der Berggötter. Irmi lächelte ein wenig und fühlte sich besser.

An der Hütte angekommen, zog Bettina unter einem Stein den Schlüssel hervor. Wenig später öffnete sich knarzend die Tür zu einem kleinen Raum mit Holzherd, der gleichzeitig auch heizte. Es gab einen Tisch, eine Bank, eine Spüle. Auf dem Tisch stand eine leere Emailletasse, in einer weiteren befand sich Zucker. Auf dem Teller lagen eine Käserinde und ein paar Brösel. Gespenstisch war das. Eine steile Hühnerleiter führte hinauf ins Obergeschoss, wo höchstens drei Schläfer Platz hatten. Zwei Matratzen, zwei Schlafsäcke und Wolldecken lagen noch da. Hier hatte Schwaiger zwei Jahre gelebt? Das war schwer vorstellbar.

»Sag mal, wie hat dein Vater das gemacht? Strom, Laptop, er musste doch ins Internet?«

»Er hatte ein Satellitentelefon und ist per Funk ins Internet gegangen, man kommt hier weiter oben ins österreichische Netz.«

Irmi spähte auf ihr Handy. Nichts. Das Wissen um ein Handynetz »weiter oben« entzauberte irgendwie und nahm dem Ort etwas von seiner Bedrohlichkeit. Auch hier war die Welt nur ein paar Tastendrucke entfernt.

»Und der Strom?«

»Solar und Stromerzeuger. Er war ja immer mal wieder unten, oft in Innsbruck. WLAN hat's doch überall.«

Ja, das war wohl so, bloß nicht bei Irmi in Schwaigen.

Unten gab es einen zweiten Raum, vom Hauptraum durch eine Tür getrennt, die so niedrig war, dass man gebückt eintreten musste. Das war wohl die Kommandozentrale gewesen. Zeitschriften und ausgeschnittene Artikel türmten sich, da standen Kanister mit Flüssigkeiten, Plastikdosen mit ekligem Inhalt, ein Zehnliterkochtopf, ein Petroleumkocher, mehrere Einweckgläser, ein Metallschrank, ein Tisch mit Wachstuchdecke, darauf in einem Holzkasten Gummihandschuhe, Holzbrett, Fleischermesser und Thermometer sowie zwei Hocker. War das die Giftküche?

Der Hase war gebrieft und wusste, wonach er suchen musste.

»Was ist das alles um Himmels Willen?«, fragte Irmi.

»Ich nehme an, dass er mit dem Propan das Medium kochen wollte. Man könnte die Geflügeltiefstreu zehn Minuten bei achtzig Grad erhitzen, um die Gegenspieler von Clostridium botulinum zu beseitigen. Im Blechkasten hat er wohl seine Einweckgläser untergebracht. Bei zwanzig bis fünfundzwanzig Grad Celsius gedeihen die Bakterien ganz wunderbar«, erklärte der Hase und war voll in seinem Element.

Irmi ging mit Andrea, Sailer und Bettina nach draußen. Sie standen ohnehin nur im Weg herum, während der Hase herauszufinden versuchte, ob Schwaiger hier ermordet worden war.

Lange Schatten lagen über den Tälern. Bettina hatte sich auf einen Fels gehockt, und Andrea war ihr gefolgt. Sie ging vor dem Mädchen in die Knie, und auf einmal begann Bettina zu schluchzen. Andrea nahm sie in den Arm, nun konnte das Mädchen zum ersten Mal eine jüngere Schwester sein und hatte eine größere bekommen. Was hatte Kilian Schwaiger seiner Tochter nur angetan! Was hatte er ihr aufgebürdet!

Irmi wischte sich ein paar Tränen aus den Augenwinkeln, Sailer reichte ihr ein Taschentuch.

»Es is guat, wenn's woant«, sagte Sailer leise.

Während Sailer beim Hasenteam blieb, um es später sicher zu Tale zu chauffieren, machten sich Irmi, Andrea und Bettina auf den Rückweg. Es war dunkel, bis sie den Wagen wieder erreicht hatten. Irmi war heilfroh, dass sie alle ohne Blessuren angekommen waren. Andrea war einmal ausgerutscht, aber nur auf den Allerwertesten geplumpst.

Irmi steuerte den Wagen vorsichtig zu Tale, im Dunkeln war das Unterfangen ungleich anstrengender. Ihre Beifahrerinnen schwiegen, und sie waren schon in Krün, als Irmi dann doch fragte: »Was wirst du deiner Mutter sagen, Bettina?«

»Die Wahrheit. Aber nicht mehr heute. Sie schläft jetzt eh.«

Stimmte das?

Offenbar spürte Bettina ihre Zweifel. »Sie nimmt starke Schlaftabletten. Ich hau auch nicht ab oder so. Sie können mich ja bewachen lassen.«

Irmi schluckte den kurz aufflammenden Ärger hinunter und sagte dann: »Ich würde dir gern eine Psychologin zur Seite stellen.«

Bettina zuckte mit den Schultern. »Wenn Sie meinen.«

»Es kann auch einer von uns dabei sein.«

»Andrea könnte kommen und dann gleich den Sattel mitnehmen. Den haben wir ja vergessen.«

Irmi überlegte kurz. Konnte sie das der jungen Kollegin aufbürden? Aber hatte sie nicht immer propagiert, den Jungen mehr zuzutrauen?

»Dann bestelle ich Frau Dr. Magreiter für morgen um acht zu euch«, erklärte sie. »Stefanie und die Großeltern sollten bei dem Gespräch auch anwesend sein. Einverstanden?«

»Ich denke schon. Morgen hat Steffi eh später Schule, soweit ich weiß. Und ich muss auch erst zur vierten Stunde da sein.«

»Aus ermittlungsstrategischen Gründen wäre ich dir sehr dankbar, Bettina, wenn du deiner Familie noch nichts davon sagen würdest, dass dein Vater erst 2013 verschwunden ist.«

Bettina bedachte sie mit einem fast mitleidigen Blick. »Bei uns redet man schon lange nicht mehr über den Papa. Das Grab ist zu. Oma und Opa reicht das. Es wäre ja noch peinlicher für die Familie, wenn bekannt würde, dass der Karibik-Kili im Karwendel war und die arme Familie nichts gewusst hat. Manchmal sind wir die armen Schwaiger-Mädels, dann wieder die Töchter des Quertreibers. Steffi hat deswegen die Schule gewechselt. Wir reden nicht.«

Sie ließen Bettina aussteigen und sahen sie im Schein des Hoflichts ins Haus gehen.

»Sie wird nichts Unüberlegtes tun«, sagte Andrea. »Sie ist schon einen so weiten Weg gegangen. So ein, ein …«

»So ein Scheiß, würde Kathi sagen«, murmelte Irmi. »Ich hoffe, sie hält durch. Schaffst du das morgen?«

»Ja.«

10

AN DER SCHWELLE

Peter Hartung ist stolz auf seinen Biobetrieb. Auf 900 Hektar baut er Roggen, Dinkel und Hafer an, dazu Kartoffeln, Heil- und Gewürzpflanzen. Er kaufte den ehemaligen Pferdezuchtbetrieb 1990, renovierte und schuf eine blühende Ökolandwirtschaft, all seine Produkte sind biozertifiziert. Hartung war immer der Meinung, dass man den Konsumenten zu mehr Respekt im Umgang mit Ressourcen »erziehen« könne. Das glaubte er, bis ein Kunde, der aus Hartungs Biokamille Tees herstellt, alarmierende Ergebnisse vorlegte. Die Kamille war mit Herbiziden belastet, die in der konventionellen Landwirtschaft eingesetzt werden. Der Kunde drohte mit einem Prozess. Hartung ließ Bodenproben nehmen, doch nichts war zu finden. Ein Institut analysierte die Luftqualität, und siehe da: Die beanstandeten Wirkstoffe vermengen sich mit der Luft und verbreiten sich über viele Kilometer. Hartung ist am Boden zerstört. Er wirtschaftet sorgfältig, mit Herzblut und Hingabe, und doch entkommt er nicht. »Als Biobauer kannst du in dieser Welt nicht sicherstellen, dass in deiner Ware nicht doch Rückstände von Chemie sind.«

Die EU will die Schwellenwerte für Verunreinigungen in Bioprodukten, etwa durch Pestizide, Herbizide oder Schwermetall, auf das Niveau von Babynahrung heruntersetzen. Die EU-Kommissare wollen damit dem Verbraucher ein gutes Gefühl geben, und die Bauern müssten dann für die Reinheit haften. Biobauern haften also dafür, dass die konventionellen Betriebe weiter Pestizide verwenden. Ein Verursacherprinzip gibt es nicht. Was wird passieren? Biobauern werden aufgeben und wieder den konventionellen Weg beschreiten, denn allein die Kosten für die Analysen sind horrend. Der Bundeslandwirtschaftsminister will gegen die Schwellenwerte vorgehen und erreichen, dass die

EU-Kommission den Verordnungsentwurf zurücknimmt. »Aber was ist das für ein Signal?«, fragt Hartung frustriert. »Wir sollten nicht mit Schwellenwerten jonglieren, sondern generell umdenken. Sonst steht die Zukunft unserer Kinder vor dem Aus.«

<u>Quelle</u>: Westfälische Nachrichten

Es war halb eins, als Irmi endlich wieder daheim war. Obwohl sie todmüde war, wollte sich der Schlaf nicht einstellen. Bettina, die Hütte, der Amtstierarzt, Urban, der Schädel, die Knochen – die Bilder wirbelten immer schneller durch ihren Kopf. Schließlich fiel sie doch in einen unruhigen Schlaf.

Irmi erwachte um halb acht völlig gerädert. Sie stürzte einen Kaffee hinunter und fuhr ins Büro, wo – oh Wunder – Kathi saß.

»Welch hoher Besuch. Auf der Durchreise, oder hast du vor zu bleiben?«

»Ja, ich weiß ...«

»Ach, du weißt? Andere, die der Arbeit zwei Tage fernbleiben, rufen an. Oder haben ein Attest vom Arzt. Hast du eines?«

»Nein, aber ...«

»Aber? Aber was? Glaubst du, du bist die einzige Mutter, deren Tochter erwachsen wird? Wenn all diese Frauen der Arbeit fernblieben, wäre es sehr still in den Büros, Banken, Schulen und Kindergärten unseres Landes. So geht das nicht, Kathi!«

Irmi konnte sich meist beherrschen, aber heute ging es mit ihr durch. Sie war müde und ausgelaugt und hatte das Gefühl, trotzdem die ganze Arbeit machen zu müssen, während Kathi im Gebirge den Lover der Tochter aufspürte. Wundersamerweise schwieg Kathi weiter.

»Ach ja, wir waren auch im Gebirge auf einer Hütte. Unsere war aber kein Liebesnest, sondern eine Giftküche. Falls es dich interessiert, frag doch mal Sailer, was die letzten Tage hier so passiert ist. Ich muss zur Staatsanwaltschaft.«

Dort musste Irmi die neue Sachlage darlegen. Sie hatten nun ein Motiv. Und Urban würde hoffentlich in U-Haft bleiben. Diese neuen Erkenntnisse gaben ihr vielleicht Zeit. Andrea, die Psychologin und die Familie Schwaiger saßen nun schon seit einer Stunde zusammen. Sollte sie ihre Kollegin mal anrufen? Doch Irmi verbot sich das. Andrea würde die richtigen Worte finden. Auch, wenn viele Alsos und Ähs dabei waren, so war sie doch authentisch, und das war wichtiger.

Als Irmi ihr Büro betrat, klingelte das Telefon. »Da ist eine Frau Dr. Koslowa in der Leitung. Soll ich durchstellen?«

»Bitte.«

Wenig später hatte sie Dr. Olga am Apparat. »Sie hatten vergeblich versucht mich zu erreichen? Ich war in Konstanz.«

»Ich weiß. Wir telefonieren Ihnen schon ewig hinterher.«

»Mit Verlaub, ich wüsste nicht, dass es ein Gesetz in Deutschland gibt, das besagt, man müsse immer und überall erreichbar sein«, entgegnete die Biologin sehr schnippisch.

»Das mag sein, liebe Frau Dr. Olga. Es ist aber in Deutschland und keinem Land der Welt rechtens, dass man lügt. Sie haben mir verschwiegen, dass Sie ein Verhältnis mit Schwaiger hatten.«

Es blieb still in der Leitung.

»Wo befinden Sie sich?«

»Wieder in Iffeldorf.«

»Dann bewegen Sie sich doch bitte hierher nach Garmisch. Und zwar sofort.«

»Ich beeile mich«, versicherte die Forscherin mit gepresster Stimme.

Irmi beschloss, den Besuch von Olga Koslowa abzuwarten, bevor die Befragungen von Rupert Urban in eine neue Runde gingen. Natürlich mussten sie immer noch beweisen, dass Urban etwas von den Anschlägen gewusst hatte. Aber je mehr sie nun erfuhren, je weiter sie den Todeszeitpunkt einkreisen konnten, desto realistischer wurde das.

Irmi versuchte, sich mit liegen gebliebenem Schreibkram abzulenken. Kathi tauchte nicht auf, Andrea rief nicht an. Irgendwann steckte Sailer den Kopf zur Tür herein.

»Es is was Ungeheuers passiert.«

»Bitte?«

»De Kathi woant. Im Gang. Sie tut so, als tät sie ned woana. Frau Mangold, wenn des passiert, is der Weltuntergang nah. Oder so was.«

Kathi weinte? Irmi konnte sich nicht erinnern, das jemals erlebt zu haben. Und sie hatte schlagartig ein schlechtes Gewissen. Hätte sie weniger hart sein sollen? Hätte, hätte, Fahrradkette?

»Sonst noch was, Sailer?«

»Eine Frau Doktor ...«

»Frau Dr. Koslowa?«

»Genau die. Die wui zu Eahna.«

»Dann herein mit der Dame.« Sollte sie Kathi dazubitten? Nein, sie war immer noch zu verschnupft und fand, dass nicht immer sie nachzugeben hatte. Auch wenn sie bestimmt die Klügere war.

Die Wissenschaftlerin trug Jeans, eine royalblaue Bluse und einen Blazer. Ohne die monströse Wathose wirkte sie noch zerbrechlicher und durchaus apart. Irmi beschloss, sich lange Vorreden zu sparen.

»Sie haben mir mal gesagt, ich zitiere: ›So vertraut waren wir nicht.‹ Das erscheint mir nach dem jetzigen Kenntnisstand als Lüge. Sie hatten ein Verhältnis mit ihm.«

Olga Koslowa schien abzuwägen: Wahrheit oder Pflicht? Sie sah Irmi in die Augen. Diese wartete, sie würde keinesfalls als Erste wegsehen. Das hatte sie lange trainiert, es war nämlich gar nicht so einfach, jemanden unverwandt anzusehen.

»Ein Verhältnis ... das klingt ...« Olga Koslowa zögerte.

»Wie Sie das nennen, ist mir egal. Verhältnis, Affäre, Beziehung. Sie kannten ihn besser als viele andere.«

»Was ich Ihnen schon in unserem ersten Gespräch vermitteln wollte: Nur wenn man mit jemandem schläft, dringt man noch lange nicht in seine Seele ein.«

»Sie kommen mir aber jetzt nicht mit der alten Leier von ›Sex geht auch ohne Liebe‹? Ohne ihnen jetzt zu nahetreten zu wollen: Sie sind zu klug und zu erfahren für eine wilde Sexnummer. Dann hätten Sie einen ihrer Studenten nehmen können. Nennt man einen jugendlichen Liebhaber heutzutage nicht Toy Boy? Und Kilian Schwaiger war bestimmt kein Toy Boy.«

»Das wissen Sie einfach so, Frau Mangold?« Sie klang ein wenig spöttisch. Es war ein verbales Kräftemessen, dessen Ausgang noch ungewiss war.

»Ja, das weiß ich. Und ich biete Ihnen noch mal an, mit mir zu kooperieren. Ein letztes Mal.«

»Und sonst? Das war doch eine Implikatur?«

»Drohungen setze ich nur bei weniger Belichteten ein. Bei Ihnen lasse ich solche billigen Kartentricks.«

»Kein Ass im Ärmel, Frau Mangold?«

»Ich spiele fair.«

Olga Koslowa ließ den Blick durch den Raum schweifen. Sah sich das Bild einer Kuh an, die gelb-orange war und auf deren Kopf eine blaue Heuschrecke saß. Irmi hatte es einst auf einem Kunstmarkt in Bozen erstanden. Sie liebte dieses Bild. Es war kühn und schlicht zugleich.

Die Forscherin befeuchtete ihre Lippen, nahm ein Pfefferminz aus ihrer Tasche und sagte schließlich:

»Ich spiele auch fair. Kili und ich hatten eine Beziehung, die ich nicht näher definieren möchte. Wir haben uns bei der AGBG kennengelernt, ich war fasziniert von seinem Willen und auch ein wenig abgestoßen von seiner Aggressivität.«

Irmi schwieg. Das klang nach einer gefährlichen Anziehungskraft. Diese Frau hätte sicher keinen Gefallen an einem weichgespülten Öko gefunden. Und Kilian Schwaiger war ein attraktiver Mann gewesen. Irmi wäre er zu klein gewesen, zu schmal, aber er hatte etwas gehabt, hatte ein wenig ausgesehen wie Robbie Williams, bevor der auseinandergegangen war.

»Wenn ich mich wiederhole, verzeihen Sie mir das bitte«, fuhr Dr. Olga Koslowa fort. »Es war schwer, an Kili heranzukommen. Sex hat wirklich nichts mit der Seele zu tun. Aber Sie haben natürlich recht. Es gab eine Ebene der Intimität, die man nicht mit jedem teilt.«

»Kilian Schwaiger war ein gebrochener Mann. Nach Aussagen vieler Menschen hatte er sich verrannt, das haben auch Sie ein wenig so empfunden. Was wollten Sie von ihm? Wollten Sie ihn retten?«, fragte Irmi und sah sie unverwandt an.

»Ich leide nicht unter dem Helfersyndrom. Und Masochistin bin ich auch keine. Drum hab ich wohl auch keinen Ehemann.« Sie stockte. »Glauben Sie mir bitte, wenn ich Ihnen sage: Ich weiß bis heute nicht, was ich eigentlich wollte.«

Irmi lächelte ganz leicht. Das Gespräch hatte eine unmerkliche Wendung genommen. Sie saßen sich jetzt gegenüber, nicht wie zwei Freundinnen beim Beziehungsratsch, das nicht, aber wie zwei Frauen, die in eine Talkshow eingeladen worden waren – zum Thema »Unmögliche Beziehungen«.

»Ja, das glaube ich Ihnen. Dennoch frage ich mich: Die Familie dieses Mannes hat so sehr gelitten. Er hatte sie schon vor seinem Verschwinden aufs Abstellgleis gefahren. Er hat einen Kreuzzug geführt. Hatten Sie denn gar kein schlechtes Gewissen der Frau und den Töchtern gegenüber?«

»Er wäre auch ohne die Vergiftung seiner Tiere irgendwann gegangen. Und ohne den Tod des Kindes. Er war wie der Wind. Er war nicht dafür gemacht, an der Scholle zu kleben. In ihm war Aufbruch, Aufruhr, er war ein zutiefst getriebener Mensch. Er wäre nie zufrieden gewesen. Nirgends. Das war das Faszinierende an ihm. Es war eine Illusion seiner Frau zu glauben, sie könnte ihn halten. Ich habe Anna Schwaiger einmal kennengelernt, noch bevor wir, also … Sie war kein Bauerndummchen. Keine Landpomeranze. Sie ist intelligent, aber sie stand nicht mehr hinter ihm. Kili hat mir mal erzählt, dass er in Kanada neu anfangen wollte. Sie wollte das nicht, sie hatten sich längst voneinander entfernt. Er wäre nie bei ihr geblieben. Vielleicht ist er sogar nur wegen all der Krisen länger geblieben.«

Machte Dr. Koslowa es sich nicht zu leicht? Wollte sie nicht einfach nur ihren eigenen Anteil an der ganzen Sache überdecken? Im nächsten Moment hielt Irmi inne. Durfte denn gerade sie überhaupt eine solche Frage stellen? Machte sie es sich nicht auch zu einfach, wenn sie ihre jahrelange Beziehung zu einem verheirateten Mann damit entschuldigte, dass seine Frau Depressionen hatte? Sie alle führten viel zu schnell das Totschlagargument an: Er konnte halt nicht anders. Man konnte immer anders.

Irmi versuchte, das Bild von Jens aus ihrem Inneren zu verbannen und bemühte sich, Olgas Betrachtungen einfach stehen zu lassen.

»Meine entscheidende Frage lautet: Wussten Sie, dass er 2011 keineswegs endgültig verschwunden war?«, erkundigte sich Irmi.

»Ja«, erwiderte Dr. Koslowa.

Zwei Buchstaben – ganz schlicht, doch was für eine Tragweite hatte dieses kleine Wort. Irmi musste Ruhe bewahren, obgleich sie am liebsten gebrüllt hätte: Und das sagen Sie mir erst jetzt?

»Ich weiß, was Sie nun denken«, sagte Olga fast kleinlaut.

»Ach was!«

»Natürlich hätte ich Ihnen das erzählen sollen. Ich weiß, dass die allgemeine Lesart lautete, er sei nach der Feldherrnhallendemo verschwunden.«

»Schön, dass Sie zumindest einräumen, Sie hätten das mal erwähnen können. Wie lange hatten Sie Kontakt zu Kilian Schwaiger?«

»Bis November 2012.«

Das war ein Jahr vor seinem tatsächlichen Verschwinden und eines nach dem geglaubten.

»Sie wussten, wo er war?«

»Ja, er war auf dieser Hütte. Ich war ein paar Mal oben.«

Irgendwo in Irmis Innerem brandete eine Woge von Wut auf. »Was ist das nur für ein Wahnsinn. Alle möglichen Leute wussten, wo er ist. Nur seine Familie nicht.«

»Frau Mangold, Sie sind Polizistin. Sie müssen es am besten wissen: Er war doch kein Verbrecher. Es hingen keine Fahndungsplakate an den Bäumen oder in Bushaltestellen. Wie ist das mit Vermissten? Die stehen in einer Kartei, oder?«

Ja, so war das. Man hatte Schwaiger damals gesucht, aber er war und blieb verschwunden, und dann hatte er eben bleiern wie viele andere in der Vermisstenkartei gelegen. Olga hatte natürlich recht, er war ja nicht zur Fahndung ausgeschrieben gewesen. Und das Karwendel war still – oder zumindest schien sich niemand ernsthaft über den Mann in der einsamen Berghütte gewundert zu haben.

»Es war ja nicht so, dass er keine Kontakte gehabt hätte«, sagte Olga Koslowa. »Er kannte den Jäger, und er hat sich öfter auf der Kristenalm Käse geholt.«

»Und das kam niemandem komisch vor?«, fragte Irmi.

Olga lächelte ganz leicht, es lag Wehmut in ihren Zügen. »Er hat sich als Schriftsteller ausgegeben, der Ruhe braucht. Die Leute haben nicht gefragt, sie fragen selten, woher einer kommt, wohin einer geht. Sie fragen die Leute nicht aus. Die Hüttenwirtin auf der Kristenalm ist eine eher spröde, sehr fokussierte Frau. Sie schien ganz froh darüber zu sein, nicht an einer touristischen Hauptroute zu liegen. Wir saßen mal bei ihr, als jemand aus einer Wandergruppe sie gefragt hat: ›Was macht ihr denn dann im Winter?‹ Sie hat geantwortet: ›Ja, da leben wir mit Strom und können eine Heizung bedienen.‹ Ich hab irgendwann erfahren, dass sie einen Magistertitel in Mathematik hat und im Winter Matura-Vorbereitungskurse gibt. Sie ist keine, die die Leute ausfragt, keine, die Geschichten ins Tal trägt. Das war ein ganz eigener Kosmos da oben.«

Wieder einmal hatte Olga eine treffende Einschätzung abgegeben. Das Klischee der Hollareidulliö-Hüttenwirte war tatsächlich eher eine Erfindung des Fernsehens, und das Karwendel war immer schon eine ganz eigene Welt gewesen. Schon vor dreitausend Jahren hatten hier Menschen gesiedelt. Als Folge des Dreißigjährigen Krieges waren die Bauern aus dem Inntal immer weiter hinein ins Gebirge gezogen, um sich und das Vieh vor Plünderungen zu schützen. Es hatte dort immer Menschen gegeben, im Verschwiegenen. Und wahrscheinlich hätte Kilian Schwaiger seinen Platz nicht besser wählen können. Hätte er sich wirklich versteckt, wäre er aufgefallen. So aber, als Randexistenz, als Individuum einer Nebenwelt, hatte man ihn hingenommen wie die Wetterumschwünge, wie den Steinschlag. Er war da gewesen, aber keiner hätte darüber berichten wollen. Warum auch?

Irmi versuchte, den Faden wieder aufzunehmen. »Warum 2012? Warum ging es da auseinander?«

»Wir hatten uns gestritten. Mir wurden seine Thesen zu radikal.«

»Wussten Sie, dass er vorhatte, bei seinem Widersacher Rupert Urban Botulinumtoxin einzuschleusen?«

»Ich weiß, dass er mit so einer Idee schwanger gegangen ist, aber ich habe mich davon distanziert. Genau wie Hans Zimmermann.«

»Ach, den kennen Sie auch!«

»Er hat Kili unterstützt, ihm ein Auto zur Verfügung gestellt und ihn beraten. Er hatte selber Kontakte, auch in politischen Kreisen. Er wollte Druck machen, dass man chronischen Botulismus als Tierseuche anerkennt. Da war ich d'accord. Aber der Zweck heiligt nicht alle Mittel. Auch das war ein Grund für den Bruch.«

»Und Sie haben sich in all den Jahren nie gefragt, was aus ihm geworden ist? Haben Sie geglaubt, er ist immer noch dabei, Munition zu sammeln?«

»Wissen Sie denn, was Ihre Expartner so machen? Ist es nicht oft so, dass man sich im Zorn trennt und es keinen Weg zurück gibt?«

»Der Mann plante quasi ein Attentat! Das kann man doch nicht einfach ignorieren?«

»Ich hätte nie gedacht, dass er das wirklich durchzieht. Glauben Sie mir das bitte!«

»Als wir uns zum ersten Mal getroffen haben, waren Sie absolut überzeugend, als Sie meinten, er sei kein Suizidkandidat«, sagte Irmi. »Aber die Sache mit dem Anschlag konnten Sie einfach so wegdrücken?«

»Ich bin etwas ins Schwanken geraten, als Hans Zimmermann verunglückt ist. Ich ... ich ...«

Stille legte sich über den Raum, und es kostete Irmi Kraft weiterzusprechen: »Sie haben geglaubt, Ihr Exlover Kili habe einen Freund und Weggefährten getötet?«

Denn genau diese unglaubliche Annahme stand Olga in die Augen geschrieben.

»Ist es nicht furchtbar, dass ich ihm das zugetraut habe?«

»Das trauten Sie ihm also zu, aber nicht, diese Rinder zu vergiften? Warum?«

»Weil es Rinder waren«, sagte sie und betrachtete wieder die Kuh in Orange.

»Tierwohl vor Menschenwohl?«

»Ja.«

Olga Koslowa schaffte es, Irmi mit ihren knappen Jas wirklich aus dem Konzept zu bringen. Es wäre ihr lieber gewesen, sie hätte um den heißen Brei herumgeredet.

»Hat er nie an seine Töchter gedacht? Bettina wusste all die Jahre von seinem Versteck, sie hatte sogar noch ein Jahr länger als Sie Kontakt zu ihm.«

»Ich weiß von seiner Tochter. Sie war sein Augenstern. Er wollte, dass das Mädchen irgendwann stolz auf den

Vater sein kann. Ich habe sie nie getroffen. Einmal kam sie auf die Hütte, als ich da war. Ich konnte mich verstecken. Ich wäre fast erfroren, weil ich die ganze Nacht draußen gewartet habe, bis sie am Morgen wieder ging. Glauben Sie mir, Frau Mangold, ich wollte dem Mädchen nicht wehtun. Und ich habe auch Kili immer gesagt, dass es unrecht ist, das junge Ding da reinzuziehen. Ich habe sie auch in Gefahr gesehen.«

»Was heißt das denn nun wieder?«

»Hans Zimmermann und Kili sind bei ihren Recherchen vielen Menschen auf die Füße getreten. Einflussreichen Menschen, die vor nichts zurückschrecken.«

»Sie glauben, die hätten die Familie bedroht?«

»So was kommt vor! Auch hier. Nicht nur in meiner Heimat«, sagte sie leise. »Und Kili hatte viel Medienpräsenz. Das hat auch nicht allen gefallen.«

»Ein bisschen konkreter?«

»Kili ist immer wieder auf JJ Agrotop gestoßen. Und auch Zimmermann hat sie massiv kritisiert.«

»Was ist JJ Agrotop?«

»Eine Agrarhandlung in Augsburg. Die Abkürzung JJ steht für Janser und Jörg. Das Brisante daran: Es handelt sich dabei um den Bruder von Severin Jörg. Alle Landwirte im weiten Umkreis kaufen bei JJ. Und Bürgermeister Severin Jörg mit seinen Kontakten auf lokaler und regionaler Ebene hat da überall seine Finger im Spiel.«

Severin, mit dessen krummen Machenschaften auf der Gemeindewiese alles begonnen hatte, hatte also einen Bruder, der Pestizide vertrat? Das war mehr als brisant! »Und die vertreiben was?«

»Alles, was tötet. Auch Glyphosat. Ich habe Ihnen etwas von der firmeneigenen Website ausgedruckt.« Sie reichte Irmi ein Blatt, das diese rasch überflog.

Glyphosat ist ein nichtselektives Blattherbizid mit systemischer Wirkung. Es wird über die grünen Teile der Pflanze aufgenommen und mithilfe des Pflanzensaftes in der gesamten Pflanze verströmt. Daher werden auch mehrjährige Unkraut- und Ungrasarten nachhaltig bekämpft. Um unseren Kunden immer das günstigste Angebot machen zu können, kaufen wir bei JJ Agrotop das Produkt bei dem jeweils günstigsten Hersteller ein. Sicherheitshinweis: Seit dem 01.08.2003 gilt ein Verbot von glyphosathaltigen Pflanzenschutzmitteln auf Flächen, bei denen die Gefahr der Abschwemmung besteht. Gemäß § 10 Pflanzenschutzgesetz darf dieses Produkt nur von Personen verwendet werden, welche die erforderliche Zuverlässigkeit und fachlichen Kenntnisse für die Anwendung von Pflanzenschutzmitteln durch eine entsprechende Ausbildung als Gärtner, Land- oder Forstwirt oder einen entsprechenden Sachkundenachweis haben. Der Kunde bestätigt durch den Kauf, dass er die erforderlichen Voraussetzungen erfüllt, dass er das Mittel nur auf Kulturflächen einsetzen und der Gebrauchsanweisung und den gesetzlichen Vorschriften entsprechend anwenden wird.

Irmi schwieg eine Weile.
»Das muss man sich doch auf der Zunge zergehen lassen«, rief Olga Koslowa. »Der Kunde kauft, und der Ver-

käufer ist aus dem Schneider und muss gar nicht prüfen, an wen er das Gift abgibt! Noch besser finde ich die Aussage, man kaufe beim günstigsten Hersteller. Überall auf der Welt, wo Umweltschutz und Arbeitssicherheit vor Ort nichts zählen. Erst tötet es schleichend diejenigen, die es herstellen, und dann unsere Welt!«

»Und Zimmermann hat der Firma zugesetzt?«

»Meines Wissens ja. Da Kili offiziell verschwunden war, konnte nur Hans agieren. Bis er tot war.«

»Könnte es sein, dass JJ Agrotop hinter dem Mord an Zimmermann steht? Glauben Sie das? Oder denken Sie an Severin Jörg? Wäre das eine Option?«

»Das kann ich nicht beweisen, aber mir erscheint es sehr wahrscheinlich. Stellen Sie sich nur vor: Wäre es Kili und Zimmermann gelungen, einen Präzedenzfall zu schaffen und eine Anerkennung als Krankheit, was hätte das für eine Lawine losgetreten! In allen Bundesländern.«

»Aber er kam durch einen Autounfall ums Leben?«

»Der, soweit ich weiß, nie genauer untersucht wurde. Zimmermann musste weg.«

Severin Jörg, Mr Spezl und Amigo, der mit Landräten und einschlägigen Ministern beste Duzfreundschaften pflegte – war er der Dreh- und Angelpunkt und nicht Urban? Hatten Sie den Falschen erwischt?

»Wir haben den Inhalt von Kilian Schwaigers Laptop sichergestellt, den wir auf der Hütte gefunden haben. Allerdings haben wir ihn noch nicht komplett durchforstet. Vielleicht bekommen wir Hinweise, die den Tod des Amtstierarztes in ein neues Licht rücken. Hatten Sie den Eindruck einer echten Gefährdung?«

»Hans Zimmermann hat einmal gesagt, er hätte den Eindruck, man verfolge ihn. Er hat auch gesagt, ein Auto hätte versucht, ihn von der Fahrbahn zu drängen.«

Doch das würde für eine Exhumierung nicht reichen. Irmi haderte mit sich. War sie nicht auch auf dem besten Wege, sich zu verrennen?

»Ich bräuchte in jedem Fall Ihre Fingerabdrücke und Genmaterial«, sagte Irmi. »Dazu schicke ich Sie zum Erkennungsdienst.«

»Sicher. Ich war es aber nicht.«

»Ich vernehme Sie auch nur als Zeugin, Olga. Aber es wäre schön, wenn Sie erreichbar blieben!«

»Natürlich.« Sie stand auf. Wirkte irgendwie zögerlich.

»Ja?«, fragte Irmi.

»Es tut mir leid. Ich hätte Ihnen gleich die Wahrheit sagen müssen. Aber es war so schwer … ach.«

»Sie haben ihn geliebt. Auf irgendeine Weise«, sagte Irmi. »Wir Mädels sind so. Es tut mir leid, dass Sie auf diesem Weg von seinem Tod erfahren mussten.«

»Danke. Ich dachte nicht, dass es so wehtun würde«, sagte sie leise und reichte Irmi ein Kärtchen. »Da ist meine Privatnummer drauf und auch die von meinem privaten Handy.«

Irmi sah ihr nach. Auch keine schöne Geschichte.

Wenig später klopfte es an der angelehnten Tür. Es war Andrea.

»Gottseidank bist du wieder da. Wie war es?«

Eine dumme Frage, Andrea war weder auf einem Kindergeburtstag noch auf einer rauschenden Party gewesen, wo man anderntags die Gäste durchhechelte.

»Diese Frau Dr. Magreiter war super, also sehr ... äh ... kompetent. Und gar nicht so ...«

»Wie Psychologen sonst so sind?«, fragte Irmi lächelnd.

»Ja, eben gar nicht so, so ...«

Irmi wusste, was Andrea sagen wollte. Sie selbst hatte auch ihre liebe Not mit diesem Berufsstand. Häufig vermittelten Psychologen, dass sie klüger und hellsichtiger waren als der Rest der Welt. Aber es gab auch hier natürlich solche und solche. Diese Frau Dr. Magreiter wirkte eher handfest und ging ab und zu ganz unorthodoxe Wege. Auch Irmi hatte vor einer Weile gute Erfahrungen mit einer Therapeutin gesammelt, die ihr geholfen hatte, ein traumatisches Erlebnis zu verarbeiten.

»Wie hat Anna Schwaiger das alles aufgenommen?«, wollte sie wissen.

Was dachte wohl eine Mutter, deren Tochter sie so hintergangen hatte? Wurde sie aggressiv, oder konnte sie vor lauter schlechtem Gewissen, das Kind vernachlässigt zu haben, nun noch schwerer mit all den Altlasten leben? Würde sie Kili hassen, der sich vor der eigenen Frau versteckt hatte? Konnte Anna Schwaiger überhaupt noch hassen?

Andrea schluckte schwer. »Es war alles ziemlich hart. Anna und Bettina haben beide versucht, Steffi zu schützen, dass die bloß nicht denkt, sie ist schuld. Frau Dr. Magreiter will die Familie weiter betreuen. Sie haben vereinbart, alle zusammen auf die Hütte zu fahren. Steffi wollte das unbedingt. Ich hab nur darauf hingewiesen, dass sie noch nicht freigegeben ist.«

»Das können wir ja noch klären und der Familie Bescheid geben. Und die Eltern?«

»Edeltraut war sehr gefasst. Sie hat gesagt, dass es doch egal sei, wo Kili gewesen ist. Weil er schon viel früher gestorben sei. Und weil sie schon viel früher getrauert hätte. Und der Alte, also der ...«

»Ja?«

»Der hat rumgebrüllt, dass er die alte Hütte längst hätte abbrennen sollen. Von denen ist in den letzten zwanzig Jahren wohl wirklich keiner mehr da oben gewesen. Der Alte war früher jagern, und Anna war noch nie dort. Die wusste nicht mal was von der Hütte.«

Wie auch? Diese Familie hatte andere Probleme gehabt als launige Bergausflüge.

»Glaubst du, es wird nach außen dringen, dass Schwaiger erst viel später verschwunden ist, als man bisher gedacht hat?«

»Nein, die Schwaigers reden nicht, sondern verstecken alles. Sie wurden so viel ... äh ... angefeindet, deshalb leben sie zurückgezogen und wollen mit der Welt draußen nichts mehr zu tun haben.«

Die Welt draußen, die laut war und fordernd und die immer nur die Sieger liebte.

»Werden sie's packen?«, fragte Irmi tonlos.

»Packt man nicht alles, wenn man muss, also ...«

Irmi sah Andrea voller Wärme an. »Du sicher. Ich auch. Manche nicht. Ich weiß nicht, ob das die Gene sind oder die Wurzeln zu irgendeinem Urbaum, der uns Kraft gibt. Oder einfach Glück.«

Manche packten es nämlich nicht. Die Schwelle, an der die Unerträglichkeit begann, war bei den einen sehr niedrig, bei anderen hoch wie ein Wolkenkratzer.

»Am schlimmsten war, als Steffi gefragt hat, ob wir den Mörder von ihrem Papa fangen.«

»Ach, Andrea ...«

»Ich hab Ja gesagt. Ich weiß, das soll man nicht, also ...«

»Nein, das soll man nicht, aber ich hab das auch schon versprochen«, kam es von der Tür.

Da stand Kathi. Sie sah so aus, als hätte sie fünf Kilo abgenommen, und wahrscheinlich war das auch so. Kathi war ohnehin schon überschlank, daher sah man jede Gewichtsabnahme sofort. Wenn Irmi fünf Kilo abnahm, sagte keiner ehrfurchtsvoll: »Oh, toll, hast du abgenommen?« Sie spürte nur, dass gewisse Hosen nicht mehr spannten.

Irmi und Andrea hatten ihre Blicke auf Kathi geheftet.

»Ich weiß, ich bin ein Arschgeigerl«, gestand diese.

Andrea gluckste.

»Geige«, korrigierte Irmi.

»Was?«

»Kein Arschgeigerl, sondern eine Arschgeige. Oder ein Cello.«

»Oder ein Bass«, ergänzte Andrea.

Und auf einmal lachten sie alle drei. Andrea nickte Irmi zu und verließ den Raum, während Kathi auf den Stuhl sank.

»Also wenn du eine Abmahnung, ich meine ...«

»Hast du dich eingelesen in den Stand der Dinge?«, unterbrach Irmi.

»Ja, soweit es ging. Das ist der Wahnsinn. Hockt der auf einer Berghütte und plant einen Anschlag.«

»Was war dein erster Gedanke?«

»Dass es nun ein Motiv gibt. Dass wir nur beweisen müssen, dass Urban davon wusste.«

»Genau, das war auch unser Gedanke. Doch dann hatten wir Besuch von Dr. Olga Koslowa«, berichtete Irmi und fasste das Gespräch zusammen.

»Wow! Verdächtigst du Severin Jörg? Kimm, das kann doch nicht sein, dass der Urban aus der Nummer rauskommt!«

Es klopfte. Heute ging es Schlag auf Schlag. Der Hase!

»Dort droben im Gebirge ist Kilian Schwaiger nicht ermordet worden«, erzählte der Kollege. »Wir haben keine Blutspuren, nichts was auf Gewalt hindeutet. Weder in der Hütte noch in unmittelbarer Nähe. Es gibt Fingerabdrücke von vier verschiedenen Personen. Sie stammen von Olga Koslowa, von Bettina Schwaiger, doch die meisten werden von Schwaiger selbst sein. Die vierten gehören höchstwahrscheinlich einem gewissen Hans Zimmermann. Der hat Schwaiger drei Briefe geschrieben, und die Abdrücke auf den Briefen sind identisch mit den Fingerabdrücken in der Hütte.«

»Diese Briefe? Die beiden haben an sich per E-Mail kommuniziert.«

»Zimmermann scheint dem Web nicht mehr getraut zu haben. Die Briefe gingen postlagernd nach Innsbruck. In allen dreien gibt er an, sich bedroht zu fühlen.«

»Von wem?«

»Die Briefe liegen in den Akten. Lesen Sie selbst, Frau Mangold.«

Er klang aufgedreht wie ein Showmoderator. Sauerstoff

auf tausendvierhundert Metern schien beim Hasen Wunder zu wirken. Was auch Kathi bemerkte.

»Hat der was genommen?«, fragte sie, als der Kollege wieder gegangen war.

»Sauerstoff. Im Gebirge herrscht Klarheit.«

Irmi brach ab. Sie hatte eigentlich vom Soferl ablenken wollen, das sich ja auch in höhere Lagen verzogen hatte. Aber es half ja nichts.

»Was ist denn jetzt mit dem Syrer?«

»Er ist Afghane.«

»Ach was?« Irmi konnte sich einen gewissen Spott nicht verkneifen.

»Ja, ihr seid alle so schlau. Mama, du, sogar das Soferl. Inzwischen hab ich es ja begriffen. Fatih ist ein toller Junge. Klug, gebildet. Das Soferl hat nicht ...«

»Gevögelt?«

»Genau. Das will sie auch gar nicht. Momentan jedenfalls. Er auch nicht. Dann ist sein Vater gekommen und ...«

»Wie? Familienfete am Jägersteig?«

»Das nicht, aber Fatihs Vater hat erfahren, dass der Junge nicht in der Schule ist. Deshalb war er bei der Mama, und dann sind die beiden auch noch hochgekommen.«

»Also doch Familienzusammenführung?«

Kathi lächelte unsicher. »Der Vater hat ihn ganz schön zusammengefaltet. Wie er so unverantwortlich handeln kann. All so was. Er hat gesagt, dass sie Deutschland viel verdanken. Egal, wie es ausgeht.«

»Was ausgeht?«

»Ob es ein Bleiberecht gibt. Aber wir sind dran. Mama

kennt doch den Rudolph Bau. Der braucht einen Ingenieur. Wir …«

Irmi lächelte. Wenn Kathi das Bleiberecht der Familie zu ihrer Sache erklärt hatte, dann konnten sich die Behörden warm anziehen.

»Würdest du, falls der afghanische Syrer mal out wird, beim nächsten Freund vom Soferl bitte trotzdem zur Arbeit kommen? Egal, wo du ihn auftreiben musst, und egal, ob es ein kiffender Beachboy ist oder ein bierseliger Preisplattler!«

»Ja, ich weiß. Kann ich's wiedergutmachen irgendwie?«

Irmi kam ganz spontan eine Idee. »Wir lesen die Briefe von Zimmermann. Wenn wir beide sicher sind, dass sein Tod gewaltsam war, dann überzeugst du die Staatsanwaltschaft und dann die Zuständigen in Niederbayern. Dann möchte ich den Mann exhumieren lassen! Vorher gibt es aber noch eine weitere Runde mit Urban!«

Das Ergebnis blieb niederschmetternd. Urban stritt weiter alles ab, was über das Schädelversenken hinausging. Er behauptete weiterhin, nie bemerkt zu haben, dass Schwaiger ihn bespitzelt habe. Von einem geplanten Anschlag wollte er nichts gewusst haben.

»Was wollt der? Meinen Bestand vergiften? Ja, spinn i! Man muass ja froh sein, dass es den derbröselt hot.«

Das brachte ihm wieder böse Blicke vom Anwalt ein.

»Ja, was? Der war kein Freund von mir. Nia ned. Aber ich hab den ned umbrocht.«

»Kennst du Hans Zimmermann?«

»Naa. Wer soll das sein?«

»Was sagt dir JJ Agrotop?«

Er zögerte kurz. »Da kauf i mei Kraftfutter.«

»Also bei JJ Agrotop?«

»Ja, hörst du schlecht? I kauf ned beim Lidl!«

»Dir ist bekannt, dass die Firma Severins Bruder gehört?«

»Ja, und? Der Severin hat sehr gute Konditionen für einige Bauern da herunten ausgehandelt. Du weißt doch, wie es ist, Mangoldin. Wenn wir nicht messerscharf kalkulieren, dann geht der Bauernstand unter.«

Das wagte Irmi im Falle von Rupert Urban zu bezweifeln. Der hatte Geld wie Heu. Nein, der Vergleich hinkte. Heu machte einer wie Urban keines mehr. Nur Silage.

Urban hatte seinem Anwalt einen merkwürdigen Blick zugeworfen. Irmi war davon überzeugt, dass der später Severin anrufen würde. Sie hatte eigentlich keine schlafenden Hunde wecken wollen, aber im Filz war eben alles sehr eng verwoben.

Urban blieb zwar in U-Haft, aber sie mussten endlich Ergebnisse präsentieren.

Als Nächstes nahmen sie sich die drei Briefe von Zimmermann vor.

Lieber Freund! Ich bin mir nun sicher: Ich werde beschattet. Es ist mir zur Gewissheit geworden, als ich heute einen völlig sinnlosen Weg nach Hause gefahren bin. Das dunkelblaue Auto ist die ganze Zeit hinter mir geblieben. Und ich bin mir sicher, dass jemand in meinem Haus war. Ich kann es nicht beweisen, aber das Bild vor dem Safe hatte an zwei Stellen keinen Staub mehr am

Rahmen. Unsere Unterlagen sind sicher, aber wir müssen wirklich bald mit unserem Wissen an die Öffentlichkeit treten. Herzliche Grüße von Hans

Lieber Freund! Ich habe heute lange mit Frau Professor Krüger telefoniert. Sie hat mir einen Journalisten genannt, den sie für kompetent und absolut unbestechlich hält. Sein Problem wird nur sein, dass er ein Medium braucht, das seine Geschichte druckt. Ob der Spiegel oder Die Zeit da einsteigen? Du weißt, was das bedeuten würde. Dann würde auch Dein Fall Aufwind bekommen, und sie müssten Dir die Viertelmillion zahlen. Wenn Du mich anrufst, mach es bitte von einem öffentlichen Apparat in Innsbruck aus. Liebe Grüße von Hans

Lieber Freund! Janser hat sich höchstselbst gemeldet. Sie drohen mir offen. Ich muss einen Anwalt einschalten. Der Polizei traue ich nicht. Schon gar nicht unserem Purr. Ich komme am Wochenende zu Dir auf die Hütte. Herzlich – Hans

Dazu war es nicht mehr gekommen. Hans Zimmermann war überfahren worden.

»Dieser Janser ist das zweite J bei JJ Agrotop, oder?«, fragte Kathi.

»Das nehme ich an.«

»Die haben den alten Mann verräumt. Ermordet! Er hatte Todesangst und kommt wenig später um? Bei einem Autounfall? Das ist doch kein Zufall, oder!«, rief Kathi.

»Ich habe schon in Niederbayern angerufen. Der Kollege, ein gewisser Herr Purr, hat sich schließlich dazu herabgelassen, mir genauere Informationen zu liefern. Ich musste ihm fast drohen. Er meinte, dass es ja wohl reicht, uns die Akte als PDF geschickt zu haben, ansonsten sollen wir ihn bitte nicht mehr behelligen. Jedenfalls sind die Umstände von Zimmermanns Tod etwas krude, wie ich finde. In sein Haus wurde eingebrochen. Er hat sich wohl so aufgeregt, dass er vor ein Auto gelaufen ist und wenig später einem Herzinfarkt erlegen ist.«

»Blede G'schicht, oder?«

»Ja! Extrem blöd. Jetzt kommt dein Einsatz. Wir brauchen eine Exhumierung!«

»Ich krieg das hin. Wenn du morgen ins Büro kommst, buddeln die schon in Niederbayern.«

Irmi lächelte. »Na gut, ich bin gespannt.«

11

Es war spät, doch irgendetwas hielt Irmi auf ihrem Bürostuhl. Noch immer hatte sie keine genaue Vorstellung von Kilian Schwaiger. Wer war er eigentlich gewesen? Und was war mit diesem chronischen Botulismus? Gab es den wirklich?

Sie war hin- und hergerissen. Mal war sie voller Wut auf das System, das versagte und vertuschte. Dann wieder war sie verunsichert. Was, wenn all diese Studien recht hatten? Und was, wenn ihr Bruder recht hatte? Mit irgendeiner Faser wollte sie glauben, dass Schwaiger der Querulant gewesen war. Denn wenn es stimmte, was im Boden steckte und was man den Tieren antat, dann war auch sie schuldig, weil sie wegsah.

Es war halb elf, als Irmi losfuhr. Es war nichts mehr los im nächtlichen Garmisch. Als sie etwa einen Kilometer im Tunnel gefahren war, sah sie Scheinwerfer im Rückspiegel, die rasch näher kamen. Das Auto hatte voll aufgeblendet. Die Scheinwerfer saßen auch viel zu hoch.

»Ja, du Depp, blend mal ab«, schimpfte Irmi. »Oder fahr vorbei. Wozu hat's hier zwei Spuren. Trottel!«

Das Fahrzeug kam immer näher. Und als es Irmi durchschüttelte, war klar, dass der Wagen soeben aufgefahren war. Wieder gab es einen Ruck. Diesmal fester. Irmi versuchte, das Steuer nicht zu verreißen. Sie war gefangen in einem Tunnel, und etwas Gewaltiges attackierte sie von hinten. Der Dodge Ram mit dem Augsburger Kennzeichen? Wer sonst sollte das sein? Warum hatte sie das Kennzeichen nicht überprüfen lassen!

Das Monster schob sich seitlich neben sie. Irmi gab Gas, aber ihr Audi Cabrio war ein Liebhaberstück mit nur hundertzwanzig PS. Das war kein Rennwagen! Der andere hielt mit und kam immer näher. Er wollte sie gegen die Wand quetschen, sie einfach zermalmen zwischen Tunnel und dem Fahrzeug. Das Ding hatte komplett verdunkelte Scheiben, wie eine Wand wuchs es neben ihr auf. Dann trat Irmi instinktiv auf die Bremse. Mit aller Kraft. Es gab ein schrilles Geräusch, wie wenn Kreide auf der Tafel quietscht, nur eben um ein Vielfaches lauter. Der Fahrerairbag ging auf, die Seitenairbags ebenfalls. Der andere Wagen schoss nach vorne und heulte davon. Irmi konnte gerade noch einen Blick auf die Nummer erhaschen. A TT, mehr nicht. Von hinten kam ein weiteres Auto und hielt. Der Fahrer hastete nach vorn und riss die Tür auf.

»Geht es Ihnen gut? Was ist passiert?«

Ging es ihr gut? Irmi löste ihren Gurt, und der Mann half ihr, sich unter dem Airbag herauszuschälen. Ihr war etwas schwummrig. Der Mann hatte schon die 112 gewählt.

»Können Sie stehen?«

Was für eine Frage. Sie stand ja schon.

Der Mann beäugte Irmi, dann das Auto.

»Es sieht so aus, als ...«, stammelte er.

»Als hätte ein Wagen versucht, mich gegen die Wand zu fahren, ich weiß.«

Sie hatte noch nie davon geträumt, in einem Actionfilm

mitzuwirken. Schon gar nicht in der Fernsehserie *Alarm für Cobra 11*, in der reihenweise Autos geschreddert wurden.

Ein Streifenwagen röhrte heran, gefolgt von einem Krankenwagen. Dem Polizeifahrzeug entstiegen Sailer und Sepp. Beiden war die Verblüffung ins Gesicht geschrieben.

»Frau Mangold! Der schöne Wagen!«, rief Sailer.

Ja, der war wohl hin. Die linke Frontpartie war eingedrückt, die Stoßstange hatte irgendwie mit dem Radkasten einen Klumpen gebildet. Wie die rechte Seite aussah, wollte sich Irmi lieber gar nicht ausmalen. So eine Tunnelwand war sicher wie ein Prellbock. Der schöne Wagen – da sah man mal, wo Sailer seine Prioritäten hatte.

Das schien ihm auch gerade aufzufallen. »Und Sie, Frau Mangold, wie geht es Ihnen? Herrgottsakra, was ist denn passiert?«

»Überprüfen Sie sofort das Autokennzeichen A TT ...«, setzte Irmi an. Verdammt, sie hatte sich die Zahlenkombi zu Hause auf dem Block in der Küche notiert. »Sailer, Ihr Handy, bitte!«

Irmis Handy lag irgendwo im Fußraum. Unerreichbar. Sie musste ihren Bruder wecken.

Nach endlosem Klingeln meldete er sich. Seine Laune war auf dem Tiefpunkt. »Spinnst du? Es ist mitten in der Nacht. Was soll i?«

»In der Küche liegt ein Zettel mit einem Autokennzeichen drauf. Liest du mir das bitte gleich vor?«

Irmi hörte ihn irgendwas maulen, es schepperte, er fluchte lauter, dann brüllte er ins Telefon: »A TT 3210! Und das hätte nicht bis morgen früh Zeit gehabt?«

»Ich hätte auch tot sein können«, sagte Irmi leise und

legte auf. Solche Sätze sprach sie normalerweise nicht aus, sie flößte niemandem wissentlich Angst ein. Es war ihr nur eben erst bewusst geworden.

»A TT 3210, Dodge Ram, dunkel. Prüfen Sie das nach, Sailer?«

»Ja, mach ich. Und Sie lassen Eahna amoi von den Sanis anschauen.«

»Mir fehlt nichts.«

»Das beurteilen wir«, sagte der Notarzt, der soeben eingetroffen war. Sie kannten sich von früheren Einsätzen. »Was war denn das für ein Stunt, Frau Mangold?«

»Ein etwas größeres Auto als mein armes altes Cabrio hat versucht mich zu zerquetschen. Zumindest deutet alles darauf hin.«

Er sah besorgt aus und bat sie in den Notarztwagen, wo er ihr in die Augen leuchtete. »Ein Schleudertrauma haben Sie mit Sicherheit. Ich würde auf jeden Fall so eine kleidsame Halskrause empfehlen. Ich würde auch eine Nacht im Krankenhaus empfehlen, aber da ich Sie kenne, schlag ich das erst gar nicht vor.«

»Guter Mann.«

»Frau Mangold, damit ist nicht zu spaßen. Außerdem brauchen wir erst mal Brandsalbe.«

»Was?«

»Sie werden nicht auf ewig entstellt sein, keine Sorge. Aber sie haben da ein paar Brandwunden im Gesicht. Vom Airbag. Spüren Sie nichts?«

Irmi schüttelte den Kopf.

»Das Adrenalin. Aber es verlässt Sie irgendwann. Dann wird es etwas brennen. Und ziehen.« Er lächelte. »Ich gebe

Ihnen die Salbe mit, zweimal täglich schmieren.« Er sah Irmi prüfend an. »Ich nehme auch an, dass es wenig Sinn hat, Ihnen zu raten, sich ein paar Tage krankschreiben zu lassen?«

»Nein, das hat wenig Sinn. Ich muss …«

Ja, was musste Sie? Das war ein Anschlag gewesen, ohne Zweifel. Sie musste weitermachen, jetzt erst recht!

Der Abschleppwagen war gekommen. Es gab wieder ein ekliges Geräusch, als sich das Cabrio von der Wand löste. Da stand es nun, ihr verbeultes Auto. Irmi holte sich noch ihre Jacke raus und tauchte nach dem Handy im Fußraum. Ihr Kopf schmerzte.

»Sie sollten keine solchen Verrenkungen machen, sondern sich stillhalten«, mahnte der Notarzt.

»Unkraut vergeht nicht.«

Er sah sie skeptisch an. »Sie müssen sich morgen auf jeden Fall vom Hausarzt eine Halskrause geben lassen.«

Irmi nickte widerwillig und äugte auf ihr Handy. Eine Kurznachricht war eingetroffen.

Das war eine Warnung. Die erste.

Sonst nichts. Eine Welle von Übelkeit stieg in ihr auf. Sie taumelte kurz.

»Stopp!«, rief der Notarzt. »Das reicht. Sie fahren jetzt ins Klinikum und bleiben eine Nacht zur Beobachtung drin. Widerrede zwecklos.«

Irmi leistete wenig Widerstand, allerdings musste Sailer ihr noch versprechen, die Nummer zu überprüfen, von der aus die SMS geschickt worden war.

Es ging auf Mitternacht zu, als Irmi im Klinikum einrückte. Sie bekam zwei Spritzen und eine Spucktüte. Und schlief ungewöhnlich schnell ein.

Erst zum Frühstück wachte sie wieder auf. Die Schwester war eine von der resoluten Sorte und wollte erst mal sehen, wie Irmi sich auf den Füßen hielt. Sie ließ Irmi im Zimmer auf und ab gehen und bestand darauf, dass sie die Halskrause anlegte. Dann erst gab es Kaffee. »Bei der Visite wird entschieden, ob Sie gehen dürfen«, erklärte sie.

Die Visite kam um elf und gab das Plazet zum Aufbruch. Als Sailer sie abholte, war es schon fast mittags.

»Steht Eahna«, sagte er und grinste schief.

»Find ich nicht, fleischfarben macht blass«, konterte Irmi. »Was ist mit der SMS?«

»Prepaid-Handy, nichts zu machen.«

»Die Autonummer?«

»Gibt es nicht.«

»Verdammt! Aber so viele Dodge Rams existieren doch auch nicht!«

»Wir sind dran. Übrigens haben wir Ihrem Bruder gesagt, dass Sie noch leben. Er hat es auf Ihrem Handy probiert und dann noch mal bei uns in der Zentrale, weil Sie sich nicht mehr gemeldet haben.«

Kein Wunder, der Akku war längst leer.

»Und was ist mit meinem Auto?«

»Das steht beim Heitz. Jetzt beruhigen S' Eahna erst mal. Sie san immerhin fast derquetscht worden!«

»Fast, Sailer, fast. Ich will ins Büro.«

Dort wartete Kathi schon auf sie. Ihre Wangen waren

so rot, als hätte sie Fieber. »Mensch, Irmi, du machst Sachen!«

»Ich nicht.«

»Wer hat dir diese Warnung zukommen lassen? JJ Agrotop? Severin Jörg?«

»Gute Frage. Es spricht vieles dafür, dass Severin Jörg die Finger im Spiel hatte. Du erinnerst dich an den Blick, den Urban seinem Anwalt zugeworfen hat. Vermutlich hat er hinterher gleich Severin Jörg angerufen. Und wenig später häng ich an der Tunnelwand?«

»Scheiße! Diese Arschlöcher! Einen Vorteil hat das: Nun wird die Staatsanwaltschaft reagieren und den Zimmermann ausbuddeln lassen.«

»Ach ja, das hattest du mir doch gestern versprochen«, sagte Irmi lächelnd.

»Ich bin dran. Es kann sich nur noch um Sekunden handeln.« Kathi grinste. »Du, ruf mal Bernhard an, der macht sich echt Sorgen. Ich hab ihn zwar beruhigt, aber vielleicht will er deine Stimme live hören.«

Irmi griff zum Hörer und war auf eine Tirade gefasst. Aber Bernhard am anderen Ende schwieg.

»Bruder? Bist du da? Mir geht's gut.«

»So wie's einem geht, wenn man mit einem Tunnel schmust«, brummte der.

»Ja, aber es ist noch mal gut gegangen.«

»Dein Auto ist übrigens Totalschaden. Ich hab angerufen. Spur verzogen. Der hat dich ganz schön …«

Der Audi war tot. Ihr geliebtes Cabrio war gestorben. Das traf sie wie ein Schlag, auch wenn es nur ein Auto war. Aber so eine Maschine hatte doch auch eine Seele und mit nur achtzigtausend Kilometern auf dem Tacho noch eine lange Karriere vor sich gehabt.

»Irmi?«, fragte Bernhard, weil sie nichts sagte. »Ich werd fei echt nie bei *Bauer sucht Frau* mittun. Mir wär's schon recht, wenn du noch 'ne Weile lebst …«

Das war Bernhards Art, Emotionen auszudrücken. Irmi traten ein paar Tränchen in die Augen.

»Keine Sorge, es ist noch nicht Zeit für mich, abzutreten.«

»Unternehmen die jetzt was?«, fragte Bernhard.

»Wer unternimmt was?«

»Na, deine Leit. Personenschutz oder so. Wenn ich den Typen erwisch, der wo dich an den Tunnel gequetscht hat, dann bring ich den um. Eigenhändig.«

Ihr Bruder, der Gute! Ja es war schwer, die zu schützen, die man liebte.

»Danke, Bruder, aber im Knast nützt du mir gar nichts. Mir wäre es auch recht, wenn du noch eine Weile lebst! Und zwar mit mir. Bis wir noch älter und trottliger sind.«

Sie legte auf.

Als sie hochschaute, sah sie ihren Chef, der anscheinend das Gespräch belauscht hatte. Er ordnete jedenfalls an, dass weder Irmi noch Kathi irgendwo allein herumfahren durften, sondern immer von einem Streifenwagen begleitet werden sollten, bis die Sache aufgeklärt wäre. Irmi wollte das zwar abwiegeln, aber sie stieß auf taube Ohren.

Kathi kam wieder hereingestürmt. »Es geht los im schönen Niederbayern. Hans Zimmermann wird noch einmal das Licht der Welt erblicken.«

»Tolle Formulierung. Wie gut, dass der nicht in Rauch aufgegangen ist und sich so wunderbar traditionell hat bestatten lassen.«

»Das war wohl der Wunsch der Tochter. Die hat sich auch quergestellt wegen der Obduktion. Und der Kollege Purr ist ein echter Arsch. Der mauert nur.«

»Na ja, wir unterstellen ihm ja auch, dass er unsauber ermittelt hat. Er schließt einen Fall ab, und nun kommen wir daher und lassen exhumieren. Was würdest du denken, wenn dir der Herr Purr Leichen ausgraben würde?«

»Uns würde so ein Fehler nicht passieren. Ganz einfach.«

»Warten wir die Ergebnisse ab, vielleicht sehen wir nur Gespenster.«

Schon wieder warten! Noch eine Befragung von Urban, die nichts einbrachte als die immer gleichen Beteuerungen. Wieder ging ein Tag ins Land. Aus Niederbayern konnten sie keine Hochgeschwindigkeit erwarten, zumal der Kollege ja mehr als unkooperativ war.

Wieder überlegte Irmi, ob sie Jens anrufen sollte, aber warum sollte sie ihn beunruhigen? Sie lebte ja noch und wurde bei der Heimfahrt mit ihrem Leihwagen, einem schicken A1, von einem Streifenwagen bis in den Hof eskortiert. Bernhard war nicht da. Die Kater hatten irgendwo eine Packung mit Katzensnackwürstchen entdeckt und aufgebissen und anschließend den Inhalt über den Küchenboden verteilt. Das Leben hatte Konstanten, und das war gut so.

Irmi konnte an diesem Abend gut einschlafen. Der morgendliche Blick in den Spiegel am Tag darauf zeigte ihr ein paar Macken im Gesicht.

»Geht sicher wieder weg«, befand Bernhard und drückte ganz kurz ihre Hand, bis er fast vom Frühstückstisch flüchtete.

Als Irmi mit dem Leihwagen und ihrer Eskorte im Büro ankam, war Kathi bereits eingetroffen. Sie hatte wohl beschlossen, eine Vorzeigemitarbeiterin zu werden.

»Aus Niederbayern kommt gleich der Rückruf. Es war Mord, das hat der Kollege schon mal zähneknirschend zugegeben«, feixte Kathi.

Und kaum hatte sich Irmi einen Kaffee eingegossen, klingelte das Telefon. Der Kollege Purr hielt sich nicht lange mit Vorreden auf.

»Der Gerichtsmediziner ist hier bei mir, Frau Kollegin. Ich stelle mal auf laut, damit Sie hören können, was Herr Dr. Zott zu sagen hat.«

Gleich darauf übernahm der Mediziner. »Grüß Gott, Frau Mangold. Um es gleich vorwegzunehmen: Herr Zimmermann wurde ermordet. Wir haben in seinem Körper Spuren von Muskatnuss nachweisen können. Die Inhaltsstoffe werden zu meskalin- und amphetaminähnlichen Substanzen abgebaut. Anders als bei einer Meskalin- oder LSD-Vergiftung treten bei der Einnahme von Muskatnuss weitaus weniger visuelle Halluzinationen auf, aber das Gefühl für Zeit und Raum geht verloren. Bei Erwachsenen kommt es ab einer Menge von fünf Gramm innerhalb von ein bis sieben Stunden zu brennenden Schmerzen im Bauchbereich, die zum Teil mit Erbrechen, Schwindel,

Kopfschmerzen und Unruhe einhergehen. Der Betroffene verspürt einen Druck auf der Brust und Todesangst. Es kann zu periodisch auftretenden Delirien, zu Bewusstseinsstörungen bis zum Koma und unter Umständen zum Schock kommen. Außerdem konnte ich Oxalsäure nachweisen. Die letale Dosis wird hier mit sechshundert Milligramm pro Kilogramm Körpergewicht angegeben.«

»Oxalsäure?«

»Ja, die wird von Imkern zur Winterbehandlung gegen die Varroamilbe eingesetzt. Dazu wird sie als wässrige Zuckerlösung auf die Bienen geträufelt oder gesprüht. Imker, die viel mit Oxalsäure arbeiten, haben in schweren Fällen Herzschäden zu befürchten. Nach Aufnahme von größeren Dosen kann es zu Lähmungserscheinungen kommen, in jedem Fall zu Nierenschäden.«

»Eine üble Mischung«, sagte Irmi gedehnt. »Wie ist die denn in den Mann hineingekommen? Das wird er ja nicht freiwillig eingenommen haben?«

»Nein, sicher nicht. Wir müssen noch weiter suchen. Durch den Unfall gab es Brüche, Quetschungen und Einblutungen. Liebe Frau Mangold im schönen Süden, ob ihn jemand gezwungen hat, etwas zu schlucken, was er nicht wollte, können wir noch nicht sagen. Er ist auch nicht mehr ganz taufrisch dem Grabe entstiegen, wie Sie sich vorstellen können. So schnell sind wir dann auch nicht.«

»Aber ungewöhnlich ist das schon, oder? Muskatnuss und Oxalsäure.«

»Nicht unbedingt. Muskatnuss wird in der Landwirtschaft sogar als Insektizid verwendet und Oxalsäure wie gesagt in der Imkerei. Der Zugriff darauf ist einfach.«

JJ Agrotop – Irmi musste überprüfen, ob die so etwas vertrieben.

»Sie wissen, Frau Mangold: Die Dosis macht das Gift. Die Muskatnuss hat auch gute Eigenschaften wie die Unterstützung der Wundheilung und die Linderung starker Schmerzen. In prächemischen Zeiten wurde sie in bestimmten Mixturen als Arznei verabreicht. Es geht immer um Gebrauch oder Missbrauch. In dem Fall war die Dosierung sehr hoch.«

»Sie wollen also sagen, dass …?«

»Der Herr Doktor will erst einmal gar nichts sagen, Frau Kollegin«, unterbrach sie der Niederbayer. »Der Herr Doktor muss nämlich weiter.«

»Ja, pfia Gott, Frau Mangold, grüßen Sie mir die Berge.«

Und weg war er. Es knackte, nun war der Kollege Purr wieder in der Leitung. Er bemühte sich um feinstes Hochdeutsch und versuchte, staatstragend zu klingen.

»Unsere Hypothese lautet inzwischen, dass der Einbruch nur eine Ablenkung war. Es sollte so aussehen, als hätte sich Zimmermann so darüber aufgeregt, dass er einen Herzinfarkt erlitt. Der Mörder konnte ja nicht damit rechnen, dass er vor ein Auto läuft. Allerdings war durchaus vorhersehbar, dass ihn die Halluzinationen zu wirren Handlungen zwingen würden. Wäre er einfach nur tot in der Wohnung gelegen, hätte man wahrscheinlich auf Herzversagen befunden.«

»Wieder ein natürlicher Tod, der keiner war«, schaltete sich Kathi ein.

»Zweiundsiebzig Jahre alt. Übergewicht. Bluthochdruck. Die Aufregung mit dem Einbruch. Was hätten Sie gedacht, Frau Kollegin?«, fragte er ziemlich pampig. Die Contenance kam ihm abhanden, und auch der niederbayerische Zungenschlag brach wieder durch.

»Herr Purr, das ist doch kein Vorwurf an Sie.« Irmi hatte ihre Deeskalationsstimme eingeschaltet, obwohl der Typ sie rasend machte. Was dachte der sich eigentlich? »Aber ich glaube, dass es eine Verbindung zwischen meinem Fall und dem Tod von Hans Zimmermann gibt. Das hatte ich Ihnen ja auch schon gesagt. Ich glaube, beide standen irgendjemandem im Weg. Es geht um eine Rinderkrankheit, es geht um eine Agrarfirma, es geht um Geld. Hans Zimmermann hat sich mit den Mächtigen angelegt, wir fürchten, es geht hinein bis in obere Regierungskreise.«

»Wir klären das schon.«

Der Mann blieb weiter unzugänglich. Er wollte von der Kollegin da unten am Alpenrand keine Hilfe. Das war spürbar, hörbar, fühlbar.

»Ich würde Ihnen unsere Ergebnisse zukommen lassen. Ich komme auch gerne rauf zu Ihnen«, probierte es Irmi.

»Bevor ich Hirngespinsten nachjage, schauen wir doch mal auf die allfälligen Sachen. Der Mann hatte doch Geld. Wer hat eigentlich geerbt? Wenn ich da nichts finden sollte, können wir immer noch über das Botu… Dingsda reden. So hieß das doch? Botulismus?«

»Ja. Sehen Sie, Herr Purr, ich nehme an …«

»Ja, nehmen Sie nur an. Ich mache jetzt erst mal meine Arbeit, wenn ich nicht weiterkomme, melde ich mich bei Ihnen. Eins nach dem anderen, Frau Mangold. So schnell schießen wir hier nicht, und schon gar nicht aus der Hüfte.«

Noch ein Knacken. Aufgelegt. Was für ein Klotz! Schwerfällig wie der Arber, der Kollege, und träge wie die Isar, die dort im Niederbayerischen so behäbig floss – lange nicht mehr so munter wie bei ihr daheim.

»So ein Arsch. Der hat wohl null Bock auf Arbeit, und jetzt machen wir ihm welche«, murrte Kathi. »Hätt er doch einen anderen Job ergriffen. Gibt doch schöne Sachen!«

»Na ja, Beamter ist doch gar nicht so schlecht, wenn es um Arbeitsvermeidung geht, Kathi. Vielleicht sind wir beide einfach ungewöhnlich hektische Exemplare. Solche wie den Purr gibt es genug in unseren Reihen.« Sie seufzte. »Wir haben jetzt zwei Morde, die mit Sicherheit zusammenhängen. Aber primär haben wir den an Schwaiger aufzuklären.«

»Urban wird weiter leugnen, und an Severin Jörg oder gar JJ Agrotop heranzukommen, wird sehr schwer werden«, meinte Kathi. »Lass uns mal auf die Homepage der Firma schauen.«

Wenig später saßen sie vor dem Rechner und lasen von Rodentiziden, Molluskiziden, Akariziden, Pestiziden, Fungiziden, Herbiziden. Oxalsäure stand unter der Rubrik Imkerbedarf. Muskatnuss tauchte in der kleinen Ecke mit Biobekämpfung auf, zugelassen für Biobetriebe. Da war auch die Seite über Glyphosat zu finden, die Dr. Olga ihnen ausgedruckt hatte. Es gab jede Menge Kampfstoffe gegen Mäuse, Ratten, Schnecken und Insekten, die es sich einfallen ließen, in die Hocheffizienz-Landwirtschaft einzugreifen. Aus jeder Zeile sprach der Geist des Geldes: Nutzpflanzen sind jene, die etwas einbringen, alles andere torpediert die Ökonomie. Dass Insekten, Mäuse, Schnecken Nahrung für andere Tiere boten, dass jedes Lebewesen ein Bestandteil einer fragilen Kette war, das interessierte nicht. Warum auch? Wozu Arten erhalten?

Irmi kannte genug Landwirte, die genauso dachten. Wieso, die Dinosaurier sind doch auch ausgestorben? Nutztiere waren nur interessant, solange sie nützlich waren, dann kam die Rübe ab. Alles was mitfraß am Profit, musste getötet und bekämpft werden. Fast jede Beschreibung war in Kriegsterminologie verfasst.

Irmi fühlte sich schwer und mutlos. Was konnten sie jetzt noch tun? Sie trommelte das Team zusammen, gab einen kurzen Abriss der jüngsten Ereignisse und fasste zusammen: »Wir stecken fest.«

»Wenn i des richtig versteh, is entweder der Urban die Sau oder der Jörg«, sagte Sailer.

»Wenn Sie so wollen, Sailer. Den einen haben wir, aber er gesteht nicht. Den anderen kriegen wir nur am Schlawittl, wenn wir ihm irgendwas nachweisen könnten. Aber was? Wir wissen immer noch nicht, wann und wo Schwaiger ermordet wurde, wir wissen nichts!«, rief Irmi.

»Wir müssen weiter nachdenken«, meinte Andrea.

»Ich denke doch unentwegt nach! Ich wäre heilfroh, wenn mein Hirn mal auf den Pausenmodus schalten würde«, erwiderte Irmi. »Was wir bräuchten, wäre eine Falle, eine Finte, ein Lockvogel.«

»Was wäre, wenn wir mit einem, äh, Massengentest drohen würden? Das würde doch den Mörder aus seinem Bau treiben, oder?«, schlug Andrea vor.

»Schön gedacht, aber wir haben kein Vergleichsmaterial. Selbst wenn wir dann die DNA von Severin Jörg hätten, womit willst du die vergleichen?«

»Vielleicht verhält er sich aber komisch. Will nicht teilnehmen. Verschanzt sich hinter Anwälten«, meinte Kathi.

»Des beweist aber am End gar nix. So kimmt man ned weiter. Was es braucht, is a echte Falle. A guade Trapperfalle, so was, wo aa ein ganz besonders vorsichtiges Tier neidappt«, räsonierte Sailer.

Irmi lächelte ihn an. »Ja, schöne Idee. Aber wir sind hier nicht am Yukon. Und wahrscheinlich nicht so pfiffig wie die Pelzjäger in den Pionierzeiten.«

»Wir müssen ganz von vorne beginnen«, meinte Kathi. »Im Oktober 2013 ist Kilian Schwaiger endgültig verschwunden. Er wurde im Waldfeld verscharrt. Wir wissen nicht, wie er dorthin gekommen ist und ob das der Tatort war. Aber seine Leiche lag dort. Was war im Herbst 2013 los? Andrea, du bist doch eine menschliche Suchmaschine.« Kathi klang nett, sie lobte Andrea, das war fast ein Wunder.

»Nach was soll ich suchen?«, fragte Andrea.

»Ganz ehrlich, ich weiß es nicht. Was dir eben auffällt.«

Andrea ging hinaus, während die anderen weiter Szenarien sponnen, die alle gut und recht waren, aber eben rein spekulativ. Am unwahrscheinlichsten erschien ihnen die Hypothese, dass Schwaiger Zimmermann getötet hatte. Das hatte Olga zwar angedeutet, aber diese Inszenierung wäre doch extrem riskant gewesen für einen Mann, der offiziell als verschwunden galt. Oder eben genauso deshalb nicht?

Rupert Urban war immer noch ihr Hauptverdächtiger. Er hatte sicher genug Kontakte, um einen solchen Anschlag zu bewerkstelligen, doch wie sie es auch drehten und wendeten – ihre Hypothesen setzten immer eines voraus: Der Verdächtige musste gewusst haben, dass Schwaiger noch am Leben war. Doch davon hatten ja andere auch Kenntnis gehabt, wie Kathi messerscharf bemerkte.

»Olga hat mir erzählt, dass er sich als Schriftsteller ausgegeben hat«, meinte Irmi. »Ihr kennt die Bergbewohner. Sie fragen nicht viel, sie sagen nicht viel. Geschwätzigkeit ist eher eine Sache der Taldörfer.«

»Er hat sich versteckt, indem er sich nicht versteckt hat. Das ist wie bei Räubern, die irgendwo vorfahren, das Diebesgut aufladen und weg sind. Keiner fragt, Dreistigkeit siegt«, bemerkte Kathi.

»Stimmt. Wir sehen alle nur selektiv. Wer mit auf der Kristenalm war: Ist euch der große Stall aufgefallen? Der hat sicher über fünfzig Melkplätze. Man muss sich vorstellen, dass die Beschicker der Alm Kleinbauern waren, die zu Hause im Stall nur wenige Kühe hatten. Und auf über tausend Metern steht so ein Bauwerk! Das fällt uns mit den Augen der Moderne gar nicht auf, ein Stall eben.«

»Ja und mir modernen Menschen fahrn immer im Tal rum«, sagte Sailer. »Früher san s' über die Jöcher, über die alten Wege ganga. Auf dera Alm kimmt bis heit das Vieh über den Erlsattel aus Zirl.«

»Damit wollt ihr sagen, dass es eine Frage der Perspektive ist?«, fragte Kathi. »Dass Schwaiger einfach nur in einer Nebenwelt gelebt hat?«

»So ungefähr«, sagte Irmi.

Da kam Andrea wieder ins Zimmer. »Also, ich glaub nicht, dass uns das weiterbringt«, sagte sie.

»Wer weiß, vielleicht hilft uns so ein Rückblick ja doch für einen zündenden Gedanken.«

»Der Vettel ist 2013 zum vierten Mal Weltmeister geworden«, brummte Sailer.

»Und davon abgesehen, Andrea?«

»Na ja ... äh ... ich hab mich so ein bisschen konzentriert auf das, was hier in der Gegend war. Vom 21. September bis 6. Oktober war das Oktoberfest in München. Im Oktober hat unser Bürgermeister einen Brief veröffentlicht, dass man einen Bürgerentscheid zur Olympiabewerbung zusammen mit der Landeshauptstadt München und den Landkreisen Traunstein und Berchtesgadener Land beschlossen hätte. Am 5. Oktober hatte die Musikkapelle Garmisch 250-Jahr-Feier. Da war das Wetter durchwachsen. Am 11. Oktober gab es sogar einen heftigen Wintereinbruch mit nassem Schnee. Zwölftausend Haushalte hatten keinen Strom. Es wurde dann in der zweiten Oktoberhälfte aber richtig schön. Da waren noch ein paar Herbst- und Weinfeste auf den Dörfern.«

»Was uns auch nicht weiterbringt«, murmelte Kathi.

Irmi grübelte nach über das, was sie eben gehört hatte. Der Nolympia-Sieg war natürlich brisant gewesen. Sie wagte zu spekulieren, dass Rupert und Severin durchaus für den Standort Bayern gewesen waren, denn bei den Olympischen Spielen hätte es Geld zu verdienen gegeben – für die Richtigen. Aber hier eine Verbindung zu Schwaiger zu ziehen? Ende Oktober war das Wetter gut gewesen, es hatte Feste gegeben, genau – auch ein Weinfest in der Heimatgemeinde von Kili, Rupert und deren honorigem Bürgermeister.

»Das Weinfest«, sagte Irmi. »Das Wetter war strahlend, und das ganze Dorf war auf den Beinen. Bernhard war übrigens auch da, ich erinnere mich. Also ...«

Irmis Worte verhallten. Sie alle spürten, dass sie ganz nah dran waren.

»Urban war sicher da und Severin auch, oder? Natürlich, bei so was ist der Herr Bürgermeister ja zum Anzapfen gefragt, und seine treuen Gefolgsleute sind bestimmt auch alle gekommen«, bemerkte Kathi.

»Nix anzapfen, des war a Weinfest«, sagte Sailer.

»Dann eben zum Köpfe-Abschlagen der Weinflaschen, das ist doch der Stil von dem Depp«, meinte Kathi. »Bayerische Weinfeste sind doch immer der Horror, oder? Da saufen s' den Wein wie Bier, vertragen ihn null und bestellen natürlich auch immer den größten Fusel. Kalterer See und irgendwelche halbsüße Rheinhessenpampe. Oder Dornfelder, den Wein für Tante Elfriede im Altersheim.«

Irmi musste lachen.

»Drum trinkt i nur Bier«, kommentierte Sailer. »Aber worauf wolln mer eigentlich raus?«

Das wusste Irmi selbst noch nicht so genau, bis Andrea leise sagte: »Ich war da auch. Es gab Festzeichen. Jeder hatte eins.«

Festzeichen, ja die gab es auf fast jedem Festl. Die steckte man an, die verlor man auch mal ... Man könnte ...? Würde man ...? Wäre es nicht ...? In Irmis Kopf drehte sich alles.

Kathi war eindeutig fokussierter: »Was ist, wenn wir

die Zeitung einschalten? Wir lassen das Festzeichen abdrucken und sagen, wir nehmen an, dass der Mörder es getragen und bei der Ermordung von Kilian Schwaiger verloren hat. Dann behaupten wir, dass wir Blut drauf gefunden haben und nun einen Gentest machen müssen. Wie wäre das?«

Immer noch hatte Irmis Gehirn Mühe, all die Puzzlesteinchen zusammenzusetzen. »Aber das setzt voraus, dass unser gesuchter Mann das Ding tatsächlich verloren hat.«

»Das kannst du doch nie hundertprozentig wissen. Wenn du einen Ehering verlierst, okay. Wenn wir das behaupten, und einer hat seinen noch, wird der kaum unruhig. Aber weißt du, ob du vor zwei Jahren nicht doch vielleicht ein Festzeichen verloren hast?«, beharrte Kathi.

»Okay, nehmen wir mal an, das wäre ein Köder. Was machen wir dann? Selbst wenn einer beim Gentest unruhig wird – wir haben doch kein Vergleichsmaterial.«

»Der Has muss aus der Deckung«, murmelte Sailer.

»Es weiß doch keiner, dass wir wissen, also ...« Andrea verhaspelte sich. Alle warteten. Sogar Kathi hielt die Klappe. »Keiner weiß, dass wir wissen, wo Schwaiger war. Von der Hütte, mein ich. Wenn wir verlauten lassen, dass es Hinweise auf eine versteckte Hütte gibt, also, dass wir die suchen und dafür sachdienliche Hinweise brauchen, also ...«

Irmi suchte Andreas Blick. »Wir tun so, als wüssten wir nicht, wo diese Hütte liegt? Wir lassen durchblicken, dass wir damit rechnen, dort brisantes Material zu finden, das den Mörder überführt? Dann würde der Täter versuchen, uns zuvorzukommen, oder?«

»Ja, also …«

»Das ist gut«, sagte Kathi. »Das ist sogar sehr gut!«

Irmi war immer noch nicht ganz überzeugt, aber sie hatten schließlich nichts zu verlieren.

»Aber was ist mit Urban?«, gab sie zu bedenken. »Der sitzt in U-Haft. Wenn er unser Kandidat ist, kann er ja schlecht auf diese Hütte aufsteigen.«

»Lassen wir ihn doch raus«, schlug Kathi vor.

»Er könnte ja auch jemand anderen schicken, um die Hütte auszuräumen«, meinte Andrea. »Den Anwalt zum Beispiel.«

»Das wird der Anwalt aber nicht tun. Der ist korrekt. Es könnte auch sein, dass Rupert Urban mit Severin Jörg unter einer Decke steckt«, überlegte Irmi. »Aber würde Urban tatsächlich das Risiko eingehen, auf die Hütte zu steigen – vorausgesetzt, wir setzen ihn auf freien Fuß? Er muss doch annehmen, dass wir ihn verfolgen.«

»Aber das riskiert er eventuell. Denn überwiegt nicht der Gedanke, dass mit dem Ausräumen der Hütte alle Beweise vernichtet wären?«, fragte Kathi. »Und dann endgültig aus dem Schneider zu sein – wäre das nicht verführerisch?«

Verführerisch, ja, Menschen ließen sich leicht verführen und hinreißen. Irmi atmete tief durch, ließ den Blick über ihre Leute schweifen und blieb an Andrea hängen, die in den letzten Tagen sicher sehr wenig geschlafen hatte.

»Versuchen wir es«, sagte Irmi schließlich.

»Siehst du! Lancieren wir einen Artikel. Ich ruf Tina an.«

Kathi war in ihrem Element. Endlich passierte etwas, das besser war als der langweilige Polizeialltag, der vor allem aus Dokumentieren und Telefonieren bestand. Die Lokaljournalistin Tina Bruckmann war mit Kathi befreundet und hatte ihnen schon mehrfach geholfen. Sie würde sicher auch diesmal mitziehen.

Während Kathi mit der Journalistin telefonierte, überzeugte Irmi ihren Chef und die Staatsanwaltschaft von den Plänen. Dann informierte sie Rupert Urban und seinen Anwalt über die Freilassung. Urbans Schimpftiraden würden mit Sicherheit in die Annalen der Polizeiinspektion eingehen. Irmi riet dem Anwalt, seinen Mandanten besser in Schach zu halten. Sie machte ihm klar, dass Urban eventuell noch als Zeuge vernommen werden müsse, weshalb dieser tunlichst nicht nach Australien verreisen solle. Der Anwalt verzog keine Miene, und Irmi hatte den Eindruck, er zweifle selbst an der Unschuld seines Mandanten. Er wirkte jedenfalls mehr als überrascht über dessen Freilassung.

12

BEWEGUNG IM FALL SCHWAIGER: POLIZEI VERFOLGT NEUE SPUR

Der seit 2011 vermisste Kilian Schwaiger wurde mit an Sicherheit grenzender Wahrscheinlichkeit ermordet (wir berichteten). Der Hauptverdächtige wurde gestern jedoch aus der U-Haft entlassen. »Die Beweise reichen nicht aus«, sagte Oberkommissarin Katharina Reindl unserer Zeitung. »Außerdem haben sich neue Verdachtsmomente ergeben.« Die sterblichen Überreste des Toten wurden auf einer landwirtschaftlichen Fläche des Hauptverdächtigen aufgefunden, dieser hatte aber immer bestritten, etwas mit dem Mord zu tun zu haben. Nun ist ein kleines Festzeichen vom Weinfest im Herbst 2013 aufgetaucht. Für die Polizei ein spektakulärer Fund, denn es trägt Blutspuren. Die Polizei kündigte daher einen Massengentest an. Darüber hinaus bittet sie die Bevölkerung um Mithilfe. »Wir suchen eine Hütte im Karwendelgebirge, die im Bereich Scharnitz liegen soll und vermutlich hochbrisantes Material enthält«, sagte Reindl. Aus ermittlungstechnischen Gründen kann die Oberkommissarin keine weiteren Angaben machen. »Bei uns ist ein USB-Stick aufgetaucht, der Hinweise auf diese Hütte gibt.« Wer eine versteckte Hütte in der Gegend von Scharnitz kennt und womöglich verdächtige Personen bemerkt hat, der melde sich bitte telefonisch bei der Polizeiinspektion Garmisch-Partenkirchen.

Am nächsten Morgen machte der Lokalteil der Zeitung mit dem Bild eines Festzeichens auf. Das hatte Andrea beigetragen, denn ihr kleiner Bruder sammelte solche Festzeichen und besaß Hunderte davon. Irmi musste lächeln. Kathi hatte ein Eckchen in Ketchup getaucht, das kam auf dem Zeitungsfoto besonders gut zur Geltung. Der Text wirkte seriös und echt. Das Lockmittel war platziert.

Inzwischen war es kurz vor sechs. Die Austrägerin kam selbst bei Wind und Wetter immer um halb sechs, was Irmi großen Respekt abverlangte. Sie mussten damit rechnen, dass auch ihr Kandidat früh aufstehen würde. Wenn er tatsächlich etwas zu vertuschen hatte, musste er schnell reagieren. Auf jeden Fall sollten sie als Erste oben sein.

Sie hatten ausgemacht, sich um viertel nach sechs am Parkplatz vor dem Büro zu treffen. Sepp, Sailer und Kathi standen schon in den Startlöchern. Weitere Kräfte hatte man ihnen nicht zugestanden, obwohl Kathi gerne das GSG 9 dabeigehabt hätte.

Andrea blieb im Büro, denn es war mit zahlreichen Anrufen zu rechnen. Womöglich würden sich die Wirte der Kristenalm melden. Oder eben nicht. In Zirl las man wohl kaum die Zeitung aus Garmisch. Und Hüttenwirte saßen nicht in der Sonne und schauten ins Land, sondern schufteten. An schönen Tagen, wenn die Wanderer und Mountainbiker kamen, war nicht einmal Zeit zum Luftschnappen.

Die beiden Autos versteckten sie im Wald nahe der Kristenalm und stiegen eilig auf in Richtung Hütte. Kathi ging den steilen Bergpfad zum ersten Mal. Sie hatte sich durchgerungen, ausnahmsweise Bergschuhe statt Leinenturnschuhe anzuziehen, und stöhnte schon nach zehn Minuten wegen Blasen. Der Plan war, Sailer hinter einem Felsen zu platzieren, etwa fünfhundert Meter vor der Hütte, und Sepp auf dem Weg zur Zirmalm, denn es konnte ja sein, dass ihr Mann – oder ihre Frau, denn womöglich war ja doch mit Olga zu rechnen? – den anderen Weg nahm, den Bettina erwähnt hatte.

Sie prüften ihre Handys. Das Netz sollte ausreichen, um wenigstens SMS schreiben zu können. Sie hatten dem Chef drei Satellitentelefone aus den Rippen leiern können, ein Zugriff sollte erst erfolgen, wenn der Kandidat oder die Kandidatin die Hütte tatsächlich betrat. Um keine Zweifel zu schüren, mussten sich Irmi und Kathi von Sailer einsperren lassen. Der Schlüssel wurde an die Stelle gelegt, wo er immer gelegen hatte.

»Vergessen S' uns nicht, Sailer!«, witzelte Kathi.

Als Irmi mit ihrer Kollegin in der Hütte saß, kam ihr das ganze Unterfangen auf einmal ziemlich idiotisch vor. Sie konnten nicht ewig bleiben, sie würden auf jeden Fall eine Ablösung brauchen, und auf wie viele Tage war dieser Versuch eigentlich angelegt? Die wahrscheinlichste Variante war doch, dass der Täter nach der Lektüre der Zeitung in Panik geriet und erst mal versuchen würde, sich wieder zu beruhigen. Dann erst würde die Person den Text erneut lesen, woraufhin sich die Gedankenlostrommel in Bewegung setzen würde, bis es schier unerträglich wurde. Dann würde er oder sie eher abends, im Schutze der Nacht kommen. Für die Polizei war das besser, denn eine heranflackernde Stirnlampe konnte man schon von Weitem sehen.

Sie und Kathi hatten es ja noch vergleichsweise gut getroffen, die Wachposten von Sepp und Sailer waren eindeutig die schlechtere Wahl. Obgleich die beiden ganz angetan gewirkt hatten. Es war eben doch eine Mischung aus Karl May und Jack London mit einem Schuss Thriller nach amerikanischem Zuschnitt. Dass Sailer und Sepp je einen Flachmann dabeihatten, darüber konnte man hinwegsehen. Und über die zwei Halbe Bier auch, denn so ein Tag konnte lang werden im Gebirg.

Irmi und Kathi hatten sich eine Kanne Kaffee mitgenommen und Käsesemmeln – wie bei einem Hüttenausflug unter Freundinnen. Nur dass sie unter Hochspannung standen. Das Reden diente der Ablenkung. Angstgeplapper, um die bleierne Zeit auszutricksen.

»Was ich bis heute nicht verstehe«, meinte Kathi. »Gibt es diesen chronischen Botulismus denn nun oder nicht?«

»Ich weiß es nicht, Kathi. Diese Frau Professor Krüger glaubt daran, viele andere auch. Sie haben hieb- und stichfeste Beweise geliefert. Womöglich ist Hans Zimmermann deshalb sogar gestorben. Und Kilian Schwaiger auch.«

»Weil der Staat dann Millionen aus der Tierseuchenkasse zahlen müsste?«

»Menschen morden wegen sehr viel weniger! Das wissen wir doch, Kathi!«

»Und Schwaiger hätte vielleicht diese Viertelmillion bekommen?«

Da war es wieder das Leben im Konjunktiv. Schwaiger war davon besessen gewesen, recht zu bekommen und Genugtuung. Aber hatte er in seinem tiefsten Inneren an seinen Sieg geglaubt? Wohl kaum, denn sonst hätte er nicht diesen Racheplan geschmiedet. Machtlosigkeit war das Schlimmste. Das Warten konnte einen Menschen auf die Dauer innerlich zermürben. Irmi empfand schon die Warterei hier oben als schwere Last. Und irgendwie drängte sich ihr die Szene auf, wie Severin Jörg hereinspazierte und sie sagte: »Grüß Gott, Severin, wie geht's der Gattin? Bist Schützenkönig? Warum hast du Kilian Schwaiger ermordet? Und warum Hans Zimmermann?« Sie sah vor sich, wie Severin Jörg ausnahmsweise die Fassung verlor. Darauf wartete sie. Dafür würde es sich lohnen.

Weil Irmi nichts sagte, fuhr Kathi fort: »Aber können wir denn gar nichts glauben, was uns gesagt wird? Ist jede Studie nur so wertvoll wie die Geldsumme dahinter? Da stellt eine renommierte Uni wie Hannover Forschungen an, und ein Bundesinstitut prüft alles nach. Wenn das nicht stimmt, was können wir denn dann als Verbraucher überhaupt noch glauben?« Kathi klang ungehalten und verzweifelt zugleich.

»Was wir glauben können? Am besten gar nichts. Wenn sogar Obama die Bundeskanzlerin ausspionieren lässt? Selbst in den höchsten Kreisen herrschen Hinterlist, Lug und Trug. Die da oben haben eine Maschinerie an Ratgebern und Beschützern. Und wir sind alle nur Opfer.«

»Aber das ist doch ein Scheiß!«

Irmi lachte. »Ja, das ist die Zusammenfassung unserer Welt.«

»Toll, Irmi! Und dann das Thema Essen! Was kann man denn überhaupt noch zu sich nehmen? Bio ist auch belastet, die Tiere strotzen vor Antibiotika, die Böden sind verseucht. Und wer im Bioladen einkauft und auf faire

Tierhaltung achtet, muss sich doch noch verarschter vorkommen! Muss man Veganer werden?«

Kathi war eine fleischfressende Pflanze und zog Leberkas in jedem Fall einem Salat vor. Sie hatte mal einen Freund gehabt, dessen vegane Ernährungsgewohnheiten Kathi schwer gebeutelt hatten. Kathi als Veganerin war schwer vorstellbar.

Irmi zögerte kurz. »Was ich dir jetzt sage, das dürfte ich gar nicht. Die letzten ein, zwei Jahre kommt mir unsere Landwirtschaft nicht mehr richtig vor. Wir nehmen den Kühen ihre Kinder weg, nachdem sie nur einmal die Biestmilch getrunken haben. Wir trennen Mutter und Kind, um Milch zu produzieren, und wir züchten nur noch auf Milchleistung. Ein Leben lang beuten wir diese Tiere aus. Die Bullenkälber gehen in die Mast und werden geschlachtet. Obwohl ich aus einer Familie von Milchbauern stamme, habe ich Bernhard vorgeschlagen, auf Mutterkuhhaltung umzustellen, was er natürlich schlichtweg abgelehnt hat. Wenn man konsequent über Tierschutz nachdenkt, reicht es nicht, sich vegetarisch zu ernähren. Man müsste Veganer sein, um nicht zum Henker zu werden.«

Kathi hatte überrascht aufgeblickt. »Das klingt aus deinem Mund wirklich seltsam.«

»Nicht wahr? Und was noch schlimmer ist: Es nagt in mir. Ich weiß, dass ich keine Veganerin werden kann. Ich sterbe für Käse. Aber auch wenn ich meinen bloß beim Schönegger kaufe und diese Kühe immer nur Heu und Gras fressen, befürworte ich doch das System von Kälberentzug und Bullentod.«

»Wow! Vielleicht ist das die Höhenlage?«

»Wir sind auf vierzehnhundert Metern, da ist noch genug Sauerstoff. Vielleicht ist es das Alter.«

Eigentlich hätte Kathi nun entgegnen müssen: »Du bist nicht alt« oder so was. »Komisch, ich habe so was kürzlich mit Mama diskutiert«, sagte sie stattdessen. »Unser Nachbar treibt auch nicht mehr aus. Meine Mama hatte so ähnliche Ideen wie du.« Kathi lachte. »Muss ich jetzt befürchten, dass ihr mir alle den Leberkas und den richtigen Kas aus der Hand schlagt? Aber was würde dann aus unserer Landschaft? Aus den Höfen? Was würde passieren, wenn wir keine Milchbauern mehr hätten?«

»Das ist es ja!«, rief Irmi. »Die Schweiz zahlt ihre Bauern nur noch als Landschaftspfleger, schon lange. Aber ist das der richtige Weg? Wohin geht eine jahrhundertealte Kulturlandschaft dann?«

»Die es ja eh nicht mehr gibt, oder? Wir versprühen Dünger, der alles tötet, nur nicht die Nutzpflanze. Womöglich lehnen sich da nur ein paar unbelehrbare Traditionalisten gegen das Unaufhaltsame in der Landwirtschaft auf?«

»Sag du es mir! Du musst noch länger leben als ich!«

»Kimm, Irmi, das klingt jetzt aber schon sehr endzeitlich.«

Irmi verzog den Mund. »Da kann's dir aber echt vergehen angesichts dessen, was wir gehört haben. Ist dir in den letzten Tagen jemand begegnet, der dich wirklich überzeugt hat?«

Kathi überlegte. »Der pensionierte Jurist mit dem Hund, der kein Jagdhund werden will. Da fand ich beide cool. Hund und Herrchen.«

»Stimmt. Ich glaube, weil der unserem Wunsch am nächsten kommt. Auf der einen Seite hast du diese lustfernen, jutetragenden Birkenstöckler. Auf der anderen prahlerische und polemische Schulmeister. Aber wo ist der Mensch für die kluge Synthese? Den suchen wir doch.«

Kathi lachte. »Jetzt suchen wir erst mal den Mörder, und dann treten wir in die AGBG ein und heizen dem Hanser so richtig ein.«

Sie philosophierten vor sich hin, tranken Kaffee und vermieden es, über den eigentlichen Grund ihres Hierseins zu sprechen, damit sich der Frust in Grenzen hielt. Von Sailer kam eine SMS, dass alles ruhig sei. Andrea habe sich bei ihm gemeldet und jede Menge toller Hinweise auf Hütten erhalten: Hütten, wo okkulte Zirkel tagten, Hütten, wo die Jugendlichen kifften, Hütten, wo es spukte, und Hütten, wo sich Münchner Jäger zum Vögeln trafen. Ein weites Feld.

Verstohlen sah Irmi auf ihr Handy. Es war halb zwei geworden, und wieder brandete eine Woge von Zweifeln heran. Was machten sie hier bloß? War es nicht doch eine idiotische Idee gewesen? Sie waren doch nicht im Film!

Die beiden saßen in dem kleinen Küchenwohnraum, als sie ein merkwürdiges scharrendes Geräusch wahrnahmen und dann ein Knarzen. Sie konnten nicht ausmachen, aus welcher Richtung es kam. Kathi stand auf, sie horchten. Irmi schlich zu dem winzigen Fenster und sah hinaus. Niemand zu sehen. Komisch.

Sie simste Sailer an: »Hier ist wer!«

Da begriffen sie, dass das Geräusch aus dem Nebenraum kam. Irmi sah Kathi an, die ihre Waffe im Anschlag hatte. Dann schlich sie vorwärts und stieß die Tür auf.

Da stand er. Neben der offenen Bodenklappe. Aus dem Nichts, aus dem Orkus war er gekommen. Er hatte schon den ganzen Kanister ausgekippt. Sein Blick war grauenvoll leer. Dann flammte das Streichholz auf. Feuer loderte. Die Propanflasche! Sie musste noch irgendwo sein.

Irmi riss den Mann zurück in die Stube. Kathi schlug die Tür zum Flammeninferno zu. Dann rannte sie zum Eingang und hieb auf das Türblatt ein. »Sailer! Saiiiler!«

In diesem Moment gab es eine Explosion. Die Flammen schlugen unter der Tür zum Nebenzimmer hervor, der Rauch war unerträglich. Kathi donnerte ihre Waffe gegen das kleine Fenster, durch das nicht einmal sie würde kriechen können. Im Prinzip eine dumme Aktion, denn Sauerstoff facht Feuer noch an. Der Rauch nahm immer weiter zu. Der Mann sackte plötzlich weg. Hinter ihnen zerbarst etwas, ein Deckenbalken schlug neben der Spüle ein. Sailer brüllte von irgendwoher, die Tür flog auf.

»Sailer, nimm den Mann raus. Schnell!«, schrie Irmi.

Sailer packte ihn an der Jacke und zerrte ihn nach draußen, Irmi und Kathi liefen.

»Weiter!«

Sie hasteten um einen Felsvorsprung. Auf einmal war auch Sepp da. Hinter ihnen war ein gewaltiges Feuerwerk im Gange. Es war wie das Jüngste Gericht. Sailer ließ den Mann auf den Boden sinken. Vorsichtig stopfte er ihm seine Softshelljacke unter den Kopf.

»Scheiße!«, sagte Kathi und hustete, dass es für ein ganzes Lungensanatorium gereicht hätte.

Sepp zog eine Halbe Bier heraus und reichte sie der Kollegin.

»Wasser hob i leider koans.«

Kathi erstickte ihren Hustenanfall mit einem gewaltigen Schluck Bier. Irmi, die ebenfalls husten musste, tat es ihr nach. Dann starrten sie den Mann an.

»Wer is des?«, fragte Sepp.

Man hörte weitere Explosionen. Die Flammen kreischten, und eine Bergdohle schrie. Sailer brüllte in sein Telefon. Es dauerte eine Weile, bis es Irmi gelang, in einen Hustenanfall hinein zu flüstern: »Der alte Schwaiger. Karl, der Senior. Der Vater des Opfers.«

Irmis Stimme erstarb. So schön hatte sie sich die filmreife Szene mit Severin Jörg ausgemalt. Was aber machte der Alte hier?

Sailer hatte einen Notruf abgesetzt, einen Hubschrauber angefordert. Er hockte neben dem Mann, fühlte dessen Halsschlagader und brachte ihn in die stabile Seitenlage.

»Er lebt no.«

Sie mussten ein merkwürdiges Bild abgeben. Vier Menschen starrten auf einen alten Mann, der gekrümmt im Fels lag. Es verstrich eine Ewigkeit, die nur zwanzig Minuten lang war. Der Hubschrauber konnte nicht landen, aber er kreiste über ihnen, und wenig später entschwebte der Bewusstlose in einer komplizierten Seilbergung. Hinter ihnen loderten noch immer die Flammen. Von der Hütte würde nichts übrig bleiben.

Aus dem Tal hörte man Martinshörner, und als sie wieder am Talschluss ankamen, standen schon ein Fahrzeug der Bergwacht, ein Feuerwehrwagen und zwei Rettungssanitäter bereit. Kathi hustete immer noch, und auch Irmi beutelte es. Die Bergwachtler packten beide in ihr Auto. Eigentlich hätten die Österreicher die beiden lieber ins Inntal gebracht, aber angesichts von so viel Polizeigewalt und einer unter Husten wüst fluchenden Kathi wurde es dann doch das Klinikum in Garmisch. Schon wieder, Irmi hatte eigentlich nicht vorgehabt, zum Dauergast zu werden. Sie wurden in der Notfallambulanz mit Sauerstoffmasken versorgt. Luft, einfach nur atmen, für eine kurze Weile wegsacken.

Der junge Assistenzarzt machte ein paar Tests, ein Oberarzt kam und befand, dass Kathi die Nacht bleiben musste. Irmi, die längst nicht so stark hustete, durfte gehen.

»Was ist mit Karl Schwaiger? Dem Mann aus dem Hubschrauber?«

Der Oberarzt runzelte die Stirn. »Sie sollten erst mal zu Atem kommen!«

»Fragen Sie nach!«

Wenig später kam er zurück. »Intensivstation, er wird aber erst morgen vernehmungsfähig sein. So heißt das doch bei Ihnen? Frau Mangold, geben Sie Ruhe. So ohne ist das nicht, wenn man solche Mengen von Giftgasen einatmet.«

»Was hat er denn?«, fragte Irmi. »Ich will den behandelnden Arzt sprechen.«

Er zuckte mit der Schulter. Wieder verging eine kleine Ewigkeit. Irmi sah zum ersten Mal an sich herunter. Sie war schmutzig, ihre Trekkinghose hatte einen Riss am Knie. Sie spähte in einen Spiegel, der offenbar vom Pharmakonzern Pfizer gesponsert worden war. »See the health«, stand da. Was sie sah, war ein schwarzes Gesicht mit riesigen Augen, Waschbäraugen.

»Frau Mangold?«

Irmi fuhr herum. »Ja?«

»Dr. Huber. Da mein Kollege meinte, Sie wären etwas atemlos – unfallbedingt und ungeduldbedingt: Der Patient Schwaiger hatte einen Schwächeanfall, er hat ein schlechtes Herz. Es ist der pure Wahnsinn, in seinem Alter so einen Gewaltmarsch zu unternehmen. Man muss froh sein, dass es ihn nicht komplett derbröselt hat, bei dem Rauch. Er hat außerdem ein total kaputtes Knie. Es grenzt an ein Wunder, dass er das alles überlebt hat. Er hatte einen Kanister Benzin dabei, haben Sie gesagt?«

»Er hat zumindest eine Hütte angesteckt. Wo das Benzin herkam, werden wir noch ermitteln.«

»Wenn ich Ihnen einen Rat geben darf: Ermitteln Sie heut Abend mal nichts! Trinken Sie viel, und schonen Sie sich. Hinlegen, Beine hoch. Lassen Sie sich von Ihrem Mann verwöhnen. Und bitte nichts Anstrengendes. Die Lunge ist in jedem Fall in Mitleidenschaft gezogen. Morgen ist auch noch ein Tag. Sie können von mir aus morgen mit Herrn Schwaiger reden. Morgen!«

Irmi nickte. Ihr fehlte der Mann zum Verwöhnen. Bernhard schaffte es nicht mal, ihr einen Tee ans Bett zu bringen, wenn sie vergrippt daniedergelegen hatte. Dabei konnte es doch eigentlich nicht so schwer sein, einen Teebeutel in eine Tasse zu hängen.

Irmi fuhr langsam nach Hause. In der Aufregung hatte man die Eskorte vergessen. Sie hatte Sailer gebeten, im

Krankenhaus zu bleiben, obwohl Schwaiger sicher nicht flüchten würde. Jetzt war sie zum zweiten Mal in kürzester Zeit dem Tod von der Schippe gesprungen – irgendwie. Bernhard schlief Gott sei Dank schon, plötzlich wurde ihr irgendwie schwummrig. Irmi sank auf die Küchenbank, starrte in die Dunkelheit. Dann duschte sie lange und heiß. Mit den Augen verfolgte sie das immer heller werdende Wasser, das in den Ausfluss gurgelte.

Zurück in der Küche trank sie ein Bier. Es hieß doch, dass Hopfen den Schlaf förderte. Dann ging sie ins Bett. Es war totenstill. Sie sah die Augen von Karl Schwaiger vor sich. Was hatte der da oben gewollt? Warum hatte er diese Hütte abgefackelt? Wo war ihr wunderbar gezeichnetes Bild von Severin geblieben? Allmählich dämmerte ihr, dass Severin vielleicht gar nicht gekommen wäre. Und Urban auch nicht. Weil es Karl war, der in die Falle getappt war? Aber das würde doch bedeuten, dass er seinen eigenen Sohn …?

Irmi schlief ein. Sie träumte, dass sie einen Berg hinaufstieg, immer weiter, doch der Berg endete nicht.

Am nächsten Morgen traf Irmi auf ihren Bruder.

»Wie schaugst du denn aus? Wie ausgespien.«

»Wenn du dir die Frage selber beantwortest, was stellst du sie dann?«

»Mei.«

»Ich hatte nur wieder einen kleinen Unfall, nix Großes. Ich muss auch weg.«

»Was? Heut is Sonntag.«

»Passt scho.«

Irmi wollte nicht reden. Nicht denken. Sie musste ins Krankenhaus. Je schneller, desto besser. Andrea rief an, auch sie völlig durch den Wind. Sailer hatte sie ins Bild gesetzt, und sicher hatte er die Geschehnisse drastischer geschildert, als sie gewesen waren.

»Aber Karl Schwaiger kann doch nicht unser Mann sein?«, sagte Andrea.

»Ich mag das auch nicht glauben«, erwiderte Irmi leise.

Sie bekamen die Erlaubnis, Karl Schwaiger zu befragen. Irmi entführte Kathi zu diesem Zweck aus dem Krankenzimmer, denn sie wollte die Kollegin in jedem Fall dabeihaben.

Im Krankenhausbett sah der alte Mann winzig und viel älter aus, als Irmi ihn in Erinnerung hatte.

»Wie geht's Ihnen?«, erkundigte sie sich.

Er schwieg.

»Herr Schwaiger, Sie wollten diese Hütte abbrennen? Warum?«

»Weil sie nur Unglück bringt.«

»Ihnen?«

»Allen.«

»Ihrem Sohn?«

Wieder schwieg er.

»Herr Schwaiger, wussten Sie, dass sich Ihr Sohn die ganze Zeit dort oben versteckt gehalten hat?«

»Ned immer.«

»Was heißt das?«

»Erst als die Bettina so komisch war, als des Madl immer verschwunden is, da wurd's mir komisch.«

»Und dann sind Sie Bettina gefolgt?«

»Ja.« Plötzlich ging ein Ruck durch den alten Mann, und seine Augen flammten auf. »Die Anna hat sich nur um die Steffi gekümmert. Die Bettina war völlig allein. Niemand hat was gmerkt. Die Bettina war plötzlich das Familienoberhaupt, alles ham s' auf das Madl abgeladen.«

Dieser kleine alte Mann, der nach außen so hart wirkte, hatte von Anfang an das Problem in der Familie erkannt. Die anderen hatten Bettina übersehen, ihr war alles aufgebürdet worden, weil sie sich stark gegeben hatte. Weil sie den Druck von allen Seiten ausgehalten hatte. Aber der Opa hatte das sehr wohl gesehen.

»Und dann, Herr Schwaiger? Warum haben Sie Ihren Sohn nicht zur Rede gestellt?«

»Mit dem hot man scho lang ned mehr reden können.«

»Herr Schwaiger, wir wissen, dass Ihr Sohn Rupert Urban bespitzelt hat. Wir wissen, dass er hier in der Region unterwegs war und im Fuchstal. Dass er in Innsbruck war. Und doch war er unsichtbar. Wie ging das?«

»Totgesagte leben länger. Wer tot is, mit dem rechnet doch koaner mehr.«

Was sollten sie dazu sagen?

Irmi nahm einen neuen Anlauf. »Warum waren Sie auf der Hütte, Herr Schwaiger?«

Er schwieg.

»Wegen dem Zeitungsartikel?«

»Ja.«

»Sie wollten das Material verbrennen?«

»Des hätt i scho viel früher tun sollen. Damit a End is. Des is koa guater Platz da oben.«

»Haben Sie Ihren Sohn getötet? Damit a End is?«, fragte Kathi.

Er schwieg.

»Diese Hütte, wie sind Sie da reingekommen?«

»Weil ihr so schlau seids, habts denkt: Der kimmt entweder von der Kristen oder über die Zirm, habts denkt.«

Irmi wartete.

»Es gibt einen Weg unter der Jochrinnerspitze. Der verliert sich. Aber es gibt do ein paar alte Stollen. Oaner davon geht unter die Hütte.«

»Ein Geheimgang?«

»So was dat Eahna g'fallen, gell? Heitzutag kennt sich doch koaner mehr aus. Vor vierhundertfuchzig Johr, da begannen die Waldrodungen im Karwendel, da hot ma des Holz aus dem Gleirschtal getriftet. Die Berge waren ned so fern wia heit. Im Dreißigjährigen Kriag san de Bauern weit nauf und weit nei ins Gebirg, um den Plünderungen zu entgehen. Des Karwendel war voll von Erzen und aus der Zeit gibt's aa no Stollen. Heit stellt sich des ja koaner mehr vor: Aber die ham Erz und Blei vor Jahrhunderten über des steinige Lafatscher Joch nüberg'schafft. Und des war g'fährlich, weil der Scharnitzer Wind pfiffen hot. Des duat er heit no. A böser Wind. A ganz böser Wind is des! Was Eahna heit abg'legen vorkimmt, war früher a Lebensraum – ned bloß für depperte Kraxler und blede Bergradler.«

Das war ihnen in den letzten Tagen auch bewusst geworden. Dass Berge Geheimnisse hatten und eine lange Geschichte. Und dass sie grollten, immer wieder! Dass sie Stürme sandten. Wer Wind sät, wird Sturm ernten … Und wer sich wieder und wieder an der Natur vergeht, wird untergehen ... Irmi musterte den alten Mann, sie konnte das alles nicht glauben.

»Und über den Gang sind Sie in die Hütte?«

»Ja, weil ich's endlich abbrennen wollt.«

»Sie hätten uns fast getötet. Und sich auch.«

»Ned schad.«

»Um uns?«

Er schwieg.

»Herr Schwaiger, haben Sie Ihren Sohn getötet?«

»Der Kilian hat die Anna hie g'macht, aber die Bettina macht der mir ned hie.«

»Herr Schwaiger, Sie geben also zu, Ihren Sohn ermordet zu haben?«, hakte Kathi nach. »Wenn Sie der Bettina helfen wollten, wie konnten Sie das arme Madl so im Ungewissen lassen? Sie hat nicht gewusst, wo ihr Vater abgeblieben ist. Das ist doch grausam. Ich nehme Ihnen nicht ab, dass Sie Ihrer Enkelin nur helfen wollten!«

»Wär die Hüfte ned auftaucht, die Bettina hätt vergessen. Die hätt an netten Mann g'fundn. Ein jeder vergisst.«

Und ein jeder lügt sich seine Wahrheit zurecht, dachte Irmi erschüttert. »Herr Schwaiger, was ist dann passiert?«

»I bin dem Kili g'folgt. Oft. Bis nach Denklingen. Er hat den Urban fotografiert. Überall.«

»Ja, und weiter?«

»I hob ihn ang'rufen. Dass i alles weiß. Dass er sich stellen soll, der feige Hund. Mir san auf so oaner einsamen Waldwies zamtroffen.«

»Und dann?«

»G'stritten ham mer. I hob g'sagt, dass er koane Eier ned hot, wenn er sich so feig versteckt. Er hot g'sagt, i sei an alter Trottel. Er wollt ned hörn, dass er die Bettina auf dem G'wissen hot. Von der Anna red i ja gar ned. Und i hob ihm g'sagt, dass i sei Gspusi g'sehn hob. Er hot mi am Kragen packt, g'schüttelt. I war mit meim offenen Jimny do, da war a Goaßfuß am Beifahrersitz. Dann hob i zuag'schlagn.«

Von Kathi kam ein heftiger Husten. Irmi reichte ihr ein Glas Wasser.

»Und dann haben Sie ihn verscharrt?«, fragte Irmi schließlich. Jedes Wort fiel ihr schwer.

»Was sonst? Er war für die Welt doch eh tot. Und für mi scho lang.«

»Er hatte ein Auto dabei, oder?«

»Des hob i in den Lech g'fahrn. Nachts.«

»Wo?«

»Bei Kinsau.«

»Sie wussten, dass das Feld Urban gehört?«, fragte Kathi.

»Ja.«

»Sie mussten doch damit rechnen, dass da vielleicht mal einer die Knochen findet? Dass Urban das Feld nutzt?«

»Diese Wies? Der Geldsack, der gierige. Des is a Strahwies, mehr ned.«

»Aber es kam anders. Und Urban geriet in Verdacht«, sagte Irmi.

»Do hot es koan Falschen troffen.«

»Noch mal: Sie geben also zu, Ihren Sohn ermordet zu haben?«, beharrte Kathi.

Wie das klang. Ermordet. Dabei entsprach es natürlich den Tatsachen. Das war Mord, der Richter würde die Tat höchstens als Totschlag einstufen. War es in der Mythologie nicht immer so gewesen, dass Söhne die Väter umbrachten? Nein, es gab auch die umgekehrte Konstellation. Tantalos hatte seinen Sohn Pelops getötet und ihn den Göttern als Speise vorgesetzt. Die Götter erkannten, was ihnen serviert worden war, und aßen nichts davon – bis auf Demeter, die unaufmerksam war und ein Schulterstück verzehrte. Pelops wurde wiederbelebt und das fehlende Schulterstück durch eines aus Elfenbein ersetzt. Das würde bei Schwaiger nicht mehr funktionieren.

»Von mir aus, nennen S' des, wie Sie wolln«, sagte er und klang dabei nicht sonderlich schuldbewusst.

Plötzlich begann er zu husten, die Geräte blinkten, Alarmtöne piepten, der Arzt von gestern stürmte mit zwei Schwestern herein. »Raus, sofort raus!«

Irmi und Kathi gingen wie paralysiert den Gang entlang und ließen sich auf eine Bank sinken.

»Wahnsinn!«, sagte Kathi. »Bringt den eigenen Sohn um und schweigt all die Jahre. Sieht zu, wie die Frauen leiden. Und bangen. Und hoffen, er käme doch wieder. Was für ein Scheusal.«

»Ich glaube, das war ihm nicht bewusst. Er hat sich im Recht gesehen. Er hat Gottvater höchstpersönlich gespielt.«

»Wie konnte das alles nur passieren? Das heißt ja, der Alte hat seinen Sohn auch beschattet? Ist das niemandem aufgefallen? Der ist doch kein Agent!«

»Kathi, Schwaiger war gefangen in seinem Plan. Er

hat doch die ganze Zeit den Rupert überwacht. Der hatte keinen Blick nach rechts und links. Er war in einer Art Tunnel, komplett fokussiert auf seine Rache.«

»Und seine Frau? Hat die denn nichts gemerkt? Edeltraut Schwaiger ist doch total intelligent und sensibel«, gab Kathi zu bedenken.

»Ich weiß es nicht. Gemerkt? Geahnt? Weggedacht und weggefühlt?« Zwischen Menschen, die sich so ewig kannten, gab es oft eine ganz besondere Verbindung.

»Fragen wir sie?«, schlug Kathi vor.

Was sollte das bringen? Irmi schwieg. Es war Kathi anzusehen, dass sie vor Wut bebte. Sie musste reden, anreden gegen den Irrsinn.

»Das ist doch alles krank. Und was ist jetzt mit Zimmermann? Ich wollte den alten Schwaiger noch fragen, was er über dessen Tod weiß. Das war doch ein Freund von ihm.«

»Vielleicht bekommen wir noch die Gelegenheit, ihn zu fragen.«

»Und Urban? Severin Jörg? Diese Agrarschweine? Sind die jetzt alle raus aus der Nummer?«

»Wir präsentieren einen Mörder, Kathi. Wir haben einen Fall gelöst.« Die Worte lösten sich kaum von ihren Lippen.

»Aber, aber ...«

»Sie werden die Akte schließen.«

»Aber Zimmermann?«

»Ich weiß es nicht. Ich ...«

Der Arzt kam den Gang herunter.

»Was ist mit dem Mann?«, fragte Irmi.

»Er ist ins Koma gefallen. Respektable Leistung, die Damen.«

»Moment! Sie haben zugestimmt, dass wir ihn befragen dürfen.«

Der Arzt schwieg und schickte sich an zu gehen. Irmi stellte sich ihm in den Weg.

»Wird er wieder aufwachen? Wann?«

»Ich bin weder Gott noch Hellseher.«

Irmi und Kathi hörten seine Schritte verklingen. Von hinten schob eine Krankenschwester einen scheppernden Servierwagen durch den Gang.

»Hol deinen Rucksack, ich nehme an, du bist entlassen«, sagte Irmi.

Wie in Trance verließen sie die Klinik, wie in Trance fuhren sie ins Büro. Mit äußerster Mühe berichtete Irmi ihren Kollegen von der Vernehmung. Sie bat Andrea, die Suche nach dem versenkten Auto zu veranlassen. Wenn man es nicht fand, vielleicht … Sie wehrte sich zu glauben, dass alles vorbei war. Dass der Alte den Sohn erschlagen hatte. Sie wollte Severin Jörg. Oder Urban. Das waren Täter.

»Habt ihr noch etwas? Irgendwas Neues?«, erkundigte sich Kathi bei Andrea.

»Mei, also, ich weiß nicht, ob das wichtig ist, jetzt noch, also … Ich hab mir den Kollegen Purr in Niederbayern mal näher angeschaut. Sein Onkel arbeitet in München im Landwirtschaftsministerium, und sein Bruder ist Tierarzt. Er hatte häufiger Auseinandersetzungen mit Hans Zimmermann, als der noch als Amtsveterinär tätig war. Dabei ging es um mehrere Tierschutzfälle, die Zimmermann auf dem Tisch hatte, völlig verwahrloste Höfe. Der Bruder von unserem Kollegen Purr war offenbar wenig kooperativ, also … Und ich hab einen Zeitungsartikel gefunden, wo es drum geht, dass der Purr und der Zimmermann … äh …« Sie reichte Irmi ein kopiertes Blatt.

AMTSVETERINÄR ERHEBT SCHWERE VORWÜRFE

Unter Mithilfe der Polizei wurde am Samstag der Angerlehof in Reisbach geräumt, nachdem der Amtsveterinär und der Tierschutzverband massiven Druck ausgeübt hatten. 50 Schweine, 10 völlig verwahrloste und abgemagerte Pferde, 8 Ziegen, 5 Kettenhunde, 22 Katzen und unzählige Kaninchen wurden entzogen. Ein Pferd und ein Hund mussten vor Ort eingeschläfert werden, das Einfangen der Katzen dauert noch an. Amtsveterinär Hans Zimmermann: »Dieses unglaubliche Tierelend wäre nicht so weit fortgeschritten, wenn der zuständige Haustierarzt früher Alarm geschlagen hätte. Ich habe Verständnis für wirtschaftliche Zwänge, aber diese dürfen nicht über dem Tierwohl stehen.« Der zuständige Tierarzt Dr. Martin Purr wollte sich gegenüber unserer Zeitung nicht dazu äußern. Die Tiere suchen nach einer Phase des Aufpäppelns Paten und neue Plätze. Interessenten melden sich bitte im Tierheim Quellenhof Passbrunn.

Über dem kleinen Artikel war ein Foto zu sehen. Eine Frau hielt ein extrem dürres Pferd am Halfter, ein Mann hatte einen Hund auf dem Arm, der aussah, als hätten ihn die Motten zerfressen. Im Hintergrund war ein Kipper zu sehen, auf dem Säcke standen. Die Aufschrift JJ Agrotop war deutlich zu erkennen.

»Scheiße! So eine Scheiße!«, entfuhr es Kathi.

»Was wird denn jetzt?«, fragte Andrea.

Irmi stand auf, indem sie sich auf der Tischplatte aufstützte. Sie wirkte wie jemand, der nach einer langen Krankheit noch immer sehr schwach ist. »Wir haben einen Mord aufgeklärt. Wie es unsere Aufgabe ist.«

»Aber die haben den Zimmermann kaltgemacht! Und der Purr deckt seinen Bruder, und der kennt sicher diese Verbrecher von JJ Agrodreck. Es kann doch nicht sein, dass die einfach so davonkommen! Wir müssen doch was tun!«

Irmi war übel. Mit äußerster Beherrschung sagte sie: »Sicher, Kathi, wir werden den Dienstweg einhalten. Wir werden das dem Chef sagen, wir werden unsere Ergebnisse mitteilen, aber wir können nicht in die laufenden Ermittlungen in Niederbayern eingreifen. Ich werde morgen die Staatsanwaltschaft bitten. Kann sein, dass die dranbleiben, dass sich München einschaltet, dass wir auch noch befragt werden. Ich …« Irmi brach ab.

Sailer kam ins Zimmer gerannt. Er hatte sein Kofferradio dabei. Es war uralt, aber er konnte sich nicht davon trennen. »Der Urban is auf Oberland!«

»… dass es halt nur ein Familienzwist war«, hörten sie gerade noch.

»Das Mordopfer Kilian Schwaiger soll aber einen Agrarskandal aufgedeckt haben. Es war die Rede von einem tödlichen Gift.« Der jungen weiblichen Stimme war anzuhören, dass der Versuch, investigativen Journalismus zu betreiben, nicht ganz ihre Kragenweite war.

»Liebe junge Frau, des muss koaner mehr neu aufkochen. Der Schwaiger hatte Pech mit seiner Landwirtschaftsführung, und er hot sich verrennt. Des alles is Jahre her, natürlich is des bedauerlich für die Familie, aber vorbei.« Aus dem Radio troffen Selbstherrlichkeit und Triumph.

»Sie waren in U-Haft, oder? Erwägen Sie rechtliche Schritte?«

»Nein, die Polizei hat aa nur ihre Arbeit getan. Natürlich versteh ich, dass da Irrtümer aufkemma. Mei, des san aa nur Menschen – oder Menschinnen in dem Fall.« Er lachte polternd.

Die junge Frau bedankte sich unsicher.

Hozier wurde eingespielt. *Take me to church. A fresh poison each week. We were born sick ... I'll tell you my sins and you can sharpen your knife. Offer me that deathless death ...*

Kathi schleuderte einen Stuhl durch den Raum, der krachend gegen die Wand flog.

»Seid mir nicht böse, ich glaub, ich muss hier raus«, sagte Irmi und erhob sich.

Während sie zur Tür ging, hoffte sie, die Knie würden ihr nicht wegsacken. Wenig später saß sie im Leihwagen, an dessen Sitze sie sich noch nicht gewöhnt hatte. Zu neu, zu hart. Der Wagen passte nicht zu ihr.

Sie war so müde. Zu Hause schlief sie auf der Couch ein. Sie sah Severin Jörg und Rupert Urban vor sich, die sich zuprosteten. Beide hatten Festzeichen an ihren Hüten, ihre feisten Gesichter glänzten vor Schweiß. Sie sah einen Mann, der um ein Feuer tanzte und Akten hineinwarf. Das war Purr, sie wusste das im Traum, obwohl sie den Mann nicht kannte. Sie sah Bettina auf einen Haflinger über eine Wiese galoppieren. Das Pferd stürzte und überschlug sich.

Auf einmal spürte sie einen ungeheuren Druck auf der Brust. Sie glaubte zu ersticken und fuhr hoch. Der alte Kater wirbelte durch die Luft. Er hatte auf ihrer Brust gelegen und sah Irmi nun sehr vorwurfsvoll an. Sie fühlte sich, als hätte sie Fieber. Zur Ablenkung schaltete sie den Fernseher ein. Talkshow. Weg damit. Die fünfundzwanzig dämlichsten Liebeserklärungen. Weg damit. Ein fetter Klops, der in Rumänien eine Frau suchte. Weg damit.

Sie zappte weiter. Immer schneller. Bis sie auf Arte hängen blieb. Bulldogs fuhren vor dem europäischen Parlament in Brüssel auf. Fendt, John Deere, McCormick, Valtra, Casc, New Holland, Massey Ferguson – gewaltige Maschinen mit mannshohen Reifen. Sie trugen Kennzeichen aus Deutschland, Dänemark, den Niederlanden und Schweden. An den Frontladern waren Transparente angebracht. Die Kamera fing eines ein: »Der Bauer hat's, der Tierarzt sieht's, und die Politik verschweigt's!«

Ein Reporter kam ins Bild. Er hing seitlich an einem der Schlepper. Der Landwirt auf dem Sitz hielt ein Kind auf dem Schoß, das eindeutig behindert war. Es sabberte, es patschte in Richtung des Reporters. Irmi sah weg, dann wieder hin.

»Diese Bauern aus EU-Ländern fordern, dass der sogenannte chronische Botulismus als Tierseuche anerkannt wird. Sie fordern Entschädigungen. Was ist Botulismus?« Der Reporter hielt dem Mann mit dem Kind das Mikro hin.

»Der Tod, das ist es! Ein stilles Gift, das uns alle umbringt. Sie werden sehen, dass BSE oder Schweinepest nur ein Kasperletheater waren.« Die Kamera zoomte auf das Gesicht des Kindes.

Irmi schaltete ab und starrte auf das Blau des Bildschirms. Gänsehaut kribbelte vom Nacken den Rücken hinab.

»Das hier ist größer als wir. Wir ahnen nicht mal, worauf diese Welt noch zusteuert«, sagte sie sehr leise zu sich selbst.

KLEINES GLOSSAR ALPENLÄNDISCHER BEGRIFFE

allbot immer (im Fuchstal, Teilen des Allgäus)
azipfen nerven (österreichisch)
Bixnmacher Vater, der nur Mädchen gezeugt hat
Bulldog Lanz Bulldog hießen Ackerschlepper, die von 1921 bis 1957 von der Heinrich Lanz AG in Mannheim hergestellt wurden. Der Name Bulldog ist inzwischen in Süddeutschland ein genereller Begriff, den man statt »Traktor«, »Trecker« oder »Schlepper« verwendet.
Fierantenmarkt Märkte, die in kleinen Städten zwei- bis dreimal jährlich stattfinden
gera gerne (oder auch gära)
hie machen umbringen, töten; meist im übertragenen Sinn verwendet: Dinge, die einem schwer zu schaffen machen, machen einen hie.
it Im alemannischen Sprachraum sagt man »it«, im Bayerischen »ned« für »nicht«.
Lapp Trottel, aber eher wohlwollend gemeint
Loasen Reifenspuren
o »auch« im Fuchstal, im Allgäu »au«, im Oberbayern »aa« – ein sehr variables kleines Wort!
pfenningguat sehr gut
schiach hässlich
Schwiegerleit Schwiegereltern

Strah mähen Strahwiesen, Strähwiesen oder Streuwiesen sind extensiv genutzte Flächen, oftmals Moorböden, die nur einmal jährlich gemäht werden und häufig schlecht zugänglich sind; der Ertrag wird oft auch nur als Einstreu genutzt.

waschlnass klatschnass

wuhla wühlen, wobei man das Wort auch im übertragenen Sinne benutzt: Ein Wuhler, ist einer, der hart und gerne arbeitet

zaach zäh

INTERVIEW MIT
PROF. EM. DR. MONIKA KRÜGER, EHEMALIGE LEITERIN DES INSTITUTS FÜR BAKTERIOLOGIE UND MYKOLOGIE DER VETERINÄRMEDIZINISCHEN FAKULTÄT AN DER UNIVERSITÄT LEIPZIG

IST DAS BAKTERIUM CLOSTRIDIUM BOTULINUM TATSÄCHLICH ÜBERALL?

Krüger: Clostridium botulinum ist im Erdboden sowie im Bodensediment von Meeren und Seen in der Regel in Form von Sporen weit verbreitet. Vögel können es mit Körnern aufpicken, Kühe und Pferde nehmen es mit Gras und Silage auf. Normalerweise richtet das Bakterium beziehungsweise seine Sporen im Organismus keinen Schaden an und wird einfach wieder ausgeschieden. Wird aber nun der sporenhaltige Kot dieser Tiere unter den sauerstoffarmen Bedingungen einer Güllegrube oder einer Sammelanlage für Hühnermist aufgefangen, kann das Bakterium dort auskeimen, sich vermehren und Toxin produzieren. Gelangt dieser Dünger nun auf die Felder, hat man den Erreger über eine große Fläche verteilt. Noch schlimmer als Stallgülle ist der Gärrest aus Biogasanlagen.

MÜSSTE DA NICHT DIE REGIERUNG REAGIEREN?

Krüger: Medienberichte haben zu einer politischen Debatte über die »chronische« Tierkrankheit geführt. Letztlich förderte die Bundesregierung mit 2,2 Millionen Euro eine groß angelegte Fallkontrollstudie zum Thema. Doch obwohl die tierärztliche Hochschule Hannover in Zusammenarbeit mit dem Friedrich-Loeffler-Institut 140 Milchviehbetriebe untersuchte, von denen etwa 100 annahmen, ein »Botulismus-Problem« zu haben, lautet die abschließende Aussage von Frau Professor Dr. Martina Hoedemaker, Leiterin der Hannoveraner Studie: »Unsere Ergebnisse besagen, dass es keine Beziehung zwischen Clostridium botulinum und einem chronischen Krankheitsgeschehen, weder auf Betriebsebene noch auf Tierebene gab. Daraus folgt, dass wir keine Hinweise auf den sogenannten chronisch-viszeralen Botulismus finden konnten.« Allerdings war das Vorgehen bei der Studie nicht korrekt. Auch das Bundesinstitut für Risikobewertung leugnet die Existenz eines chronischen Botulismus. Nur sitzen dort seltsamerweise die Industrievertreter. Da ist doch keine Unabhängigkeit gewährleistet.

GLYPHOSAT IST EIN BELIEBTES UNKRAUTVERNICHTUNGSMITTEL. ES GILT ALS UNBEDENKLICH, ODER?
Krüger: Nach einer neuen Einschätzung der WHO wird Glyphosat als »wahrscheinlich krebserregend für Menschen« eingestuft, da es Krebserkrankungen des Lymphsystems auslösen könne. Dabei beziehen sich die WHO-Experten auf Studien aus Schweden, den USA und Kanada. Dort waren kranke Landwirte, die mit Glyphosat gearbeitet hatten, untersucht worden. Zudem gebe es »überzeugende Belege« dafür, dass Glyphosat bei Labortieren wie Mäusen und Ratten Krebs verursache. Monsanto hingegen preist den Stoff weiterhin als umweltfreundliche Alternative zum bodenschädigenden Pflügen

an. Das Herbizid wird unmittelbar vor und nach der Ernte eingesetzt, schwerpunktmäßig in den Großbetrieben Norddeutschlands. So gerät es ins Stroh und weiter ins Viehfutter und ins Menschenessen. Wir alle nehmen Glyphosat auf – mit konventionellem Fleisch, Milch, Milchprodukten, Eiern, Sojaprodukten, Brot und anderen Getreideprodukten.

ABER DANN SOLLTE ES DOCH VOM MARKT GENOMMEN WERDEN!
Krüger: Unserer Ansicht nach schon. Laut unseren aktuellen Studien hat das Gift im Verdauungssystem von Hühnern, Kühen und wohl auch Menschen fatale Folgen: Probiotische Bakterien sterben ab, Clostridien, Salmonellen und andere Krankheitserreger nehmen rasant zu. Weil Glyphosat zudem die Darmschleimhäute angreift, werden die Tiere mit den Erregern nicht mehr fertig. Der Stoff macht lebenswichtige Spurenelemente wie Mangan und Selen für den Organismus unverfügbar. Das löst Mangelerscheinungen aus, die Tiere können Spurenelemente kaum mehr aufnehmen, sie verrecken vor ihren gefüllten Kraftfuttertrögen.

NACHWORT

Am Tag der Abgabe dieses Manuskriptes ist eines der Rehkitze gestorben, das wir seit sechs Wochen aufzuziehen versuchten. Sechs Wochen voller Liebe, Hoffnung und Verzweiflung. Sechs Wochen Achterbahnfahrt mit so schnellen Hochs und Tiefs, dass unsere Herzen zumindest kaum mehr in der Lage waren, diesen Takt mitzuschlagen. Am Ende haben wir verloren. Das zweite Kitz lebt zwar noch, aber es war immer das kränkere, das scheue, der kleine Panikbock … Viele Menschen haben mitgebangt, Futter gesammelt, Tierärzte haben ihre Abende geopfert. Wir alle haben gerungen um das Leben – und verloren.

Manchmal hat man den Eindruck, dass man im Leben nur verlieren kann. Mag man auch mal eine Schlacht gewinnen, den Kampf kann man selten für sich entscheiden. So sehr man anrennt gegen alle Bollwerke. Der Schmerz kommt mit der Zuverlässigkeit einer Erkältung, mit der Zuverlässigkeit der Schweizer Bahn. Manchmal gönnt das Leben einem Atempausen, die unterschiedlich lang oder eher kurz sind.

Aber stellen wir uns mal hintan; es sind die Tiere, die überall da verlieren, wo der Mensch sich ausbreitet. Die beiden Rehkitze hatten ihre Mutter verloren, weil ein Mensch sie überfahren hatte. Der eine kleine Bock hat verloren, weil es unendlich schwierig ist, in Gefangenschaft die Natur zu simulieren. Wildtiere haben keine

Lobby, sie werden »zerrieben zwischen wirtschaftlichen Interessen und grenzenlosem Anspruchsdenken des Menschen«, wie es im Flyer eines neuen Aktionsbündnisses (www.wildes-bayern.de) steht. »Wildtiere haben einen ethisch begründeten Anspruch auf Erhaltung als Lebewesen, als Bausteine der Ökosysteme Bayerns«.

Umweltverbände und Tierschützer kämpfen, und ja, sie erreichen auch etwas. Seit 2015 gibt es das sogenannte »Greening«. Der Bauer soll fünf Prozent – ab 2018 eventuell sogar sieben Prozent seines Bodens – ökologisch nutzen und Ausgleichsflächen schaffen. Aber ist das nun der große Lichtblick? Zum einen gilt die Regelung erst ab dreißig Hektar, zum anderen nur für Ackerflächen. Wenn der Bauer die Vorschrift mit Zwischenfruchtanbau umsetzt, hilft das wenig, denn nur ganzjährige Biotope nützen etwas. Und die Ausnahme von Grünland ist natürlich ein falsches Signal, denn das häufige Silomähen wird dabei nicht berücksichtigt. Einschlägige Agrarzeitschriften geben schon Tipps, wie man das »Greening« umgehen kann. Es geht immer nur ums Geld, nicht um Natur und Artenschutz.

Der BfN-Artenschutzreport von 2015 dokumentiert einen alarmierenden Zustand der Artenvielfalt in Deutschland. Deutschland beherbergt rund 48 000 Tierarten, 9500 Pflanzen- und 14 400 Pilzarten. In der Roten Liste Deutschlands wurden mehr als 32 000 heimische Tiere, Pflanzen und Pilze hinsichtlich ihrer Gefährdung untersucht. Dabei zeigt sich ein ernüchterndes Bild: Rund einunddreißig Prozent wurden als bestandsgefährdet eingestuft, vier Prozent sind bereits ausgestorben.

Irmi sagt im Buch: »Die zu beschützen, die man liebte,

war die schwerste Lebensaufgabe. Man konnte sie nicht in einen Raum sperren, der frei war von Gefahr und Gewalt, von Viren und Bakterien. Und man konnte nicht in deren Gehirne kriechen und die Gedanken dorthin lenken, wo man selber mitkonnte.«

Ich danke Lutz (wie jedes Mal), dass er es mitträgt, dieses Beschützen und diese Verzweiflung, dass wir unsere Schützlinge eben nicht vor allem bewahren konnten und können. Am selben Tag, als das kleine Reh starb, ging ich unseren Waldweg entlang, wo eine Familie mit Stöcken wie die Berserker in einem Waldameisenhaufen stocherten. Die Eltern genauso wie die Kinder! Auf meine Rückfrage, was dieser Frevel solle, lachte mir der Vater ins Gesicht. »Was wollen Sie! Das sind doch nur Ameisen!«

Es sind nur Ameisen, nur Rehe, nur Feldhasen – hunderte Tierarten gelten vielen nichts mehr. Wildtiere sind so weit weg aus der Lebensrealität der Menschen, aber auch den Nutztieren ergeht es kaum besser. Auf der Homepage der Bayerischen Landesanstalt für Landwirtschaft steht zu lesen: »Kühe sind landwirtschaftliche Nutztiere, und man hält sie so lange, wie ihre Haltung wirtschaftlich ist. … Ebenso wie alternde Menschen werden alternde Tiere häufiger krank. Damit steigen die Tierarztkosten. Der Schlachtwert von Kühen nimmt mit zunehmendem Alter ebenfalls ab. … Wenn eine Kuh geschlachtet wird, heißt das meistens nicht, dass sie unheilbar krank ist. In den allermeisten Fällen kommen unbefriedigende Leistung, problematische Fruchtbarkeit und erste Erkrankungen zusammen und bewirken, dass der Landwirt lieber eine junge, vielversprechende Kuh im Stall haben möchte.«

Junge Tierärzte kommen von den Universitäten und haben alles gelernt, was eine hocheffiziente Landwirtschaft noch besser macht. Sie betreuen Bestände, die geführt werden wie Fabrikunternehmen. Natürlich behandeln sie dabei auch Tiere, damit sie gesund bleiben, weil Krankheit für den Halter wirtschaftlich fatal ist. So einfach ist die Rechnung. Zum Glück gibt es auch Tierärzte mit Empathie für Tiere und die Tierbesitzer. Es gibt den großartigen Tobias Bremhorst in Niederbayern und die Kollegen Moder in Steingaden – ihnen gilt mein großer Dank für die Kompetenz, den Humor, den Lebenspragmatismus und das Mitgefühl, das sie vereinen.

Der größte Dank geht an die großartige Professorin Dr. Monika Krüger, die viel Zeit investiert hat, mich zu beraten und das Buch auf die Fakten zu prüfen. Ich danke auch Klaus Wohldmann von der IG Botulismus und Annette Hackbarth, die eine ganz hervorragende Tierjournalistin ist und eine großartige Ideengeberin.

Außerdem bedanke ich mich bei Dieter Rügemer, einem klaren Mann und unermüdlichen Kämpfer gegen Biogasanlagen, bei Barbara Ettl und Thomas Schreder und bei der Kanzlei am Kornhaus in Kempten. Besonderer Dank geht an den großartigen Heimatkenner Günther Kraus aus Seestall, der sich in diesem Buch um den speziellen Dialekt im Fuchstal bemüht hat! Danke an die Kristenalm im Karwendel, die tatsächlich existiert, mitsamt ihrer mathematikbegabten Hüttenwirtin. Die Hütte der Schwaigers hingegen ist Fiktion, aber nun eh abgebrannt. Auch die Zeitungsartikel vor den Kapiteln sind fiktiv, könnten allerdings genauso erschienen sein. Was es definitiv gibt, sind die Berggötter, die noch viel öfter grollen sollten über die Menschen!